媒体与"一带一路"丛书
Media and The Belt & Road Initiative Series

国外媒体看 "一带一路"（2017）

王辉　贾文娟◎主编

FOREIGN MEDIA VIEWS
ON THE BELT AND
ROAD INITIATIVE
(2017)

社会科学文献出版社
SOCIAL SCIENCES ACADEMIC PRESS (CHINA)

前　言

"一带一路"倡议于 2013 年首次提出,2014 年"一带一路"全面布局,2015 年"一带一路"落地实施,2016 年"一带一路"全力推进,建设成果丰硕。四年来,中国与"一带一路"建设参与国的政策沟通不断深化,设施联通不断加强,贸易畅通不断提升,资金融通不断扩大,民心相通不断促进。充满中国智慧的"一带一路"倡议得到越来越多国家和国际组织的积极响应,并已在世界范围内形成广泛共识。2017 年 10 月,在党的十九大报告中五次提到"一带一路",强调积极促进"一带一路"国际合作,努力实现政策沟通、设施联通、贸易畅通、资金融通、民心相通,打造国际合作新平台,增添共同发展新动力。同时,将推进"一带一路"建设写入党章,这充分体现了在中国共产党的领导下,中国高度重视"一带一路"建设、坚定推进"一带一路"国际合作的决心和信心。

媒体是"一带一路"的讲述者、传播者和阐释者。国内有关"一带一路"的报道铺天盖地。2016 年,随着"一带一路"的落地生根,国外媒体对此反响也越来越强烈。据百分点数据科学部 2017 年 5 月发布的《"一带一路"国际舆情大数据报告》显示,从 2015 年开始,"一带一路"国际讨论声量呈逐年递增趋势,2016 年较 2015 年环比增长330.2%。中国提出"一带一路"倡议的目的何在,"一带一路"项目建设进展如何,是否应加入"一带一路","一带一路"有何风险与挑战,"一带一路"将带来怎样的影响等一系列问题成为海外媒体关注的焦点。

2016 年媒体与"一带一路"丛书的第一项成果《国外媒体看"一带一路"(2016)》由社会科学文献出版社出版。这是国内第一部专门聚焦国外媒体如何看待"一带一路"的作品。书中编译了 2013~2015

年刊发的涵盖五大洲 28 个国家的一百多篇媒体报道。2016 年 6 月 24 日，新书发布会举行，引起媒体广泛关注。《国外媒体看"一带一路"（2017）》继续关注 2016 年全球主要媒体对"一带一路"的报道，书中收集了五大洲 32 个国家共计 79 家媒体于 2016 年发表的 120 篇报道文章。这些文章主要来自 News Bank（世界各国报纸全文数据库）。该数据库既收录了世界上著名大报的文章，也有各国家和地区的地方性报纸刊发的文章。在排除与关键词"一带一路"相关性不强的稿件后，我们又通过互联网和其他重要报纸数据库补充了多篇泰语、俄语、阿拉伯语、德语和英语文章，并在上一本书的基础上，为本书的每篇译稿增加了观点摘要，以帮助读者更为快捷地了解外媒对"一带一路"的报道和解读。另外，本书的选稿也不再仅仅停留于外媒对"一带一路"的事实报道，而是更加突出其态度、观点和观察视角。

大部分国外媒体对"一带一路"表示欢迎、赞许，认为"一带一路"倡议是文明冲突之际的一股清流，它将有利于创造就业，提高人民生活水平，促进贸易和经济往来，也有助于增进地区理解，消除偏见，实现融合发展；但个别媒体对"一带一路"表示质疑和警惕，认为"一带一路"是中国扩大其地区和世界影响力的工具，指出中国旨在通过单方决定实现联通目的；也有媒体暗示，在"一带一路"项目建设过程中，中国企业忽视项目所在国的实际需求，对项目所在国的自主选择缺乏尊重；还有媒体对"一带一路"建设建言献策，提出了独到善意的建设意见。

"一带一路"倡议提出后受到国际社会高度关注，大部分媒体对"一带一路"进行了客观、公允的报道，观点中肯，态度积极。媒体对"一带一路"的报道有利于中国形象的构建和提升。在"一带一路"建设中，中国秉持"共商、共享、共建"原则，提出了全球治理的新理念，这对西方主导的国际秩序构成前所未有的挑战。因此，一些维护西方利益的国外媒体对"一带一路"有不满、指责、诋毁、嘲讽也不难理解。我们编写本书的初衷也正是追踪外媒对"一带一路"的关注点和关注视角，了解外媒对"一带一路"的态度变化和误读、误判，从而帮助我们客观、冷静地分析这些变化、误读产生的根源及其影响，以及外媒对"一带一路"有哪些了解的需求。唯有如此，才能在我们讲述、传播"一带一路"故事的过程中做到区别对待、精准传播。

感谢社会科学文献出版社当代世界出版分社祝得彬社长对本书编写提出的宝贵意见和大力支持，也感谢吕剑编辑的严谨细致，使本书得以顺利出版。

本书主要由以下人员参与编译，他们是：贾文娟、杜鞯、杨文姣、徐洋、孟丽、赖林（泰语）、赵雪华（俄语）、田仲福（阿语）、徐廷廷（德语）、王双双、孙天才、李倩和宋琰。感谢以上团队成员的辛勤付出。

希望本丛书的陆续出版有利于国内了解国外媒体对"一带一路"的基本看法，有利于提高中国的国际话语权，推动"一带一路"的对外话语传播。本丛书是我们尝试将国外媒体对"一带一路"的报道、评论编译而成的初步成果，由于学识、经验和资料所限，难免多有不足，诚恳欢迎各位专家学者、同行以及广大读者批评指正。

王　辉　贾文娟

2017 年 10 月 31 日

目　录

亚　洲

印度媒体观点摘要

北美洲

美国媒体观点摘要

欧 洲

大洋洲

分析报告
"一带一路"：实践、贡献与挑战
——外媒是如何看待"一带一路"的？

2013 年，习近平主席在出访哈萨克斯坦和印尼期间，先后提出共建"丝绸之路经济带"和"21 世纪海上丝绸之路"的重大倡议。2014 年，中国又提出建立亚洲基础设施投资银行（简称"亚投行"）的设想，并在 APEC 峰会期间，宣布出资 400 亿美元设立丝路基金。2015 年，国家发展和改革委员会（简称"国家发改委"）、外交部、商务部联合发布了《推动共建丝绸之路经济带和 21 世纪海上丝绸之路的愿景与行动》，"一带一路"路线图正式发布。2016 年，"一带一路"经过前期的设计、研讨、部署与合作落实，收获了丰硕成果。正如习近平主席所言，"一带一路"建设正从无到有、由点及面，进度和成果超出预期。

2016 年，我国与"一带一路"沿线国家贸易额高达 8489 亿美元，占同期中国外贸额的 25.7%；中国对"一带一路"沿线国家投资 134 亿美元，与沿线国家新签对外承包工程合同额达 1004 亿美元，沿线国家对华投资新设企业 2472 家；2016 年 6 月底，中欧班列累计开行 1881 列。一批重大基础设施建设项目顺利实施，产能合作有序推进，金融支持力度日益加大，对接合作打开新局面，民心相通活动异彩纷呈。

中国在贸易保护主义和逆全球化思潮抬头、全球经济增长动力不足的背景下提出的"政治互信、经济融合、文化包容"的中国方案——"一带一路"从一开始就吸引了全球各大媒体的广泛关注。2016 年，中国基础设施、制度规章、人员交流"三位一体"的互联互通建设成果显著，国外各大媒体也持续跟进关注：中国倡导的"一带一路"究竟在做什么？提出"一带一路"的目的何在？"一带一路"有何风险与挑战？它对亚洲和世界意味着什么？

纵观来自五大洲 32 个国家 79 家媒体在 2016 年发表的共 120 篇报道文章，我们可以发现，针对中国如火如荼推进的"一带一路"，外媒主要聚焦以下 5 个方面。

一 中国倡导的"一带一路"内容是什么？

2016 年，雅万高铁、中老铁路、瓜达尔港先期建设、中巴喀喇昆仑公路二期改造、中俄和中亚油气管线、希腊比雷埃夫斯港等建设取得重大进展，中欧班列开行数量大增，中亚班列（义乌－阿富汗）开通，"一带一路"共建对接合作与产能合作取得突破性成果，亚投行、丝路基金加大对"一带一路"项目的金融支持力度，这一切都是外媒报道的对象。如《印度教徒报》（The Hindu）报道称，来自中国的第一列货运列车将于 2016 年 9 月 9 日抵达阿富汗。列车于 8 月 25 日离开中国东部城市南通，预计 15 天后抵达与乌兹别克斯坦接壤的阿富汗北方边境口岸海拉顿（Hairatan）。《巴基斯坦观察家报》（Pakistan Observer）报道称，中巴经济走廊能源项目投资高达 350 亿美元，资金将主要流向信德省（100 亿美元）、旁遮普省（70 亿美元）、俾路支省（85 亿美元）、阿扎德·喀什米尔（25 亿美元）、开伯尔－普赫图赫瓦省（18 亿美元）等。泰国的《经理人日报》（ผู้จัดการราย）称，在"一带一路"政策的驱动下，中国政府将投入 20 亿元人民币对西双版纳关累码头进行升级，打造澜沧江湄公河冷冻食品贸易口岸。口岸建设工作将于 2017 年 1 月完成。日本的《日本时报》（Japan Times）报道称，2017 年 8 月，加拿大宣布将正式申请加入中国发起的亚投行，英国也无视美国人的反对，毅然决定加入亚投行，随后，德国、法国、意大利纷纷效仿。黎巴嫩国家通讯社报道称，黎巴嫩前经济部长阿德南·凯撒尔以黎巴嫩经济委员会主席的身份率团参加 2016 年 7 月 15 日至 29 日在北京举行的"'一带一路'在中国：贝鲁特至北京"相关活动，活动恰逢黎中建交 45 周年。本次活动由黎巴嫩美食节、企业展会、商务会议和文化交流等部分组成。土耳其的《土耳其周刊》（Journal of Turkish Weekly）称，在"一带一路"框架下，中国与沿线国家的重点投资合作领域包括石油、天然气、橡胶、金属资源，以及加工厂、石油和天然气管道建设等。工业制造、农业生产和农场经营是"一带一路"的另一合作领域。菲律宾的《菲律宾星报》（*Philippine Star*）称，2015 年，中国与"一带一路"沿线国家的双边贸易额达到 9955 亿美元，占全国对外贸易总额的 25.1%。中国已经在 50 个海外经济合作领域的基础上进一步扩大了合作领域。2015 年，中国企业在"一带一路"沿线 29 个国家的直接投资额共计达 148.2 亿美元，比前一年增长 18.2%，占对外总投资额的 12.6%。斯里兰卡的《每日金融时报》（*Daily Financial Times*）称，《人民日报》主办的为期三天的"一带一路"媒体合作论坛汇集了来自 101 个国家包括斯里兰卡《每日金融时报》记者在内的 200 多名记者。美国的《洛杉矶时报》（*The Los Angeles Times*）称，中国国家主席习近平 2014 年到访德国，参观了杜伊斯堡港，并对联通两国的铁路项目做了很好的宣传。2016 年，杜伊斯堡每天都有一班来自中国的列车，它们从重庆、武汉和长沙出发。2016 年 2 月，连接中国与伊朗的第一班列车途径哈萨克斯坦和土库曼斯坦，在行驶了 9400 多公里后最终抵达伊朗首都德黑兰。中国还开通了从义乌到马德里的列车。美国的目标新闻服务网（Target News Service）称，中国国务院总理李克强于 2016 年 9 月 18 日到达纽约联合国总部，出席第 71 届联合国大会。19 日，联合国开发计划署与中国政府签署《中华人民共和国政府与联合国开发计划署关于共同推进丝绸之路经济带和 21 世纪海上丝绸之路建设的谅解备忘录》。加拿大的《多伦多星报》（*Toronto Star*）称，2015 年 6 月，中国主导的亚投行正式成立，总部设在北京，创始国包括 37 个域内国家和 20 个域外国家，法定资本达 1000 亿美元。英国的《金融时报》（*Financial Times*）称，中英商业理事会于周三发布了一份关于英中两国公司在"一带一路"项目国家合作投资的报告。李克强总理在与法国和比利时国家领导人会晤时，提出在第三方国家进行共同投资的建议。中国铁路总公司目前在全球 68 个国家开展了 405 项建设工程，其中包括总长 427 千米的中国 - 老挝跨国铁路项目和总长 329 千米的埃塞俄比亚国家铁路建设项目。德国的《南德意志报》（*Suddeutsche Zeitung*）称，2009 年，中国最大的航运企业中国远洋运输集团（COSCO）租下了半个比雷埃夫斯港，租期长达 35 年，耗资 6.47 亿美元。突尼斯的《领导者报》（*Leaders*）称，65 个丝路沿线国家表达了加入"一带一路"倡议的意愿，并已启动实质性合作，特别是中东与海湾地区的阿拉伯国家。到 2020 年，借助"一带一路"，中国与阿拉伯国家的贸易额将由目前的 2400 亿美元增长到 6000 亿美元。对这些国家的非金融投资将从 100 亿美元增至 600 亿美元。非洲大陆与中国的贸易额预计将在 21 世纪 20 年代末达到 4000 亿美元。澳大利亚议会网称，"一带一路"与欧盟 3150 亿欧元的投资计划（容克计划）有对接的可能。中国也在努力促成欧盟—中国自由贸易协定的签署。中东欧国家如捷克共和国、塞尔维亚和波兰已经从中国获得大笔资金支持。

二 "一带一路"面临怎样的挑战，能否取得成功？

2016 年，从陆上和海上同时推进的"一带一路"打开了区域合作的新局面，崛起中的中国与越来越多的国家紧密地联系在一起，这也让不少周边和西方发达国家产生怀疑与不安，指出"一带一路"面临众多挑战，如《印度教徒报》称，中国的一系列举措和"一带一路"倡议面临结构性挑战。其理念、过程和实施让人很难相信"一带一路"是一项参与式、合作性项目。中国政府单方面构想并提出该倡议，整个过程缺乏透明度和对亚洲共同体和经济共同体的诚意。虽然多数发展中国家不会舍弃中国融资的基础设施发展机会，但这并不意味着他们会接受基于中国理念的管理规则。《巴基斯坦观察家报》称，"一带一路"看似前景光明，但缺乏具体详尽的规划使其难以发挥应有作用，也难以评估其长期效益及对斯里兰卡的影响。未来，斯里兰卡可以根据"一带一路"的进展和中国所提供的更多信息确定如何将这一宏大计划转化为实质性成果。泰国的《曼谷邮报》（*Bangkok Post*）有文章称，"一带一路"能否成功还面临重重疑问。中国政府可以掌控本国的政治环境，基础设施驱动型的增长方式在中国一直运行良好，但在别国这一模式却未必行之有效，动荡、冲突和腐败都将影响中国的规划。事实上，中国已经在厄瓜多尔和委内瑞拉等国遭遇挫折，中国的巨额投资在当地引起利益相关者、民族主义立法者和善变的合作伙伴的愤怒。英国的

《经济学人》（*The Economist*）有文章称，中国的"一带一路"势必触动一些根深蒂固的官僚利益，利益的调整和重新分配困难重重。"一带一路"的目标之间也多有冲突，例如，应优先考虑表现不佳的地方企业还是业绩平庸的国有企业？在减少国内基础设施投资的情况下，中国是否能帮助西部贫困省份加快发展？《日本时报》也有文章称，当前，"一带一路"实际投资有限、很多细节仍模糊不清、倡议的持续性也有待观察，因此盲目乐观的态度并不可取。"一带一路"倡议才刚刚起步，它是否会在习近平任内戛然而止也还是一个未知数。尼泊尔的《人民评论》（*People's Review*）说，中国国家发改委发布了一份关于"一带一路"愿景的文件，然而，文件缺少对"一带一路"倡议多边合作发展的规划和阐述，而且并未提及正式的协议或伙伴关系。将来"一带一路"是否需要在贸易、投资和商业环境等问题上达成更正式的协议以确保最大限度地造福沿线人民？目前，"一带一路"国家发展参差不齐，一些国家治理不善，这对基础设施投资极为不利。因此，只有利用该倡议帮助各国通过正式的协议改善其投资环境、技术标准、海关和物流程序，"一带一路"的实惠才能落在实处。新加坡政府新闻（Singapore Government News）称，习近平主席说，中国需要一个新的"历史起点"。但中国也必须阐明，究竟怎样的全球秩序才是中国认为理想的全球秩序。换句话说，中国设想的治理和保护全球公共领域的规则是什么？国际秩序应以何种基础促进各个国家的发展？中国需要对此做出具体回答。《土耳其周刊》（*Journal of Turkish Weekly*）有报道称，"一带一路"倡议仍在规划和推动阶段，在"一带一路"这个大概念下，中国使用何种资源、采取何种投资方式尚不明朗。那些有意或已经加入"一带一路"倡议的国家对资金配置和利润分配也仍多有疑问。如今，对中国来说最大的风险在于，中国可能不会如他国所愿，实现"一带一路"勾画的宏伟蓝图。换句话说，如果中国辜负了国际社会的期待，中国的信誉在一段时间里很可能会蒙受损失。美国的《欧亚评论》（*Eurasia Review*）有文章称，这一倡议仍在筹划和宣传阶段。各个具体项目将如何使用资源、进行投资是已经加入"一带一路"的国家最为关心的问题。更重要的是，他们想知道自己能分几杯羹。然而，中国是否具有足够的能力满足人们对"一带一路"的殷切期望是中国当前面临的最大挑战。美国的《福布斯》杂志（Forbes）有文章写道，中国提出的"一带一路"全球性倡议可谓生不逢时，中国也许是在自讨苦吃。苏丹的《苏丹人报》（Alsudani）称，雄心勃勃的"一带一路"倡议也面临巨大挑战。中东地区局势动荡，而且美国及其盟友也绝不允许中国公开威胁其在该地区的霸权。

三 "一带一路"对亚洲和世界有何贡献？

除了关注"一带一路"的困境和挑战外，全球众多媒体也看好"一带一路"，并对其诸多贡献大加赞赏。如《巴基斯坦观察家报》有文章称，中国的"一带一路"倡议是文明冲突之际的一股清流，该倡议力图促进地域平等。未来20年，中国在"一带一路"倡议下预计向不同经济走廊投资21万亿美元。实现不同走廊的互联互通将帮助64%的世界人口提高生活水平；六大走廊将促进欧洲与南亚地区的经济往来，这不仅有助于消除彼此偏见，还将增进地域融合。同一媒体的另一篇文章写道，"一带一路"倡议有助于促进全球人际互信包容、维护世界稳定、增进不同国家的理解与团结，为人类谋福祉。巴基斯坦外交部网站（Pakistan Official News）有文章称，中巴经济走廊将利用巴基斯坦丰富的自然和人力资源，解决能源严重短缺问题，带动巴基斯坦交通基础设施现代化，从而满足当代需求，为国家经济发展注入强大动力；同时，它也有助于建立知识型的平等社会，这与巴基斯坦的开国元勋——伟大领袖穆罕默德·阿里·真纳的愿望是一致的。日本的《日经亚洲评论》（Nikkei Asian Review）称，"一带一路"应得到全球更多的掌声和支持，基础设施建设中的公私合作伙伴关系能够推动全球经济增长，为面临人口压力的国家创造数以万计的就业岗位。尽快应对新兴市场基础设施建设需求和创造就业是保护全球贸易体系、促进稳定、避免出现海啸式大规模经济移民危机的最佳选择。尼泊尔的《人民评论》称，"一带一路"有望刺激亚洲和全球经济增长，促进可持续发展。走廊沿线国家，特别是对基础设施落后、投资率和人均收入低的国家来说，"一带一路"可拉动贸易，使其从基础设施发展中获益。另一篇文章称，"一带一路"比单个国家自食其力更可能获得成功，网络效应、强大的金融支持、坚定的领导力以及目前中国经济的稳步增长是该项目具备的极大优势。《马来西亚星报》（*The Star*）称，"一带一路"路线图于 2015 年 3 月发布，这一里程碑式的倡议潜力巨大，足以改变全球贸易乃至全球关系，令世人震惊。"一带一路"意在全面重振历史悠久的陆上和海上丝绸之路，重组并整合欧亚政治、经济、文化和教育。《阿富汗每日瞭望报》（*Daily Outlook Afghanistan*）有报道称，阿富汗连接着中亚与南亚，其通道作用对"一带一路"建设意义重大，阿富汗自身也将从这一倡议中收获颇丰。《吉尔吉斯斯坦之声》（CK）称，积极实现"一带一路"计划为我们的未来发展提供了新的机遇。埃及的《金字塔在线》（*Ahram Online*）有文章写道，"一带一路"至关重要，不仅仅因为它努力消除金融障碍、降低成本，促进和扩大区域贸易增长，更因为它聚焦发展和建设基础设施并为这些项目提供必要的资金支持。除贸易外，"一带一路"还涵盖一系列发展项目，发展中国家有望从中获取经济收益。

四 提出"一带一路"的目的何在？

"一带一路"贯通欧亚大陆，气势如虹，发展迅速，有鉴于此，提出"一带一路"的意图也受到国外媒体的广泛关注。如澳大利亚广播公司网（Australian Broadcasting Corporation）有文章称，沿海城市是中国经济增长的主要拉动者，近几十年来，中国一直在探索如何推动西部省份大发展，"一带一路"就是中国政府长期探索的结果。澳大利亚议会网有文章写道，中国提出"一带一路"的治国之道有着多重考虑。政治方面，中国国家主席习近平一直号召国人"实现中华民族伟大复兴的中国梦"，这一复兴就是要恢复中国的全球地位和身份。早期"一带一路"反复强调"共同发展""合作共赢"，以凸显中国发展与邻国发展的关系。中国也在推进中国—东盟命运共同体的建设。但这些小计划很快变成了贯通欧亚大陆的"一带一路"大规划，为中国在过去 40 年的高速经济增长中积累的巨额资本找到了用武之地，同时也为今天产能过剩的中国提供了输出产能的出口。印度的《印度斯坦时报》（*Hin-*

dustan Times）称，中国提出这一倡议的内因不容忽视。过去 25 年间，中国在基础设施方面已经形成巨大产能，并积累了可观的外汇储备，随着经济增长速度放缓，这些产能无法在国内充分化解。因此，中国企业极力寻求释放其过剩产能的新出口。印度电报网（The Wire）有文章称，在推动"一带一路"的过程中，中国充分考虑了国内国外两个因素。实现全国 31 个省份的共同发展是其主要出发点，各省均已表态要从不同层面积极参与"一带一路"。"一带一路"相关项目还将为中国的钢铁、水泥和建筑材料的过剩产能以及盈余的财政储备提供出口。黎巴嫩的《每日星报》（The Daily Star）称，这一倡议背后的意图一目了然。近年来，中国国内生产总值面临增长压力，中国必须加大开放力度。"一带一路"为中国经济延伸价值链提供了空间，有助于中国生产力和人民工资水平的提高。美国的《福布斯》杂志称，当今中国产能严重过剩、贸易日渐萎缩、通货紧缩压力加大，而这也正是中国大力宣传"一带一路"和亚投行的原因。虽然中国称此举将为参与"一带一路"的新兴市场国家带来机遇和实惠，但其真正目的却是帮助众多国有企业开辟新的市场，输出过剩产能，从而缓解政府关厂和解决下岗职工的难题。加拿大的《多伦多星报》称，中国的倡议得到积极响应的部分原因在于，世界银行、亚洲开发银行（简称"亚行"）、国际货币基金组织等现有机构或缺乏足够的发展资源，或过度规避风险，总之，未能积极挖掘发展潜力。《菲律宾星报》援引耶鲁大学教授维克拉姆·曼沙拉马尼（Vikram Mansharamani）的话说，一方面，"一带一路"的提出与中国经济增长速度放缓，以及中国经济的脆弱性有关；另一方面，它也和中国在该地区的地缘政治野心不无关系。《土耳其周刊》有文章称，"一带一路"是中国夺取地区乃至全球霸权的手段，经济实力必然带来政治影响。

五　是否应该参与"一带一路"？　如何参与"一带一路"？

"一带一路"自提出以来，全球反响热烈。随着建设成果的逐步显现，曾经等待观望的国家、说三道四的国家、顽固冷淡的国家也渐渐转变观念，越来越多地开始冷静思考本国是否应该加入其中，以及该如何参与。如印度的《印度斯坦时报》称，印度总有声音呼吁应提出一个新的国际规划与"一带一路"相抗衡，但明智的做法是将部分"一带一路"项目纳入本国规划。恰巴哈尔港与瓜达尔港应成为互补而非竞争的港口，这将有助于建立一个完整的新兴亚洲经济结构。

印度电报网称，拒绝"一带一路"，印度在南亚只会更加孤立，其区域霸权也会快速终结。更不可原谅的是，印度将失去利用中国经济优势促进印度自身发展的绝佳机会。要避免这一恶果，就应加入"一带一路"，邀请中国投资印度的基础设施，并利用其建立的交通便利，增加与其他南亚国家以及中国的贸易和投资。加拿大《多伦多星报》称，对于包括加拿大在内的西方国家来说，关键问题是，应该如何评估这些规模庞大、极具创新意识却又不无野心的全球经济措施，唯有做出理性评估，才能确定我们该如何加入其中，并能在多大程度上受益。巴勒斯坦的《今日观点》（*Raialyoum*）有文章写道，希望阿巴斯总统（President Mahmoud Abbas）和我们的大学能够带领巴勒斯坦尽快搭乘丝绸之路列车，不要错失良机。俄罗斯新闻社有文章称，应考虑欧亚经济联盟与丝绸之路经济带的对接计划和欧亚经济联盟与中国的大规模经济贸易协议以及与东南亚国家联盟的深入合作。突尼斯的《领导者》杂志称，突尼斯计划加入的一些"一带一路"项目关乎突尼斯的经济走向和未来发展前景。当前许多阿拉伯国家身陷困境，"一带一路"路线图中设计的一些项目可能很难落实，但这些项目的建成和投入使用终会展现出它的实际价值。

六　总结

尽管经济越来越全球化，技术发展日新月异，但国际旅行对很多人来说并不是一件容易的事，因此，媒体在刻画一个国家的形象方面仍起到举足轻重的作用。大众传媒既可以帮助人们更好地认识、理解一个国家，也可能误导读者，使其对一个国家产生误解和偏见。从 2016 年全球 79 家媒体发表的 120 篇文章来看，国外媒体对"一带一路"的关注重点主要涉及"一带一路"的实施内容、"一带一路"对亚洲和世界的贡献、"一带一路"面临的挑战、"一带一路"提出的目的及如何共建

"一带一路"等 5 个方面。具体而言，基础设施、金融支持、贸易发展、战略考量、经济和政治影响是绝大多数媒体文章关注的焦点，而和平合作、开放包容、互学互鉴、互利共赢的丝绸之路精神和民心交融、民心相通的建设活动则少有提及。

价值观的崛起及其影响的提升是一个民族发展和崛起的最高境界，如果一个民族仅仅在物质上取得了巨大进步，而自身的价值观没有独特性，那么只能说这种发展是附庸在那些大国的主体文明之上的。"一带一路"所倡导的"亲、诚、惠、容"理念和"共建、共享、共赢"原则，以及"打造利益共同体、责任共同体、命运共同体"的追求充分体现了中华民族的传统价值观，有望完善全球治理的"中国方案"因为融入了深入人心的价值观才更显其魅力与活力。因此，吸引国外媒体的不应仅是基础设施、资金投入、贸易增长等硬联通，还应有能够更好促进民心相通和各国人民友好往来的文化和教育活动等软联通，而且对此报道得越多越好。要引起外媒对民心相通活动的充分关注，首先我们要重视并积极开展此类活动，使民心相通落在实处；另外，我们的媒体要重视弘扬丝路精神，弘扬中国的价值观，讲好丝绸之路的故事。

兼听则明，偏信则暗。各国媒体对中国"一带一路"的报道内容、报道方式、报道视角也从一个非常重要的侧面，让我们管窥到不同国家出于自身国家利益对"一带一路"做出的解读和所持的态度。在个别媒体唱衰"一带一路"的同时，更多媒体则客观冷静地指出了"一带一路"面临的风险与挑战，并提出中肯善意的建议。如黎巴嫩的《每日星报》有文章写道，和所有跨国经济合作项目一样，"一带一路"建设需要借助明智的外交手段，与各国建立良好关系，同时也要审时度势，精心规划。中国面临的挑战也许是复杂的，但应对挑战的措施却并不复杂。首先，必须杜绝腐败。腐败不仅会破坏"一带一路"建设，还会削弱中国未来寻求跨国经济建设的能力。其次，所有基础设施建设都必须充分考虑建设资金、经济效益以及生态影响。最后，所有项目都必须公开透明，并具备有效的监管和制衡机制。国外媒体提出的批评、建议，对各种风险的预估与分析，以及对各类相关人士的访谈能够让我们更好地了解世人对"一带一路"的期待，从而帮助我们更好地共建

"一带一路"。

英国哲学家罗素在他的《中国的问题》（*The Problem of China*）一书中写道："中华民族是世界上最有耐心的民族，他人谋划十年之事，中国人则谋划百年之事。他们是摧不毁的，他们等得起。""一带一路"就是当代中国谋划的联通中国梦和世界梦的强劲纽带，是中国深度参与全球治理，构建人类命运共同体的重要方式。它高瞻远瞩，影响深远。在这条建设大道上，我们的脚步不会停歇。国外媒体关注"一带一路"，我们也会持续关注国外媒体对"一带一路"的报道和评论。外媒对"一带一路"人文交流、丝路精神和中华民族价值观的关注，是我们期待看到的结果。我们等得起！

王　辉　贾文娟

2017 年 10 月 31 日

亚 洲

《印度教徒报》（The Hindu）

印度应搭乘"一带一路"顺风车

原文标题： Seizing the "One Belt, One Road" Opportunity
原文来源： The Hindu，2016 年 2 月 2 日
观点摘要： 印度有望借"一带一路"开创南亚一体化新路径。

二战后，美国大部分对外政策的核心特征是确保能源安全。近期，笔者与中国的学者、中共党员和官员的对话表明，中国政府提出的"一带一路"倡议可能成为中国与世界相联通的关键。解读美国这些年的外交政策可以发现，它们大多是"石油主导"的，而要理解中国的利益着眼点，就有必要探讨其"一带一路"。

2016 年 1 月初，在北京举办的第三届印度 – 中国智库对话会上，中国学者和官员们讨论了中印关系以及区域合作前景。与以往会谈不同的是，本次会谈只粗略探讨了紧张的双边关系，对话重点都落在了"一带一路"倡议上。

中国神话

近期的会谈能够反映"一带一路"和亚洲愿景方案的一些特色。

本次会谈的第一个主题是："共同体外交"的新理念。共同体超越任何主权国家，具有更广泛的利益。为确保整个共同体的最大利益，共同体内各国应努力实现区域内以及跨区域的联动。这一理念源自欧亚大陆联系的日益加深和亚洲崛起带来的"大陆主义"的复兴，"一带一路"可以完美融入该框架。对中国人来说，"一带一路"是一项亚洲人

的事业，它将造福整个亚洲共同体而非中国一个国家。因此，从中国的角度来看，印度和其他亚洲国家没有理由不支持"一带一路"倡议。

"共同体外交"也可以理解为建立"经济共同体"，这是本次会谈的第二个主题。"一带一路"可促进基础设施建设、贸易发展和经济战略协调一致。事实上，在一些中国参会者看来，印度已经在参与"一带一路"倡议，其国内项目，如"季风计划"以及"印度制造"和"数字印度"等正是对"一带一路"的补充和完善。对许多中国人来说，印度加入亚投行以及成为金砖国家开发银行的成员国，恰恰证明印度参与了这一亚洲项目。

为驳斥"一带一路"是"中国计划"的普遍指责，中国迅速声明其项目原名为"丝路"倡议，"一"（One）是英语表达的结果。但是这一措辞使"一带一路"蒙上了中国独享成果的色彩，而没有体现亚洲经济项目兼容的实质。

会议形成的第三个主题是双方的互利互惠，印度保护中国在印度洋的利益，中国确保印度重要企业在其水域，即东海和南海的安全。然而，会上也有观点明确表示，如果印度无法为印度洋地区负起责任，中国将会介入。

核心冲突

中国的一系列举措和"一带一路"倡议面临结构性挑战。首先，迄今为止其理念、过程和实施让人很难相信"一带一路"是一项参与式、合作性的项目。中国政府单方面构想并提出该倡议，整个过程缺乏透明性和对亚洲共同体和经济共同体的诚意。中国与会者解释说，中国已与"一带一路"沿线60多个国家开展广泛磋商，并正在建立"一带一路智囊团"以吸引这些国家的学者。

中国提出该项目的政治野心是第二大挑战。显然，中国并不希望被视为通过此举在"一带一路"沿线施加其军事和政治影响，而愿意在合作框架下承担安全责任。

第三大挑战涉及"整体"计划是否成功，因为中国的远景规划阐述了5个层面的相通，即政策沟通、设施联通、贸易畅通、资金融通和民心相通。虽然多数发展中国家不会舍弃中国融资的基础设施发展机会，但这并不意味着他们会接受基于中国理念和精神的管理规则。

最后，南亚有一些不可调和的历史问题，这使印度很难全心全意支持"一带一路"。正式参与该项目意味着，印度承认巴基斯坦对其控制的克什米尔地区，以及与"一带一路"密切相关的中巴经济走廊吉尔吉特－巴尔蒂斯坦地区拥有合法权利。

印度的选择

从根本上说，印度首先需要回答的问题是："一带一路"是威胁还是机遇？印度方面的答案当然是两者兼有。"一带一路"既有隐藏的政治意图，也投射出中国的经济宏愿。要想立场坚定地做出回应，又充分利用其带来的机遇，印度就必须提出更高一筹的制度体系和战略构想。

印度首先需要增强自身实力，保障印度洋地区的安全。这就要求印度一方面要克服其长久以来在国防伙伴关系和采购上的决策拖沓问题，另一方面要确保国内经济在相当长的一段时间内实现可持续增长，"一带一路"正好有助于后者。

正如美国为促进贸易和经济发展对中国的发展持欢迎态度一样，中国的铁路、公路、港口和其他产能也可以成为印度经济保持两位数增长的催化剂和平台。同时，印度可以专注于本国交通贯通的扫尾工作，如完善高速公路的交路和修建"丝路铁轨"的侧轨，使之与"一带一路"相连接。

可以说，"一带一路"为印度提供了难得的政治机遇。中国似乎急于与印度达成伙伴关系，那么印度是否可以要求中国重新修订中巴经济走廊计划，以换取印度积极参与"一带一路"？此外，为确保"一带一路"在南亚地区的稳定实施，中国能否成为促使巴基斯坦进行理性决策的协调者？印度也许可以借"一带一路"倡议开辟出一条南亚一体化的新路径。

"丝路"列车驶入阿富汗

原文标题："Silk Road" Train to Reach Afghanistan on Sept. 9
原文来源：The Hindu，2016 年 8 月 28 日
观点摘要："一带一路"表明，中国有意在后北约时代的阿富汗局势中
发挥更重要的作用。

来自中国的第一列货运列车将于 2016 年 9 月 9 日抵达阿富汗，显
示了中国政府为巩固两国关系做出的积极努力。火车于 8 月 25 日离开
中国东部城市南通，预计 15 天后抵达与乌兹别克斯坦接壤的阿富汗北
方边境口岸海拉顿（Hairatan）。列车将横贯中哈边境的阿拉山口
（Alataw pass），驶向乌兹别克斯坦的泰尔梅兹市（Termez）。作为苏联
曾经干预阿富汗的跳板，泰尔梅兹市向东通往塔吉克斯坦首都杜尚别，
向西通往乌兹别克斯坦文化重镇撒马尔罕和布哈拉。

列车经过乌兹别克斯坦和阿富汗边境阿姆河上的友谊大桥进入阿富
汗。这条跨境铁路线也被用做重要的军事补给线，曾是驻阿富汗国际部
队北方供给系统的一部分。

阿富汗的政治稳定

分析人士称，列车的启程表明，中国有意巩固与阿富汗的关系，从
而确保联通亚欧大陆的新丝路沿线的交通线建设能顺利进行。美国主导
的北约部队减少驻军后，中国决心发挥一定作用，帮助阿富汗维持政治
稳定，货运列车的通行是中国这一努力的结果。观察家指出，确保
"一带一路"的实施和中巴经济走廊正常施工、切断新疆分裂分子与境
外支持力量的联系是中国做出这一决策的 3 个主要原因。

中国现代国际关系研究院南亚东南亚及大洋洲研究所所长胡仕胜说："中国始终希望通过政治手段解决阿富汗冲突，尽管我们知道这很难实现，因为不同国家有不同的利益诉求，中国在这个阶段能做的就是看清现实。"

战略军事对话

8月初，首届中国与阿富汗两军战略对话举行，中国中央军事委员会成员房峰辉与阿富汗国民军总参谋长沙希姆进行会谈。会谈中，房峰辉与沙希姆强调，国际恐怖主义已进入"新一轮活跃期"，威胁区域安全和稳定。据中国军事网报道，中方主张在"四国机制"框架下，"保持高层往来，深化联演联训、情报共享、人员培训、能力建设等务实合作"。中国、塔吉克斯坦、阿富汗和巴基斯坦军事层面的反恐"四国机制"建立于8月3日。

"一带一路"，印度大惊

原文标题： OBOR Project Caught India by Surprise

原文来源： The Hindu，2016 年 11 月 14 日

观点摘要： "一带一路"通过陆路和海路将"中心地带"与"边缘地带"联系起来，使崛起的中国成为该地区任何国家不可或缺的伙伴。

中国提出的"一带一路"倡议让印度大吃一惊，尼赫鲁大学从事中国研究的康德帕里（Kondappally）教授说。他在圣雄甘地大学组织的"印度、中国和新丝绸之路倡议"会议上发表致辞时说，虽然这一联通欧洲、亚洲和非洲的全球性项目可以提供更多贸易和投资机会，但对个别国家的国家安全却构成挑战，因为项目途经巴控克什米尔地区。

"一带一路"项目如果大力推进，预计将通过陆路和海路将"中心地带"与"边缘地带"连接起来，从而使崛起的中国成为该地区任何国家不可或缺的伙伴。一方面，对印度来说，区域和全球领导问题也是"一带一路"倡议的一个考虑因素。另一方面，印度也制定了本国的"季风计划"以恢复与印度洋和其他地区国家的商业和文化联系。

来自金奈中国研究中心的苏布拉曼尼（Subramanian）说，导致出口崩溃的全球经济危机促使中国制定了再平衡战略。早期中国的经济发展模式造成钢铁、运输、水泥、金属等主要行业产能过剩；另外，近年来中国的国企和私营企业管理不善。因此，寻求海外发展机会成为不二之选。"一带一路"也意在挑战美国霸权，应对其"重返亚洲"和跨太平洋伙伴关系协定对中国构成的威胁。

"一带一路"的另一面可能与中国 21 世纪初提出的"走出去"战

略密切相关。班加罗尔大学教授威诺德（M. J. Vinod）提醒道，虽然海上丝绸之路完全定位在经济方面，但它仍然可能对印度产生战略影响。虽然印度不能忽视快速出现的亚洲新秩序，但中国也有义务缓解印度对海上丝绸之路的担忧。

尼赫鲁大学俄罗斯和中亚研究中心的尤莎（K. B. Usha）指出，乌克兰危机后，中国的物流规划扩大，并努力与俄罗斯的欧亚经济联盟愿景相对接。印度圣雄甘地大学当代中国研究所前主任拉珠·塔迪卡兰（Raju A. Thadikkaran）在主持会议闭幕时说，俄中战略伙伴关系因此日益紧密。

美国有望加入"一带一路"

原文标题： U. S. could Join China's "Belt and Road" Initiative
原文来源： The Hindu，2016 年 11 月 16 日

观点摘要： "一带一路"倡议是全球治理的新趋势和创新性探索，它能通过区域合作创造共同繁荣的重要机遇，因此将成为推动落实 2030 年可持续发展议程的加速器。

中国牵头成立的亚投行行长金立群表示，唐纳德·特朗普（Donald John Trump）出任美国总统后可能会重新考虑加入亚投行，这一举措会为美国接受跨欧亚大陆的"一带一路"倡议铺平道路。亚投行为"一带一路"亚洲基础设施建设提供资金支持，在很多人看来，亚投行已经成为新的全球金融框架的一部分。

美国可能加入亚投行

在接受《人民日报》的采访时，金行长说："我听说奥巴马总统的一位高级官员赞赏亚投行，而特朗普当选后，听说他的团队中有许多人认为奥巴马政府拒绝加入亚投行是错误的，特别是在加拿大加入亚投行以后，这对亚投行是极大的肯定。因此，我们不排除存在美国新政府会支持亚投行或表示愿意加入亚投行的可能。"《人民日报》的另一篇文章援引了据说是出自特朗普阵营的一些人的观点，该观点指出，只要中国同意不改变亚太地区的现状，美国新政府就有可能接受"一带一路"倡议。《人民日报》还引述了特朗普核心集团成员、前美国中情局局长詹姆斯·伍尔西（James Woolsey）11 月 10 日发表的一篇文章，名为《在特朗普任内，只要中国不挑战现状，美国将接受中国的崛起》。

中国的领导作用

《人民日报》称,"伍尔西承认中国的领导作用,但也表示亚洲的权力平衡取决于美国的实力,他认为美国反对组建亚投行是一个'战略错误',并表示新政府应接纳'一带一路',他希望双方能达成新的协议。"

《人民日报》还刊载了联合国开发计划署驻华系统协调员尼古拉斯·罗塞利尼(Nicholas Rosellini)的一篇文章,文章赞扬"一带一路"具有积极改变国际形势的潜力。罗塞利尼先生强调,"雄心勃勃的'一带一路'倡议可能涉及世界上最大的跨国经济走廊,是全球治理的一种新趋势和一次创新性探索。'一带一路'通过区域合作创造共同繁荣的重要机遇,它将成为推动落实2030年可持续发展议程的加速器。"他还表示,"一带一路"沿线约44亿人口,经济总量达21万亿美元,覆盖70多个亚洲、太平洋地区、欧洲及非洲国家。"一带一路"沿线大多为发展中国家;倡议致力于构建全方位互联互通网络,促进沿线国家经贸融合,增进人文交流,同时推动包容性发展与共赢合作,打造国际合作新模式。

经济重心重返中国

原文标题：A Pivot to China？

原文来源：The Hindu，2016 年 11 月 17 日

观点摘要：中印两国都已认识到为实现"亚洲世纪"双方可发挥的协
同作用，印度的知识优势与中国在基础设施建设和投资方面
的优势可以互为补充。印度应努力挖掘"一带一路"的新
内涵，为实现"数字化可持续发展的亚洲"和欧亚大陆更
紧密的联通添砖加瓦。

在坚船利炮和殖民主义改变了贸易格局以及生产和消费格局以前，
直到 1750 年，全球一半的经济产量都来自于亚洲大国。今天，全球财
富重心将重回亚洲已是共识。长期以来，人们习惯于透过西方的视角解
读战略，因此今天我们看到的财富重心的转移究竟将带来何种影响尚待
深入解析。

西方分析人士更关注美国实力的相对衰落而非亚洲经济的重新崛
起。其出发点是，世界需要全球性机构、规则和协议来解决各国无法自
行解决的问题，但他们并未对当下至关重要的一个问题做出回答，那就
是谁来制定世界标准，以及制定标准的目的何在。

诞生于冷战时期的遏制政策在亚洲并不起作用，中国已成为全球最
大经济体就是明证。结盟在亚洲也已失去意义，因为各国的影响力越来
越取决于经济实力而非军事力量。抛弃国际规则，例如气候协议，让人
们对这些规则能否应对全球性问题产生怀疑。

"华盛顿共识"推动的全球化支配全球决策，世界银行、国际货币
基金组织和世界贸易组织成为制定规则的重要机构。几十年来，发展中

国家一直在抱怨与贸易制裁相关的"贸易条款""制约条件"以及知识产权。现在西方又对贸易自由化提出更多限制。

经济学家大卫·李嘉图（David Ricardo）的相对优势理论和亚当·斯密（Adam Smith）强调竞争创造财富的观点对今天这样一个以知识经济、城市化、中产阶级消费群体和全球价值链为特征的世界已无指导意义。已延续2000多年的贸易并不是问题所在，问题在于，近年来制定的规则无法促进贸易发展。

特朗普已经认清全球趋势，并开始从联盟、规则和价值观层面重新审视美国的作用。他支持"美国优先"方针，希望"重启"与俄罗斯"相互尊重"的关系，并希望以贸易为双边关系基础，与中国缔结"最牢固的关系"。

亚洲观点

今天，伴随亚洲重返经济中心，塑造全球政治的领导思想应该回归到已延续2000年的商业交易模式，即贸易规则仅限于制定标准和解决争端。亚洲繁荣不仅仅是一个地理经济概念或地缘政治概念，奥巴马未能阻止亚洲制定贸易新规则的事实就是明证。如果我们从西方框架中抽离出来，便会发现中印两国有很多共同之处，两国都是文明古国，重要的河流勾勒出它们的国土样貌。两国的战略思想家都不提倡占领他国领土，这与西方国家把控制海洋、结为安全联盟以及推动共同价值观作为组织国际关系最佳方式的战略思想形成鲜明对比。在政治思想上，经济学家阿马蒂亚·森（Amartya Sen）也指出，宗教宽容和人权并不是西方理念。相比其他文明，中华文明的人文色彩最重，宗教色彩最淡。在印度政治思想中，权威是基于所有人的利益。两个文明古国均认为国王是法律的守护者而非缔造者。两个亚洲大国仍需重建国际关系理论，努力实现自然资源、技术和繁荣共享的全球愿景。为实现这一目标，两国已经在联合国共同努力了半个多世纪。

印度的战略重点

中国巧妙利用全球价值链来影响长期经济核算、重新定义世界大国，而且已经走在了印度前面。中国将继续保持世界最大商品生产国的地位，印度则可成为最大的服务提供国。服务业将是亚洲未来增长的真正动力，因为财富主要集中在城市，拥有更多年轻人口的印度将具备更大发展优势。

作为唯一同时拥有广泛地方生物多样性和世界级内源性生物技术产业的国家，印度有能力成为新型药品和作物品种等新知识型订单的全球领导者。印度以软件为主导的相关创新全球领先，并具备发展新低碳数字共享经济的基础。今天印度正在利用这一优势制定低成本解决方案，应对城市化、治理、卫生和教育领域的突出问题。分享解决共同问题的方案作为一种新形式的国际关系具备可持续性这一典型特征，并将为重塑全球秩序提供依据。

中国希望印度加入"一带一路"，在欧亚大陆实现由联通主导的贸易发展。中国已经提出签订自由贸易协定的建议，两国也都认识到双方对实现"亚洲世纪"可发挥的协同作用。印度的知识优势与中国在基础设施建设和投资方面的优势可以互为补充。因此，印度应挖掘"一带一路"的新内涵，为实现"数字化可持续发展的亚洲"和欧亚大陆更紧密的联通添砖加瓦。

互认双方在南海和印度洋自古以来的特殊利益应成为两国达成的战略目标之一，这将有助于两国在核供应国集团成员、全球恐怖主义以及瓜达尔港等影响两国关系发展的一系列问题上相互理解，形成共识。莫迪总理必须承认，贸易考量将胜过安全忧虑。

《德干先驱报》(Deccan Herald)

印度的机遇与选择

原文标题：Implications, Options for India

原文来源：Deccan Herald，2016 年 2 月 24 日

观点摘要：要保持印度经济增长和社会发展，就要争取和平的环境以及
建设与该区域市场相连的基础设施。中巴经济走廊恰好提供
了这样的平台和增长契机。

投资额高达 460 亿美元的中巴经济走廊是中国倡议的一项宏伟工程，它或将改变区域和全球地缘政治格局。走廊将横贯整个巴基斯坦，联通瓜达尔港和中国西部的新疆喀什，全长 3000 千米。中国计划铺设经过巴控克什米尔吉尔吉特－巴尔蒂斯坦地区的公路、铁路、石油和天然气管道，并将瓜达尔港开发为深水港。

中巴经济走廊是中国"一带一路"倡议的一部分，它掩饰了中国的政治和经济意图，尽管中国很快补充说，该倡议旨在将整个亚洲整合为"经济一体化的大陆"，使包括中国在内的所有亚洲国家受益。在此背景下，中国致力于将亚洲所有国家，尤其是印度，纳入"一带一路"倡议。中巴经济走廊及其经瓜达尔港打通阿拉伯海的通道，对中国在瞬息万变的地缘政治背景下满足其地缘战略和经济需求至关重要。美国从阿富汗撤军后，中国抓住此次权力真空机会，扩大区域影响范围，进一步将其经济和战略利益延伸至巴基斯坦和绕瓜达尔港的波斯湾地区。

一旦中巴经济走廊完全投入运营，中国便能通过瓜达尔获取大部分石油资源。除保障其石油路线安全以外，该线路还将大量缩短运输时间，为中国节省数亿元的花费。更重要的是，这条新路线将避开具有潜在安全威胁的马六甲海峡。瓜达尔港虽然被开发为商业港口，但极有可

能服务于中国海军的军事目的，从而威胁印度经海湾的能源路线，也会影响印度在阿拉伯海和印度洋的海军行动。因此，印度不能忽视其周边发生的具有深远区域和全球影响的战略变革。虽然接纳"一带一路"倡议可能有助于印度实现自身利益和南亚一体化，但印度的参与对于中国来讲同样重要。中国已经意识到，印度对"一带一路"的成功实施至关重要。

"亚洲世纪"

从双边角度看，2015 年 5 月 15 日印度总理莫迪访华期间发表了印中联合声明，阐明了"亚洲世纪"理念，并提出作为地区和世界政治"大国"，两国的合作关系是实现"亚洲世纪"的关键。印度必须利用这种双边主义的优势，迫使中国停止中巴经济走廊经过印属区域。鉴于中巴经济走廊从中国战略角度来看有其必然性，印度对此是否具有足够的牵制力还存在争议。

或者，印度也可考虑将现有的印巴控制线与《喀布尔协定》一起作为国际边界合法化的选择，但巴基斯坦必须无条件撤回控制锡亚琴地区的声明、停止查谟 - 克什米尔的代理战争和针对印度的恐怖主义行动。鉴于南亚不可调和的态势，这种选择可能会在印度和巴基斯坦引起许多麻烦。

对于政治领导人来讲，能否认清现实和抓住历史机遇至关重要。印度如今正面临前所未有的历史机遇，要保持经济增长和社会发展，就要争取和平的环境以及建设与该区域市场相连的基础设施。中巴经济走廊恰好提供了这样的平台和增长契机。印度如果希望成为世界强国，就必须确保未来十到二十年经济和军事力量的强劲增长。

印度反对"一带一路"

原文标题：India Opposed to China's "One Belt，One Road"

原文来源：Deccan Herald，2016 年 3 月 3 日

观点摘要：印度重申反对"一带一路"。印度外交大臣苏杰生表示，只有通过协商，印度才可能加入这一亚洲多边联通项目。

印度外交大臣苏杰生说："战略利益和联通性倡议之间的交锋正在亚洲大陆上演。问题的关键在于，应该通过协商还是单边决定来实现联通性，我们的选择是共同协商，印度以往的态度清楚地表明了这一点"。

苏杰生在新德里举办的瑞辛纳对话会（Raisina Dialogue）上发表了题为"亚洲：区域和全球联通"的主旨演讲。虽未直接提及中国的"一带一路"倡议，但他明确指出，印度对中国国家主席习近平提出的宏大联通倡议与另一个同样由中国提出、已有 50 多个国家共同参与的亚投行，持截然不同的态度。

印度不仅加入了亚投行，而且是仅次于中国的第二大股东。苏杰生说："只要是通过协商建立联通性，正如亚投行一样，我们都会做出积极回应。但我们看到，有人可能会操控联通性，以影响他人的选择。这样的做法是不值得鼓励的，因为亚洲没有协商一致的安全框架，这会导致不必要的竞争。"

习近平自 2013 年以来一直在阐述"21 世纪海上丝绸之路"的概念，意在恢复太平洋和印度洋之间的经济联通，将中国的海岸线与东南亚、海湾和非洲东海岸相连接。他还提出了"丝绸之路经济带"，旨在复兴横穿中亚的中国和地中海之间的古老纽带。两个项目现在合称

"一带一路"规划，中国政府在过去的一年里全力以赴争取他国支持，促使该项目早日开花结果。

　　然而，中国的"一带一路"不断扩展至印度洋和中亚地区，这让印度心生不安。苏杰生说："联通性应该分散国家竞争而不是增加区域紧张局势。"印度一直在推行自己的联通项目，与南亚邻国达成协议，根据"东进政策"加强与东南亚国家的接触，并与阿富汗、伊朗、俄罗斯和其他中亚国家合作。

没有理由拒绝"一带一路"

原文标题：No Reason to Resist OBOR Project

原文来源：Deccan Herald，2016 年 11 月 19 日

观点摘要：脱离可能改变全球贸易的"一带一路"倡议并不符合印度的利益。置身事外、远观其他国家参与"一带一路"并分享收益，只能让印度错失良机。

随着中巴经济走廊贸易活动的开展，这项总投资 460 亿美元的项目已经成为重要的里程碑，取得了重大成果。该项目雄心勃勃，意在通过公路、铁路、石油管道、光纤电缆等连接中国喀什与巴基斯坦瓜达尔港，贸易走廊将大大缩短中国与波斯湾和非洲的贸易路程。该项目投资主要集中在发电和特别经济区建设方面，这将带动巴基斯坦经济增长，创造更多就业岗位。尽管中巴经济走廊潜力巨大，但仍面临诸多质疑。鉴于巴基斯坦局势不稳，多数人对该项目并不看好。

中巴经济走廊贸易活动的启动本可以打消一些人的疑虑，但对整个项目来说，建设工作并不是最艰难的。受大批武装分子和恐怖主义组织在俾路支省的侵扰，能否保障项目基础设施和工作人员安全才是真正的挑战。虽然巴基斯坦已组建专门的安全部队，确保项目实施，以消除中国的担忧，但是这一举措是否有效仍有待观察。就在瓜达尔港口贸易活动开始的前一天，"伊斯兰国"袭击了俾路支省的一个苏菲派圣祠，造成数十人死亡。虽然该袭击与中巴经济走廊项目无关，但事件本身表明了极端组织对俾路支省的安全和稳定构成持续威胁。巴基斯坦政府一直指责印度和其他区域大国是导致该省安全问题的主要推手。虽然这种指责可能会将国际社会的注意力从其自身问题上转移开，但目前迫切需要

一种解决俾路支省相对隔绝以及能使巴基斯坦与各种形式的恐怖主义断绝联系的新举措。否则，中巴经济走廊的安全性仍然脆弱，这将严重影响该项目能够发挥的积极作用。

对于印度来说，现在已经到了不得不重新考虑"一带一路"倡议的时候。印度反对中巴经济走廊，因为该线路要通过巴控克什米尔地区，但印度拒绝参与可能有益于印度和全球贸易的"一带一路"其他项目则令人费解。中巴经济走廊是"一带一路"建设的有机组成部分，今天它已然成为现实。与该走廊一样，假以时日，"一带一路"的宏伟蓝图也终将实现。脱离可能改变全球贸易的"一带一路"倡议不符合印度利益。置身事外、远观其他国家参与"一带一路"并分享收益，只能让印度错失良机。

《印度斯坦时报》(**Hindustan Times**)

"一带一路",印度应该如何抉择?

原文标题: India should Consider the Right Road for Asian Economies

原文来源: Hindustan Times,2016 年 2 月 17 日

观点摘要: 对印度来说,明智的做法是将部分"一带一路"项目纳入本国规划,从而建立完整、统一的新兴亚洲经济结构。

"一带一路"在印度引起广泛热议。该规划旨在通过多个预计对外投资达 5000 亿美元的经济走廊,将 60 多个亚非国家与欧洲相联通。无论其实施结果如何,这一辉煌构想已吸引了印度战略核心领域的南亚、东南亚和中亚地区的决策者。印度政界就如何应对"一带一路"还未形成统一认识。有人建议利用印度洋地理优势,以本国战略与中国相抗衡;也有人认为印度资源不及中国丰富,所以应支持部分"一带一路"项目,促进区域一体化和基础设施的改善。

事实上,印度可以在过去 15 年中确立的许多战略伙伴关系和签署的自由贸易协定的基础上构建自己的发展蓝图。我们可以将"东望政策"(Look - East,现称"东进政策"Act - East)、"联通中亚""南亚区域合作联盟""环印度洋区域合作联盟""印非对话"等框架连同我们在阿富汗和西亚的合作整合为一个综合性的大规划。该规划还可进一步结合国际北南贸易走廊、"季风计划""印度制造""数字印度"等计划。"一带一路"就是融合一系列古今发展举措而形成的统一规划。

然而,中国提出这一规划有其特殊内因。过去 25 年中,中国在基础设施方面已形成巨大产能并积累了可观的外汇储备。随着经济放缓,这些产能无法在国内充分消化。因此,中国企业极力寻求释放其过剩产能的新出口,当然,此类投资也会增加风险。

印度面临的重任首先是在未来 20 年内建设本国基础设施。中国的宏大规划会引起地缘政治骚动，印度、日本、东南亚和美国均已对此表示不安。正如 2011 年美国宣布"新丝绸之路"战略时，俄罗斯、中国和伊朗提出了反对意见一样，俄罗斯提出的"欧亚经济联盟"计划也遭到反对，欧美将其视为俄罗斯进一步控制苏联地区的计划。俄中两国发表了整合"一带一路"与欧亚经济联盟的政治声明，但具体如何整合目前尚不清楚。欧亚经济联盟属于关税同盟，短期内任何欧亚经济联盟成员国都无法与中国建立关税同盟。

印度很快将加入上海合作组织（简称"上合组织"），并希望与欧亚经济联盟建立联系。届时，"一带一路"一定会被提上议程，因此印度政府必须支持部分"一带一路"项目。鉴于与印度的贸易额以及印度市场的重要性，中国的一些项目也亟须印度加入。

印度总有人呼吁，应提出新的国际规划与"一带一路"相抗衡，但明智的做法是将部分"一带一路"项目纳入印度本国规划，使恰巴哈尔港与瓜达尔港互为补充，而非相互竞争，这样才有助于建立完整统一的新兴亚洲经济结构。

"一带一路"能否遍地开花？

原文标题： Can China Realize its One Belt，One Road Dream?

原文来源： Hindustan Times，2016 年 6 月 6 日

观点摘要： "一带一路"规模宏大，影响深远，但面临的困难也不容
小觑。

中国于 2013 年 9 月首次提出建设"一带一路"合作倡议，其基本
理念是以中国建造的陆海运输通道将中国的生产中心与世界各地的市场
和自然资源中心相连。同时，它将有效利用中国庞大但迄今闲置的经
济、人力和技术储备，并获得急需的投资回报。"一带一路"融合了地
缘和外交目标，旨在解决一系列国内问题。

中国称愿意投巨资发展基础设施，虽然这可能与已达成的一些多边
和双边协议重合，但中国政府承诺的财政支出估计仍然会超过 3000 亿
美元。该倡议可能重塑边境，打破地缘战略平衡和中国的区域地位现
状。项目计划在 2049 年中华人民共和国成立 100 周年之际完成。

"一带一路"宣传最多的是直接影响印度的中巴经济走廊。中国国
家主席习近平于 2015 年 4 月在伊斯兰堡宣布项目启动，据巴基斯坦分
析家评估，该项目总投入将达 460 亿美元。2015 年 5 月习近平出访白俄
罗斯时签署了近 20 项价值 157 亿美元的协议，并在访问哈萨克斯坦和
俄罗斯期间签订其他一系列协议，这标志着"一带一路"项目第二阶
段的启动。中巴经济走廊是中国"一带一路"的旗舰项目。借由"一
带一路"，中国公开支持巴基斯坦的领土要求，消除了在查谟（Jammu）
和克什米尔问题上长达六十多年的争议。中国人民解放军近期的重组同
样是基于保护中国海外资产的需求，而改组后的解放军西部战区的职能

将涵盖保护像中巴经济走廊这样的中国海外投资和项目。中国还表示将在中巴经济走廊部署一个师的"私人军队"。

中国正在敦促印度签署的孟中印缅走廊也是"一带一路"的构成部分。然而，开放孟中印缅走廊将意味着中国商品大量涌入印度东北地区，该地区目前交通不畅导致本国商品和人口流动困难。而且，走廊的开放也可能使中国非法移民定居印度人烟稀少的东北部。

为"一带一路"沿线国家提供大额贷款和援助将提高中国的经济影响力及其在贸易关系中的金融权力。亚投行、金砖国家开发银行、丝路基金以及上海合作组织开发银行等国际金融机构均加入了"一带一路"。私人投资者和贷款机构对该项目也表现出浓厚兴趣，至少有 20 个欧洲国家正在与中国展开谈判。

同时，中国资金充裕的国有企业也将参与其中。中国官方报告显示，截至 2014 年底，已有 80 多家国有企业在"一带一路"沿线国家和地区建立了分支机构，超过 30 家企业制定了海外法律风险防范计划。2016 年 3 月 14 日，中国国家税务总局宣布，与"一带一路"沿线国家签订的税收协定将为中国金融机构节省近 15 亿美元的税收。

然而，"一带一路"的推进困难重重。2015 年 3 月，全国政协常委、北京大学国际关系学院院长贾庆国指出，恶劣的地形、政治动荡以及地缘政治威胁将对"一带一路"产生不利影响。鉴于俄罗斯对中国的崛起非常警惕，他提醒中国要小心谨慎，尽量不公开挑战俄罗斯在中亚的地位。其他中国学者和战略分析家指出，除俄罗斯外，印度、美国和日本都对"一带一路"沿线国家和地区有重要影响，他们可能会阻碍中国的计划。中国面临的主要安全挑战包括：保护中国计划兴建的贯穿 65 个国家、长达 8.1 万公里的高铁；将中亚五国和土耳其纳入"一带一路"会给伊斯兰极端组织援助新疆分裂分子提供便利；保障中巴经济走廊在俾路支省的 51 个项目，该省是全球最脆弱、暴乱最频发的地区。以上因素严重制约着"一带一路"的顺利实施。

"一带一路"并非猛虎

原文标题：Who's Afraid of One Belt One Road?

原文来源：The Wire，2016 年 6 月 3 日

观点摘要：印度不必为中巴经济走廊表示担忧，因为印度是多极亚洲的
重要组成部分，"一带一路"和中国都需要印度这一合作
伙伴。

印度总理莫迪访问伊朗期间，签署了《恰巴哈尔港口发展协定》
以及连接印度、阿富汗和伊朗贸易及过境走廊的三方协定，这一举措在
印度国内再次引起热议，面对"一带一路"印度应采取何种立场成为
大家讨论的热点。

"一带一路"倡议的提出

"一带一路"规模宏大，视野高远，实现这一愿景需要在全球配置
技术、人力、金融和政治等重要资源，因此，自提出以来已经在全球引
起广泛关注。中国的官员和评论人员也多次对其进行细节上的阐述，以
努力争取更多国家的参与，例如与"一带一路"沿线国家决策者开展
一系列的交流活动。"一带一路"是在中亚发起的，目前中国已经获得
这些国家的支持，并承诺将在中亚大举投资，带动该地区发展。习近平
表示，中国将出资近 160 亿美元，支持中亚建设 4000 公里的铁路和 1
万公里的高速公路。

中国在"一带一路"问题上的另一个重要互动者是俄罗斯。乌克
兰事件以后，俄罗斯与西方疏离，最终放弃俄罗斯本可以连接海参崴到
里斯本的"大欧洲"项目，中国却从中受益，并与俄罗斯建立了能源、

金融、技术和国防纽带。俄罗斯因此接受中国在中亚的存在，并决定将俄罗斯总统普京的"欧亚经济联盟项目"与"一带一路"相对接。

2013 年 10 月，习近平与东盟国家接触，试图借助 14 世纪时探索南亚和东南亚的中国航海家郑和，将这些国家纳入其海上航线，建立更加紧密的中国 - 东盟关系。此后，习近平于 2014 年 1 月会见了海湾合作委员会代表团，试图将西亚也纳入"一带一路"合作伙伴。

"一带一路"的驱动因素

在推动"一带一路"的过程中，中国充分考虑了国内、国外两个因素。实现全国 31 个省份的共同发展是其主要出发点，各省均已表态要从不同层面积极参与"一带一路"。西部省份青海表示将建设铁路、公路和航空网络，以连接"一带一路"沿线省份和国家；沿海省份广东将启动一些重大基础设施项目，如分别在越南和缅甸兴建发电厂和炼油厂。新疆在实施"一带一路"项目中将发挥重要作用，乌鲁木齐、喀什和霍尔果斯等将成为这些路线的枢纽。"一带一路"相关项目还将为中国的钢铁、水泥和建筑材料的过剩产能以及盈余的财政储备提供出口。

清华大学教授王霆懿说，虽然"一带一路"有中国能源、安全和促进经济联系的利益推动，但它同时也是由"大欧亚思想"愿景所驱动的，即"加强经济和文化一体化"，建设"双赢合作的新型国际关系"。印度前外长希亚姆·萨兰（Shyam Saran）认为，"一带一路"不仅是经济规划，而且具有明确的政治和安全目的，它是"中国构建的大陆 - 海洋地缘战略"。

中巴经济走廊

无论在陆地还是海洋影响方面，印度最关注的是中巴经济走廊项目。2015 年 4 月，在 51 个协议的基础上达成的中巴经济走廊项目涵盖一系列公路、铁路和能源子项目。它们从瓜达尔港口辐射开来，项目总价值达 460 亿美元。走廊建设将为巴基斯坦创造 70 万个就业机会，建成后巴基斯坦国内生产总值预计将增加 2% ~ 2.5%。中巴经济走廊被视为"一带一路"的"旗舰项目"。

瓜达尔港将被建成年港口货物吞吐量达 300 万吨至 400 万吨的深水港口。从卡拉奇到拉合尔全长 1100 公里的高速公路即将竣工；从拉瓦尔品第到中国边境的喀喇昆仑高速公路将得以重建；巴基斯坦的国内铁路线也将全面升级扩建，并将建成连接新疆喀什的道路和铁路网。油气管道也是在建项目，其中包括铺设一条从瓜达尔港到纳瓦布沙阿的天然气管道，以运输伊朗的天然气。大部分资金将用于能源项目，除可再生能源、煤炭和液化天然气项目外，这些资金还将在 2018 至 2020 年用于开发约 1.04 万兆瓦的电力。此外，吉尔吉特 - 巴尔蒂斯坦地区已经在建一条长达 800 千米的光纤，以促进远程通信。这些项目将借助工业园区和经济特区带动巴基斯坦经济发展。

位于华盛顿的美国智库"外交关系委员会"在最近发布的一份报告中将中巴经济走廊描述为"一半发展规划，一半战略布局"。中国在巴基斯坦投资规模巨大，尤其是在落后地区，这显然是在努力解除巴基斯坦带来的安全隐患。近年来给中国造成不小安全威胁的极端分子、恐怖分子就藏匿于巴基斯坦 - 阿富汗边境地区，据说他们与基地组织和塔利班均有联系，该组织还将中国以及中国在巴基斯坦的建设项目锁定为暴力袭击目标。

由中国公司开发和经营的瓜达尔港将给中国带来经济和战略的双重优势。从此，中国从海湾地区采购的石油和天然气可以通过新的路线输送，成功绕过西方势力控制的马六甲海峡，成为实兑（缅甸西部港市）- 昆明油气管道的一条替代路线。

印度对"一带一路"的回应

印度官方对"一带一路"的回应一直较为谨慎，且相对静默，但仔细阅读学术著作和新闻报道可以发现，印度对"一带一路"的影响深表忧虑。印度与一些东北亚和东南亚国家观点相同，都认为"一带一路"远不是一个基于广泛和实质性合作的项目，事实上可能成为中国扩大其亚洲影响力的工具。

中巴经济走廊更是直接戳中印度的痛点。该项目是在《推动共建丝绸之路经济带和 21 世纪海上丝绸之路的愿景与行动》发布后的一个月内公布的，文件强调了在亚洲进行广泛磋商的必要性。但显然，中国并未与印度协商，中巴经济走廊被认为是既成事实。虽然印度赞同中国以发展来解决极端主义问题的立场，但无法接受中巴经济走廊的物流项目自由通过大片巴控克什米尔地区。

印度官方认为，中国的倡议缺乏协商基础。2016 年 3 月在新德里举行的题为"亚洲联通"的瑞辛纳对话开幕式上，印度外交大臣苏杰生说："关键问题是，我们将通过协商还是更多单方决定来建立我们的联通性。……不能否认，其他人可能会利用硬件的互联互通来影响他人的选择。"

印度的联通项目

印度认为，亚洲的物流现状并不像其表面看来的那样暗淡。虽然"一带一路"两年前首次公布时吸引了全球目光，但需要认识到，印度本身就处于一些主要区域互联互通项目的中心。这些联通项目也许缺乏"一带一路"的巨大价值，但整合后会吸引坚定的合作伙伴，并有能力将区域经济和地缘政治格局转变为印度的优势，因此，印度没有必要对"一带一路"感到不安。

印度最重要的联通项目是从伊朗的恰巴哈尔港到阿富汗的贸易和过境走廊建设，印度还援建了 606 号公路扎兰 - 德拉拉姆（Zaranj - Delaram），用于联通贸易过境走廊与阿富汗的公路网。该项目对印度具有巨大经济和战略价值，印度通往阿富汗的道路从此可以畅行无阻，同时印度与伊朗能够携手阻挡塔利班的破坏，共同促进阿富汗经济发展和政治稳定。从长远来看，印度将能够遏制巴基斯坦对阿富汗境内所谓"战略深入"的要求，这在阿富汗已经造成大量伤亡和巨大破坏。但这一项目对印度的重要性远不至此，因为它将为印度提供一条穿越阿富汗北部相对平静的高速公路，这条公路贯通 5 个中亚共和国，最终抵达哈萨克斯坦的阿拉木图。

国际南北过境走廊是与印度相关的另一个联通项目。该项目于2000 年 9 月首次提出，比"一带一路"早十多年。走廊建设的最初目的是连接印度、伊朗和俄罗斯，建立从印度到欧洲经海湾、中亚和俄罗斯的多模式连接（轮船－铁路－公路）。这一伙伴关系后来不断扩大，土耳其和其他中亚共和国也被纳入进来。2014 年 8 月还成功进行了一次试运行以检测其可行性，随后于 2015 年 9 月通过了过境和海关协定。

最近，印度内阁批准印度加入《阿什哈巴德协定》（Ashgabat Agreement），这将使一系列联通项目得以切实推进。汇集印度、阿曼、伊朗和中亚各共和国的多模式联运协定于 2011 年 4 月启动，比"一带一路"早两年，其路线将与国际南北过境走廊路线紧密相连。

印度正在考虑一些周边联通建议，如在孟加拉湾的安达曼－尼科巴群岛建设一个干船坞，提供造船设施，使其承担海上枢纽的作用。同样，印度希望在战略要塞港口——斯里兰卡的亭可马里港，重启一个已有 80 年历史的油库，并建成一个石油中心。另外，印度还宣布将在南亚发展一些总价值达 50 亿美元的联通项目。

与印度关系最为直接的"一带一路"项目是"孟中印缅经济走廊"，该项目计划在 4 个国家建设基础设施，促进贸易便利化。这一连接加尔各答和中国西南部城市昆明的陆海空联通网络将耗资约 220 亿美元。20 世纪 90 年代就有人提出走廊建设的最初设想，2013 年 12 月，四国终于正式签署协议，该项目被视为"一带一路"联通项目的一部分。加尔各答港的繁荣发展和东北亚国家的经济潜力将为印度带来难得的发展契机，而中国则将获得绕过马六甲海峡的另一运输线。显然，中国不能独占亚洲主要联通项目，印度完全有能力在一些有利于本国经济和地缘政治的重要项目中起主导作用。

其他影响因素

印度除了在本地区的一系列联通项目中扮演重要角色外，也能够在与"一带一路"相关的项目中有所作为，这不仅能检验中国的意图，还能促使其形成更加合作的态度。

第一，毫无疑问，中国已经认识到需要与主要伙伴（如印度）进行更广泛、密切的对话，这些国家的参与决定着项目的成败。因此，中国官员和学者都急于提醒我们，"一带一路"仍然是一个不断发展的概念。2015 年 8 月提交给剑桥研究会议的一篇论文写道："'一带一路'

仍然是一个宽泛、模糊的概念，至今没有权威的定义。实际上，中国国内以及国际上关于新丝绸之路的争论和探讨从未停息。"作者指出，项目面临诸多挑战，特别是"复杂的宗教和种族问题，猖獗的恐怖主义和极端主义"，区域历史分歧以及地缘政治利益的竞争等。中国政协常委，北京大学国际关系学院院长贾庆国说："这个设想仍处于规划阶段，需要多年才能实现，并将面临许多严峻挑战。"最后，一位前中国贸易谈判代表卢先堃指出，"'一带一路'并不是一个对沿线所有国家都有具体安排的既定计划"，项目的许多方面在具体实施前都需要"开发、设计和咨询"。

第二，中国已经发现实现"一带一路"需要解决各种难题。有研究文章指出，中国与阿拉伯世界之间存在巨大的认识鸿沟。西方也有观察家认为，双方关系是"不自然的"。除上述地缘政治问题外，"一带一路"项目的运营、财政、法律、监管以及主权风险也不容小觑，因为项目涉及多个国家，各国在地理、政治和经济形势上都存在较大差异。因此，经济学人智库2015年4月发布的一份关于"一带一路"的报告指出，政府的更迭可能会使某些已经批准的项目陷入危机，如斯里兰卡；另外，当地一些社会团体也可能质疑项目带来的环境影响，从而导致某些项目暂时搁置，柬埔寨和缅甸的水坝建设近期就面临这一尴尬。

因此，"一带一路"项目初期会以中国为中心似乎不足为奇，中国学者的评论目前大多聚焦在参与国的密切合作上。《财经》记者黄一平和一位清华大学研究国际关系的副教授说，如果中国采用粗暴的"大国外交"方式和过度集中规划，"一带一路"将前景堪忧。2015年10月在乌兰巴托举行的一次会议上，有中国学者强调实施"一带一路"应注重"三个共同"，即共同设计、共同协作、共享利益。卢先堃也表示："'一带一路'需要融入沿线国家的发展战略，而不是把该倡议强加给他们。"有专家指出，中国项目的实施应注意政策沟通、设施联通、贸易畅通、资金融通和民心相通。正如苏杰生所讲，除了"贯穿亚洲的共同文化和文明主线"外，亚洲的联通还需要考虑"机构、监管、法律、数字化、金融和商业联系"等因素。

第三，巴基斯坦境内已经出现妨碍中巴经济走廊建设的问题，这使印度确信,在地图上绘制路线要比具体实施容易得多。到目前为止,中巴经济走廊几乎所有方面都存在争议,项目在实施过程中也困难不断。省议会对铁路和高速公路的路线,以及财务不够透明提出批评,还有来自俾路支民族主义者和瓜达尔居民的抗议。出于对大规模外来移民的担忧,俾路支人开始攻击中国项目和工人,而瓜达尔居民则担心他们被驱逐出自己的家园。巴方已部署了一支由1万人组成的专门部队,保护中国工人。虽然中巴双方仍在不懈努力,但从这一"旗舰"项目的推进现状来看,其他"一带一路"项目实施起来也很可能异常困难。为了转移公众对这些问题的注意力,巴基斯坦陆军总长谢里夫宣布印度已"公开挑战"中巴经济走廊,并"公然参与破坏巴基斯坦的稳定"。

第四,中国在与其他国家的互动中似乎已经察觉到,一些亚洲国家对"一带一路"心存疑虑。因此,中国学者反复宣称,"一带一路"与马歇尔计划不同:"一带一路"不是占领的产物,不会成为"地缘政治工具",并欢迎所有国家,包括美国、日本、俄罗斯和印度的加入。

为充分消除疑虑,中国学者指出,中国需要通过"新的外交手段""改善形象",与周边国家"扩大友好关系"。中国国内的评论倾向于弱化"一带一路"的地缘政治特征,"一带一路"愿景文件和行动计划也都更突出开放性和包容性,以吸引沿线国家。

规划指出,亚洲各国要注重政策协调,努力推动贸易自由化和金融一体化,并最终实现"民心相通"。规划还指出,在贸易、金融和投资等关键领域如果没有政策协调,"一带一路"将毫无意义。因此"一带一路"虽由中国提出,但它已不再是一个专属于中国的计划。毫无疑问,"一带一路"倡议要取得成功,就必须使其成为全亚洲的共同事业。

多极亚洲

苏杰生在瑞辛纳对话会的开幕式上敦促中国避免通过单边决定推动其联通项目,因为这将使其具有典型的地缘政治特征。他指出,亚洲"没有协商一致的安全框架",因此还需小心谨慎。他提出"多极亚洲"的主张,认为实现该主张最好通过"开放式磋商来探讨联通性未来"。他的观点是将联通性问题置于新兴的区域和全球战略的核心,并强调目前正在形成的世界秩序的性质，印度将以何种身份对其进行界定，以及印度最终将怎样适应这些新秩序等诸多问题的重要性。不幸的是，在印度和其他一些国家，这些问题的讨论常常被"零和思维"所扭曲，这种思维是一种将"我们"和"他们"严格区分开来的二分化观点，这也是印度对中国相关举措和项目的学术反应。

中国有着悠久的历史、灿烂的文明和强烈的使命感，这样一个大国必将与印度在地理、政治、经济、文化和观念等不同领域展开竞争。然而，即使如此，两国依然拥有更大的共同利益，这就要求印中两国共同探索如何协调各自所长，以取得惠及双方的更好结果。这种合作努力可以通过金砖国家、20国集团、上海合作组织甚至联合国安理会等双边和多边论坛实现，当然也可以在"一带一路"领域内展开。

两国都充分认识到加深亚洲各国联系的重要性。亚洲资源丰富，但无法将它们转移到有资源需求的市场。如果联通性项目是在各利益方之间进行协商，并根据合作原则提出决议，项目的战略价值将逐渐让位于更为重要的经济价值，这就是中国决策者最近一直强调的真正的"双赢"。这种协商决议的方式将有助于印度在孟中印缅经济走廊项目，以及在促进与中亚和俄罗斯联通的多个项目中发挥更大作用。这也适用于安全问题，未来几年似乎还不可能构建完善的亚洲安全框架，但同时也没有尖锐的二分观点会永远割裂世界主要大国。亚洲将继续拥有代表不同利益的多极，尽管它们也会在某些具体问题上达成共识。印度当然需要根据具体问题，在不同利益集团之间确定自己的具体立场。

因此，虽然印度有充分理由密切关注与瓜达尔港有关的事态发展，但没有理由感到绝望，因为在恰巴哈尔港的地位和与阿曼海军的伙伴关系上，印度也有自己的资本。事实上，印度在海湾的影响力比中国大得多，并且在应对该地区冲突的安全问题方面接受度更高。该地区主要大国，沙特阿拉伯、伊朗和土耳其也会避免与世界大国建立牢固的联盟。他们会像印度一样，将普遍采取灵活一致的政策。多极亚洲已经存在，而且印度是其重要组成部分，没有必要担心"一带一路"，"一带一路"和中国都需要印度这一合作伙伴。

印度不应与"一带一路"失之交臂

原文标题： Why India must Embrace China's One Belt One Road Plan

原文来源： The Wire，2016 年 8 月 13 日

观点摘要： 拒绝"一带一路"，印度在南亚只会更加孤立，其区域霸权也会快速终结。更不可原谅的是，印度将失去利用中国经济优势促进印度自身发展的绝佳机会。

　　未来的历史学家可能会把中国外交部长王毅本周访问印度视为冷战结束几十年来最重要的外交序幕之一，因为这次访问可能影响中印关系的未来走向，同时也很可能关系到南海的和平与稳定。王毅此访的两个目的非常明确：第一，改变印度对中国的错误印象，使其不再认为中国是其上月未能成为核供应国集团成员的主要推手；第二，也是更为重要的目的是准确了解印度在中美关于南海问题不断升级的对抗中所持的立场。周五在果阿邦，王毅明确声明，果阿邦对于印度未能成功加入核供应国集团的普遍印象是错误的。

　　中国显然认为有必要澄清事实，因为虽然印度支持国际法庭的裁决，即中国应遵守《联合国海洋法公约》，但同时印度也强烈主张相关国家应通过谈判解决争端。谈判意味着协调、包容，所以中国将印度列入支持其立场的国家之一。但是西方政府和印度媒体认为，印度的声明是对西方观点的支持，即《联合国海洋法公约》不仅意味着商业船只，也意味着军舰的自由航行。莫迪总理决定，4 个月后派遣四艘印度军舰加入美日特遣部队驶过南海。两个月后即将召开金砖国家峰会，在此关键时刻，消除疑虑对中国来说迫在眉睫。

　　中国为何如此重视印度在这一问题上的立场？大多数印度分析人士

并不相信中国愿意解决老问题，从而与印度在未来携手合作。我们看到，1981 年中国的人均收入与印度持平，2014 年却已是印度人均收入的 4 倍；中国在短短 40 年间从一个封闭的经济体发展为世界最大贸易国，2015 年出口额已高达 2.1 万亿美元。

中国的变化让我们既羡慕又吃惊。2004 年，中国从零开始，在不到 11 年的时间里建成了长达 1.9 万公里的动车网，每天有 4000 列火车对开。中国还在短短 6 个月内使用本国工程师设计制造的超强挖泥船在南海永暑礁建成一个简易机场。难以想象他们是如何做到的。那么，我们还能为中国提供什么来满足他们的需要呢？

答案惊人地简单：和美国一样，中国也需要印度的软实力。但是中国这样做的目的是避免战争。中国的一切发展都得益于世界贸易，贸易兴旺有赖和平，因此，战争对贸易构成最大威胁。维护世界和平对中国比对世界上任何一个国家都意义重大。中国外交政策的这一目标与西方国家政府和媒体一直强调的观点形成鲜明对比。西方政府和媒体认为，中国是一个国家意识逐渐苏醒的巨人，其国家意识可以追溯到公元前 3 世纪，当时中国决心利用强大的经济实力重获其"中央王国（中国）"的地位。

中国的外交政策同时体现出两种动机，其领导人从邓小平到习近平都有着这样的国家愿景。两位领导都充分意识到，中国不断增长的经济实力对美国的全球霸权，尤其是东太平洋霸权构成挑战。他们认为，在这一地区，权力重心已经转向中国，如果中国经济增速持续快于美国，权力的天平就会继续向中国倾斜。他们最担心的是，这种权力的倾斜可能失控并引发战争。中国的双重动机在其南沙群岛永暑礁飞机跑道建设声明中清晰可见。很显然，中国计划在争议水域为其领土主张创造条件，并在必要时将其用做军用机场；即使如此，中国仍坚称机场主要会被用做通信和搜索救援行动的基地，以提高该地区商业航运的安全性。

刺激计划

2011 年，中国的财政刺激计划结束时，国内需求再次下降。绝望中，中国生产商为提高出口额，开始以低廉价格倾销，直到 2015 年钢产量达到 1 亿吨。这使美国钢铁价格在 2015 年下半年下降了 39%，并迫使美国钢铁公司裁员达四分之一。危机已蔓延到全球其他钢铁生产商，如英国康力斯集团（Corus）和阿塞洛米塔尔钢铁集团（Arcelor Mittal）。目前中国约有 2 亿吨的剩余钢铁产能，并承诺在未来几年内淘汰 1.5 亿吨。煤炭开采和火力发电也不例外。自 2013 年以来，中国已增加 30 万兆瓦的发电量，超过印度总发电量，但其国内电力的需求几乎毫无增加。为容纳新建电厂，现有电厂的发电量仅占其总发电量的 50% 左右。水泥、有色金属、平板玻璃、炼油厂，甚至服装行业都面临同样困境。

然而，相比重型机械制造业和建筑行业，上述行业面临的问题则显得微不足道。因为，如果封存钢铁、水泥和发电厂以消化过剩产能，那么在过剩产能得以消化之前不会新建工厂。这意味着，虽然钢铁生产可能下降 20%，机床、起重机、锻造和高炉的生产将降为零，那么，重型机械制造业和建筑行业在此期间将何去何从？工人怎么办？这些问题是中国政府无法忽略的。

事实证明，关闭多余的钢铁厂、水泥厂、发电站和煤矿也并非易事。为缓和国内经济放缓带来的负面影响，实现又一次"软着陆"，中央政府在经过两年磕磕绊绊的努力后，于 2016 年 1 月通过《人民日报》刊发文章称，政府计划启动"供给侧结构性改革"，消化巨大的过剩产能，即在不过度刺激需求的情况下，关闭无法存活的企业和买断冗余工人工龄。

但说来容易做来难，因为在 40 年经济高速增长的过程中，地方政府的投资已经形成了一个连锁利益网。煤的需求取决于电力需求，电力需求很大程度上取决于钢铁和水泥的需求，而钢铁和水泥的需求又取决于对房地产的需求，但大多数煤炭资源集中在中国较贫困的地区，如在内蒙古，煤炭开采不仅是许多地方的主要就业来源，而且也是地方政府重要的财政来源。因此，关闭一些厂子和辞退工人的做法很快会在煤炭储量丰富的省份造成动荡。

中央和地方的改革拉锯渐渐显现。供给侧结构性改革宣布仅仅 4 个月后，2016 年 4 月中央发出明确指示，职工再就业后才允许这些工厂和矿山关闭。显然，上有政策下有对策。目前，中国领导人尚未出台经济复苏的全面计划，但他们知道，如果这些行业至少可以得到部分订单，他们面临的问题都会更易解决。中国政府目前只有两种选择：一种是推出新的财政刺激计划，解决企业订单；另一种是在海外投资工业和基础设施。海外投资成为唯一出路，这就是中国日益重视"一带一路"的原因。但是只有得到印度的大力支持，"一带一路"才能显著缓解中国的过剩产能。因为印度是世界上唯一一个足以吸纳中国钢铁、水泥、塑料和重型机械制造业巨大过剩产能的大国。

印度的利益

自从中国提出"一带一路"以来，大多印度分析人士认为它是一种威胁而非机遇。只有少数人，而且几乎都是经济学家，视之为难得的机会。在他们看来，印度可以借中国的"一带一路"实现印度基础设施的现代化，并为促进工业化发展和提高就业铺平道路。结果究竟如何将完全取决于印度的意愿。

一个不容辩驳的事实是，加快"一带一路"沿线国家快速发展（这在五年前是难以想象的），对今天的中国来说却并不困难，因为中国拥有金融资本、技术，最重要的是，这一举措符合中国的发展需求，是其国家利益所在。另外，中国计划建造的隧道、公路和铁路网将打通南亚的自然屏障——喜马拉雅，从而打破印度在南亚地区的地理霸权。拒绝"一带一路"，印度在南亚只会更加孤立，其区域霸权也会快速终结。更不可原谅的是，印度将失去利用中国的经济优势促进印度自身发展的绝佳机会。要避免这一恶果，就应加入"一带一路"，邀请中国投资印度的基础设施，并利用其建立的交通便利，增加与其他南亚国家以及中国的贸易和投资。

这一切都取决于王毅的访问结果。如果印度坚持立场，认为解决南海冲突必须基于规则，并重申规则必须通过相关国家的谈判而非对抗来制定，同时如果印度提出准备加入"一带一路"，中国的忧虑将在两方面得到明显缓解，印中两国就可能通过金砖国家和其他论坛进一步开展战略合作。

《电讯报》（The Telegraph）

莫迪之行蒙阴影

原文标题： China Shadow Hovers over Iran Visit

原文来源： The Telegraph，2016 年 5 月 16 日

观点摘要： 印度不应试图与中国竞争，而应以开放的态度引入符合印度规划的"一带一路"元素。

  印度总理莫迪将奋力赶超中国在中亚日益增长的影响力。他本周末出访德黑兰是规划已久的行程，以弥补过去四年印度迫于美国压力而接受美国对伊政策。有高级官员称，莫迪和伊朗总统鲁哈尼不大可能在其会谈后发表的联合声明中提及中国，但伊朗支持中国在该地区的新贸易联通项目将影响双方会谈走向。

  印度总理将于周日抵达德黑兰，进行为期两天的独立访问。印度政府希望借此机会与伊朗签署阿曼湾具有战略意义的恰巴哈尔港商业合约，并形成一项包括阿富汗在内的三边过境公约。除了会见鲁哈尼，莫迪还可能会见伊朗最高领导人哈梅内伊。

  莫迪出访期间，阿富汗将与中国签署加入"一带一路"的协议。印度认为，通过建立铁路、高速公路和海路网络来连接中国与东非、中亚和欧洲的"一带一路"规模庞大，是中国努力确立其主导地位的一种手段。

  哈梅内伊称赞中国在伊朗不断增长的运输和贸易活动，2016 年 2 月抵达德黑兰的首趟直通列车是对双方友好关系的最好诠释。

纳伦德拉·莫迪

伊朗问题专家和国防研究与分析研究所（the Institute for Defence

Studies and Analyses，IDSA）研究员朱娜·新·罗伊（Meena Singh Roy）对《电讯报》说："总理此访非常重要，关系着印度一些未决的连接项目能否签署，但是伊朗人对我们有更多期待，如何不负这种期待将是总理此行的最大挑战。"伊朗人的期待不无理由，在解除制裁和放松管制后，伊朗这一新兴经济体得到全球前所未有的关注。自 2012 年印度前总理辛格最后一次访问德黑兰后，印度大幅削减来自伊朗的石油进口。伊朗从 2012 年印度第二大原油供应商下滑至 2015 年的第九位。

但在与伊朗、欧盟、美国、法国、俄罗斯、英国和中国签署核协议的前夕，印度试图恢复两国关系。运输部长尼廷·加德卡里（Nitin Gadkari）出访伊朗，并致力于帮助德黑兰开发恰巴哈尔港。2015 年 7 月在俄罗斯乌法举行的上海合作组织首脑会议间隙，莫迪和鲁哈尼进行会谈，决定开发一条国际南北运输走廊，走廊计划通过伊朗的阿巴斯港联通俄罗斯和印度。然而一年后，中国已赶超印度提前开通通往伊朗的铁路线，甚至还使用了本属于国际南北运输走廊的道路基础设施。

印度与伊朗的贸易仍然面临困境。由于美国禁止大多对伊朗贸易以美元结算，欧洲银行担心，与伊朗即使以欧元交易也可能使其与美国产生摩擦。印度外长斯瓦拉杰去年明确表示，印度认为"一带一路"是中国的"单边"倡议，由中国政府发起，几乎没有尝试与相关国家建立更广泛的共识。国防研究与分析研究所的罗伊认为，印度不应试图与中国竞争，甚至应该以开放的态度将"一带一路"中适合印度的元素与印度的规划结合起来。他说："在有融合的地方，使用由中国或其他任何人建造的基础设施合乎情理。我们必须避开竞争，关注我们的优势，兑现我们的承诺，这才是我们要坚持的。"

《每日新闻与分析》（Daily News and Analysis）

印度如何从中国的丝路项目中获益？

原文标题：How China's Silk Road Project can Benefit India?

原文来源：Daily News and Analysis，2016 年 5 月 18 日

观点摘要：拒绝"一带一路"倡议，印度将不仅失去道路联通等切实利益，还将损失通过外交手段扩大影响力的无形利益。

　　很难理解印度政府为何坚持拒绝"一带一路"倡议的任何内容。不少印度专家、学者已不止一次地强调，与中国合作符合印度的利益。这些政策研究学者和战略家没有一个是亲中国者或中国乐观主义者。相反，他们中许多人是美国反华"轴心"的坚定支持者以及华盛顿 - 德里 - 东京轴心的拥护者。他们的理由是，印度应该抛却意识形态的顾虑，从实用主义出发加入"一带一路"。经济增长、连接亚欧大陆的交通枢纽、工业走廊基础设施，以及电信、贸易、旅游和能源运输中心等方面的考虑都要求印度抓住"一带一路"抛出的橄榄枝。事实上，从地缘战略角度看，参与"一带一路"可以使印度更有效地实施自己的"香料之路"和"季风计划"项目。它们与"一带一路"不仅不会冲突，反而可以相融合，从而实现经济和战略效益的最大化。中国已经不止一次表态愿意与印度和南亚就"香料之路"和"季风计划"项目开展合作，也提出愿意重新调整"一带一路"，使之更易为印度所接受。然而，印度目前依然不为所动。既然"一带一路"将是一个长达 35 年的持续性项目，印度政府不可能永远将其拒之门外。而且中国和其他国家，包括俄罗斯，都没有放弃说服印度加入这一倡议。

　　5 月 9 日至 10 日在广州举办的亚欧互联互通媒体对话会引发了印度对"一带一路"与印度发展的多种思考。来自亚欧会议成员国的媒

体、企业、政府和智库等 200 多名代表齐聚一堂，共同讨论媒体在"培养公共意识，促进多方合作"中的作用。会议由中国外交部和国务院新闻办公室、巴基斯坦、孟加拉国、蒙古、新西兰和新加坡共同举办。虽然印度政府不参与"一带一路"相关活动，但印度人，特别是媒体人会定期受邀参加这些利益相关者的联通会议。如果印度选择参与"一带一路"，那么在这样的活动中，印度一定会成为人们瞩目的焦点。如果印度缺席，巴基斯坦似乎会成为主导这一场合的英美轴心中最具影响力的因素。毋庸置疑，巴基斯坦作为南亚在此类论坛上的领导者，非常善于利用这些机会来"管理"公众观念。

如果印度政府能够参与其中，即使仅仅进入第二轨道，印度也将成为焦点，彰显本国风范，不仅在广州，而且在任何此类亚欧会议上都能先声夺人。没有印度官方的参与，印度媒体代表只能依赖其发言内容来主导一些会议，分享其观点和信息。这些媒体代表最多只是知情的参与者，在政策制定上几乎没有权威或话语权，这是会议组织者和参与者都清楚的事实。然而，他们能受邀参会并阐述其思考和建议已经表明，会议组织者对印度、印度在亚洲的重要角色、印度与欧洲的联系、印度对新兴全球倡议的参与等给予了高度重视和认可。

参加此类会议并在国际论坛上产生影响力的事实证明，印度具备一定的"软实力"，这一实力利国利民。因此，拒绝诸如"一带一路"这样的倡议，印度不仅将失去可预见的道路联通等切实利益，还将损失通过外交手段扩大其影响力的无形利益。

《德干记事报》（Deccan Chronicle）

莫迪在德黑兰可以发挥更大作用

原文标题：In Tehran，Modi could Play Wider Role

原文来源：Deccan Chronicle，2016 年 5 月 21 日

观点摘要：印度与伊朗建立的联系实际上是"一带一路"的有益补充，它将我们的项目与"一带一路"对接，确保我们急需的道路联通能早日实现。事实上，对印度来说，真正的挑战在于能否像中国一样快速启动项目建设。

  印度总理莫迪与海湾国家定期且频繁的交往让许多观察家倍感疑惑。与阿拉伯联合酋长国（简称"阿联酋"）大量接触后，莫迪于今年 4 月又前往利雅得。两次访问增进了印度与阿拉伯主要国家的政治和经济联系，这种密切联系对加强印度与阿拉伯主要国家在安全和国防上的合作具有重要战略意义。

  下周初，莫迪访问伊朗将使印度在该地区发挥更大战略影响，这关系到我们的长远利益。伊朗石油储备排全球第四，天然气储备位列全球第二。对伊朗的经济制裁解除后，印度和伊朗有望扩大能源合作。对伊朗制裁前，伊朗是印度第二大石油供应国，占印度原油进口量的近 11%，目前印度对伊朗石油的进口正逐渐恢复至以前的水平。作为回报，伊朗预计将向印度提供烃加工业的大型项目，特别是法扎德－B（Farzad－B）油气田的开发，努力在伊朗－阿曼－印度海底输气管道方案上取得进展，并可能同意印度参与伊朗的炼油和石化项目。

  然而，莫迪访伊的重要性远远超出能源利益。伊朗对印度非常重要，因为它是经贸易和过境走廊通往阿富汗、中亚以及俄罗斯和欧洲的门户。位于阿曼湾的恰巴哈尔港距离霍尔木兹海峡 300 千米，距巴基斯

坦的瓜达尔港150千米，是伊朗距印度最近的港口，该港口在这些区域联系中占据重要位置。

伊朗已将该港开发为深水港口和工业区。印度致力于分两个阶段进一步开发该港口：第一阶段将投资8500万美元开发一个集装箱码头和一个多功能货物码头；第二阶段将进一步投资1.1亿美元，建造一条长达900千米的铁路线，连接恰巴哈尔港和阿富汗的哈加嘎科（Hajigak）铁矿，与印度已经建成的606号高速公路（Zaranj – Delaram）并行。

伊朗总统鲁哈尼说，恰巴哈尔具有"连接整个地区"的发展潜力。实现这一联通只需建立一个公路网：从恰巴哈尔通往阿富汗北部，从赫拉特到马扎里沙里夫，然后穿过各中亚共和国最后抵达哈萨克斯坦的阿拉木图。该公路网建成后，将是通往中亚最短、最安全的道路。南北过境走廊是该公路网的补充，走廊始于伊朗的阿巴斯港，向西通往阿斯塔纳、巴库，跨越里海直至阿斯特拉罕，最后与俄罗斯道路网络相联通。就恰巴哈尔港口建设和区域联通达成一致是莫迪总理此次访问的重中之重。

因此，与阿拉伯海湾国家对印度的能源和经济利益至关重要不同，伊朗的重要性在于它能将印度的能源、经济和战略空间大幅扩大到其他无法通过陆路到达的地区。在实现这些潜力方面，印度面临两大挑战：第一，在发展与伊朗的关系方面，中国是印度获取伊朗关注的主要竞争对手。第二，印度正在与伊朗建立战略关系，而印度重要的阿拉伯伙伴国对伊朗持敌对态度。

一些伊朗评论家提醒道，在发展与伊朗的关系时，印度应考虑伊朗外交政策的"长远"规划，即伊朗会与中国和俄罗斯合作，与美国为首的西方联盟相抗衡，印度应明确哪种合作关系最符合其利益。这种冷战思维未免简单片面。但事实上，全球形势可能会更加复杂，为应对具体问题和挑战，各国会寻求各种各样的关系。日本预计将与印度合作，提供贷款和投资开发恰巴哈尔港就是例证。

一些印度观察家指出，印度的互联互通项目可能与中国通过陆路和海路将中国与欧亚大陆相联通的"一带一路"项目产生竞争或对其构成挑战。这显然是多虑了，一方面，"一带一路"不是靠中国一个国家就可以实现的项目，没有相关国家在政治、技术和资金方面的积极支持，"一带一路"将难以实现，因此可以说，"一带一路"是一个亚洲项目。另一方面，虽然伊朗已表示支持"一带一路"，但我们与伊朗建立的联系实际上是"一带一路"的有益补充，它将我们的项目与"一带一路"对接起来，确保我们急需的道路联通能早日实现。事实上，对印度来说，真正的挑战在于能否像中国一样快速启动项目建设，中国已经建成从义乌到德黑兰全程 10500 千米的"丝路专列"。

伊朗与阿拉伯酋长国之间的矛盾对地区安全与稳定带来更大挑战，因为这些伊斯兰大国间持续的冲突和代理战争很容易恶化为全面冲突，给印度和该地区以及亚洲其他国家带来严重后果。印度应放弃其不参与南亚之外争端的传统态度，并通过外交努力应对沙特阿拉伯和伊朗之间的不满和猜疑。

在伊朗，莫迪应以最大的善意和尊重使印度及其领导人在这个国家享有更高威望，并讨论如何与海湾国家在交往中重建信心与信任，唯有如此，他的访问才能受到欢迎。

《经济时报》(Economic Times)

反华政策实为下策

原文标题：Anti – China Policy not Good

原文来源：Economic Times，2016 年 7 月 8 日

观点摘要：印度不应盲目反对"一带一路"，而应寻求加入，以便在亚太地区实现更有效的联通。

在一片反华浪潮声中，前国家安全顾问梅农在中印双边关系的报告中建议，印度不应盲目反对习近平的"一带一路"战略，而应寻求加入，以便在亚太地区实现更有效的联通。

《经济时报》刊登的这份独家报道是由德里智库阿斯彭研究所和中国研究所提供的，它由梅农领导的 24 人专家小组编写而成，成员包括前印度外长萨兰、现任外交官、退役军官以及学术界的元老。报告正好在首尔举行的核供应国集团全体会议后完成。在这次会议上，中国单方面阻止印度的加入。经过几轮会议最终形成的这份报告提醒道，"印度必须重新审视对待中国'一带一路'倡议的立场。印度的参与将改善亚洲和印度洋－太平洋地区的联通性。必须指出，'一带一路'是一个合作性及参与性的倡议，它由中国投资，通过建立和改善基础设施，实现更大范围的互联互通。印度应该与中国进行广泛磋商，探索一种交换条件，即印度承诺成为中国在印度洋地区利益安全的提供者，而中国可以成为印度在中国东海和南海利益的保护者。"

"一带一路"倡议对中国来说是一个规模巨大的项目，涉及资金达数万亿美元，而且新丝绸之路经过许多面临地缘政治挑战的国家。报告认为，印度迄今尚未支持"一带一路"倡议，但考虑印度在该地区的公信力，印度的参与可以减少地缘政治紧张局势，吸收其他多边机构支

持以及促进互联互通。印度认为"一带一路"项目包含各种联通环节，中国政府却并未与伙伴国进行广泛磋商，印度政府就中国单方面实施该项目持保留意见。同时印度还认为其中一些联通项目影响本国安全，并向中国政府就中巴经济走廊穿过巴控克什米尔地区提出抗议。

报告着眼于中印经济关系现状，重点关注中国在电子商务领域的投资。报告称："我们看到，中国的电子商务发展日新月异，许多中国电子商务公司有意在印度复制阿里巴巴模式，中国正在寻求电子商务领域的合作者，我们应尽快探索合作模式。"

报告还称："……中国对跨太平洋伙伴关系协定（TPP）的态度已经由敌意转为开放，加入 TPP 将为中国带来内部改革。印度必须与中国合作，制定更适合两国国内环境的监管标准。"这似乎是在暗示，印中两国可能在美国倡议的 TPP 上采取共同立场。

报告进一步就印度公司在中国的市场准入、印度经济结构性改革和中国在印度增加投资等提出建议。研究表明，地缘政治严重影响中印经贸关系，中国的"一带一路"、军事现代化和海上抱负对今天印中经济伙伴关系的发展也多有不利。另外，印度公司缺乏竞争力、市场准入不足、中国对印直接投资低落、双方知识匮乏等都对两国经济关系造成一定影响。

《巴基斯坦观察家报》(Pakistan Observer)

中国致力于重振丝绸之路

原文标题: China's Efforts to Restore Silk Route in Asia Part of CPEC

原文来源: Pakistan Observer, 2016 年 6 月 28 日

观点摘要: 中国在斯里兰卡投资建设基础设施,现已是斯里兰卡的五大投资国之一。未来,斯里兰卡可以根据"一带一路"的进展和中国提供的更多信息确定如何使这一宏伟计划转化为实质性成果。

　　近期中国与其伙伴国的经贸关系呈好转态势,这与中国满怀热情积极推动"一带一路"息息相关。中国与海上丝路沿线国家的贸易额在过去 10 年平均增长了 18.2%,国家外贸总额增长了 20%。

　　斯里兰卡国家政策研究所研究员尼谱尼·佩雷拉(Nipuni Perera)在接受《岛国金融评论》的采访时说:"过去 10 年间,中国对'一带一路'国家的直接投资从 24 亿美元增加到了 92.7 亿美元,年增长率达 44%。"

　　她说,截至目前,众多"一带一路"项目已经初见成效。例如,首趟丝路货运列车从中国东部省份浙江出发,途径哈萨克斯坦和土库曼斯坦,历时 14 天于 2016 年 2 月抵达伊朗首都德黑兰;在南亚,投资额达 460 亿美元的中巴经济走廊项目开始动工建设。除此之外,中国也在中欧启动了重要的投资项目,如在白俄罗斯建设经济特区——中国–白俄罗斯产业园,并与哈萨克斯坦达成涉及矿产、工程、加工、运输、石油、天然气等多个领域的 33 笔交易,总金额达 216 亿美元。

　　佩雷拉补充说，斯里兰卡位于海上丝绸之路的中段，如果能抓住机遇，则有望成为印度洋地区的枢纽。有鉴于此，斯里兰卡政府承诺支持中国的"一带一路"倡议。中国在斯里兰卡投资建设基础设施，现已是斯里兰卡的五大投资国之一。在"一带一路"倡议下，中国将进一步加强与其他伙伴国家（包括东亚、欧洲国家）的贸易投资联系。

　　"一带一路"看似前景光明，但缺乏具体详尽的计划使其难以发挥应有作用，也难以评估其长期效益及对斯里兰卡的影响。未来，斯里兰卡可以根据"一带一路"的进展和中国所提供的更多信息确定如何将这一宏大计划转化为实质性成果。

"一带一路"——文明冲突之际的一股清流

原文标题: China and Civilisational Harmony

原文来源: Pakistan Observer, 2016 年 7 月 5 日

观点摘要: 实现不同走廊互联互通将帮助 64% 的世界人口提高生活水平;6 个走廊将促进欧洲与南亚地区的经济往来,这不仅有助于消除彼此的偏见,还将促进地区和谐发展。

塞缪尔·亨廷顿于 1992 年提出文明冲突论。该理论指出,人们的地域和宗教身份、不同地域和意识形态的人们日益突出的不平等是后冷战时期世界冲突的首要原因。"文明的冲突"这一概念是对弗朗西斯·福山 1992 年出版的著作《历史的终结与最后的人》(*The End of History and the Last Man*)的回应。塞缪尔·亨廷顿在 1996 年发表的《文明的冲突与世界秩序的重建》(*The Clash of Civilizations and the Remaking of World Order*)一书中对其观点进行了补充和进一步的阐释,书中作者将不同地域日益加剧的不平等与西方世界的政治和经济垄断视为两个变量。

亨廷顿的观点受到众多学者的抨击。然而,多年来,由于社会经济和政治的不平等,世界不同文明的冲突不断加剧,这一事实证明其观点是可取的。过去 20 年,世界财富愈发不均。中国人口虽占全球人口总数的 21%,但其拥有的财富仅占全球财富的 9%。另外,美国的资本主义制度也仅为 1% 的人谋取了福利,99% 的人口的利益被无情忽略,由此引发大量社会经济问题。有鉴于此,我们急需能够缓解当下众多社会经济问题的全新、公正的世界经济秩序。

中国的崛起为世界不同文明的和谐共处带来了新的希望。中国提出

一系列旨在促进不同地区文明融合的政治、经济倡议，其中就包括巴西、俄罗斯、印度、中国和南非金砖五国设立的新发展银行和亚洲基础设施投资银行，它们已经成为打破西方垄断世界经济秩序的两座丰碑。自2008年以来，南亚贫困指数一路飙升。当前巴基斯坦的贫困人口占到世界贫困人口总数的22%，30%的印度人生活在贫困线以下。相形之下，中国成功帮助6亿人口脱贫，南亚国家应向中国学习，帮助民众摆脱极端贫困。

力图促进地域平等的"一带一路"倡议是文明冲突之际的一股清流。未来20年，中国在"一带一路"倡议下预计将向不同经济走廊投资21万亿美元。当前，中国已向6个正在兴建的经济走廊投资8000亿美元。实现不同走廊的互联互通将帮助64%的世界人口提高其生活水平；6个走廊将促进欧洲与南亚地区的经济往来，这不仅有助于消除彼此偏见，还将促进地区和谐发展。

融合是众多文明迈向繁荣的关键，就此而言，中国的贡献对世界的和平与稳定至关重要。巴基斯坦通过与中国共建中巴经济走廊给予中国的文明融合梦大力支持。中巴两国通过增加贸易活动积极应对恐怖主义、气候变化、文明冲突等全球问题。国际社会也应与中巴两国一道为人类谋福祉。

"一带一路"促进全球人际互信

原文标题：Belt and Road Initiative to Grow Global Trust in Human Mutuality

原文来源：Pakistan Observer，2016 年 7 月 27 日

观点摘要："一带一路"倡议有助于促进全球人际互信包容、维护世界稳定、增进不同国家间的理解和团结，为人类谋福祉。

    周三，《巴基斯坦观察家报》执行主编高哈尔·扎希德·马利克（Gauhar Zahid Malik）在中国的人民日报社举办的"一带一路"媒体合作论坛开幕式上称，"一带一路"倡议有助于促进全球人际互信包容、维护世界稳定、增进不同国家间的理解和团结，为人类谋福祉。马利克先生说："我们密切关注全球社会改革，因此我们的英文日报《巴基斯坦观察家报》对中国的'一带一路'进行了大幅报道。报道内容广泛、丰富，让人甚至有一种阅读中国报纸的感觉。之所以这样做，是因为我们对整个'一带一路'计划和相关项目的作用与功能充满了信心。'一带一路'是我们媒体关注的焦点，我迫切感到应使其见诸更多视听媒体。建议为'一带一路'设立专门的电视频道，定期举办研讨会和培养青年意识对这一全球性计划同样重要。"

    他说："'一带一路'是新型的全球化倡议，其经济潜力是最吸引人的地方。因为参与国家众多，'一带一路'论坛应顾及各方利益。如此规模宏大的倡议史无前例，提出这一倡议者心系苍生、造福人类。它利在千秋，将带来广泛的经济效益和人类福祉。"

    马利克先生进一步指出："此次论坛意义重大，因为它能让'一带一路'沿线人民认识到它的经济价值。有鉴于此，加强和提升媒体合作尤为重要。该论坛将有助于改善参与国人民的社会经济条件、提升他

们对政治和战略的理解、深化国际合作、勾画与人类息息相关的美好愿景——全人类团结一致、不再各行其是，世界将为之一新。"

马利克指出，对"一带一路"的务实宣传将使参与国更加紧密地团结在一起，首次做到众志成城，这才是该倡议最成功的地方。他说："我认为吸引人的指示牌、项目成本、项目细节和项目的经济和人口解决方案及其项目功用都应该成为我们宣传的内容。"

中巴经济走廊——中巴友谊的缩影

原文标题：CPEC：An Epitome of Pak – Cheen Dosti

原文来源：Pakistan Observer，2016 年 7 月 29 日

观点摘要：中巴经济走廊是中国在全世界所有国家中投资规模最大的海外项目，它是具有战略意义的规则改变者，巴基斯坦的加入将给本国的政治稳定、经济繁荣和社会和谐做出积极贡献。

纵观历史，一切皆始于新中国的诞生。巴基斯坦是最早承认新中国的国家之一，一个民主国家（巴基斯坦）与一个共产主义国家（中国）缔结友好关系，鲜有所闻。然而，时光荏苒，中巴友谊饱经考验，历久弥新。不仅如此，巴基斯坦也是首个为中国开放空中走廊的国家，首个与中国建立积极外交关系的伊斯兰国家。

时至今日，中巴友谊仍然是巴基斯坦对外政策的基石。面对世界风云变幻，中巴友谊之树长青。中巴的友好关系有力维护了东南亚地区的和平稳定。其他任何双边关系都不曾像中巴两国这样持续交好。据此，我们坚信中国值得信赖，不会让巴基斯坦失望。

中巴经济走廊是两国近年来的新合作，也是最具前途和约束力的合作。该走廊是习近平主席提出的"一带一路"倡议的旗舰项目，世界各国都在密切关注中巴经济走廊相关项目的实施。作为两国战略框架下的主要成果，中巴经济走廊旨在拓宽两国的多领域合作平台。在中巴经济走廊这座新的里程碑下，双方签署了 51 项合作协议和谅解备忘录，涉及基础设施、交通等多个领域，其中最为重要的当属巴基斯坦能源领域。

确保中巴经济走廊的顺利实施，保证在巴工作的相关中方工程师、

专家和工人的安全至关重要。对此，巴基斯坦政府深感忧虑并已将其提上最高议事日程。巴政府决定派遣1.5万人的特种部队并采取多重安保措施，保护中国工程师和工人的安全。近期，中巴经济走廊吉尔吉特－巴尔蒂斯坦路线的安保措施已经有所加强。吉尔吉特－巴尔蒂斯坦省政府发言人法伊祖拉·法拉奇（Faizullah Faraq）也证实了这一说法，他坦言已部署300名安保人员，保护中巴经济走廊荻阿莫－罕萨段施工人员，保证其人身安全。

中巴经济走廊引起全球关注，足见其重要程度。外界一致认为该走廊将改变世界游戏规则，帮助巴基斯坦一跃成为"亚洲虎"。值得注意的是，该走廊将通过铁路、公路、油气管道将巴基斯坦西南部的瓜达尔港与中国西北部相联通，这不仅将在未来几十年增进两国关系，而且可以为困扰该地区，特别是瓜达尔港的各类问题提供可能的解决方案。另外，众所周知，瓜达尔长期缺水，对于中巴经济走廊而言，这同样不容忽视。走廊将从瓜达尔至喀什噶尔绵延三千多千米。

通过铁路、公路网、油气管道将中国西部的喀什与俾路支省的瓜达尔相连接，这一计划势必吸引投资，推动贸易往来。但除了支持和赞誉声之外，也不乏一些批判的声音。作为后起之秀，瓜达尔港将使中国直抵印度洋，不仅如此，瓜达尔港还毗邻波斯湾，发展前景光明。

中巴经济走廊仅能源项目投资就达350亿美元，资金在各地的具体分配则经过了精心设计与规划，旨在解决当务之急。资金的大致分配情况如下：信德省100亿美元、旁遮普省70亿美元、俾路支省85亿美元、阿扎德克什米尔25亿美元、开伯尔－普赫图赫瓦省18亿美元等。需要指出的是，俾路支省吸引了广泛关注。众多批评人士认为，俾路支省问题错综复杂，必须先行解决。实际上，一旦项目落地，俾路支省将迎来经济快速持续发展的契机。基础设施建设是发展中国家的发展瓶颈，只有基础设施建设部署正确，其他领域才能得以提高和改善。也有人坚信，中国有比中巴经济走廊更大的计划，中国会竭尽全力与巴基斯坦一道确保中巴经济走廊及时完工。

中巴经济走廊下的其他重要项目包括喀喇昆仑公路、卡拉奇－拉合尔公路、塔科特－赫韦利场公路、瓜达尔港公路、瓜达尔国际机场等工程和一系列能源项目。460 亿美元中将有 330 亿用于投资巴基斯坦能源项目。借助中巴经济走廊，水电、煤炭、风能、太阳能等项目将为国家电网总计输电 10400 兆瓦，能源安全将确保巴基斯坦国家和经济安全，帮助挖掘经济发展潜能。中巴经济走廊还将带动建立以能源生产为主的经济区，帮助巴基斯坦应对未来的能源需求。

对发展中国家来说，基础设施建设，无论是自主建设还是友邻援建，都将对国家发展大有裨益。巴基斯坦不是发达国家，对如此庞大的项目只能望洋兴叹，但是中巴经济走廊将推动两国关系更上一层楼，实现双赢发展。中巴经济走廊建设整体花费预计高达 460 亿美元，全部项目将于 2017 年至 2018 年完工，460 亿美元的总投资中有 340 亿来自中方。建成后，巴基斯坦能源短缺问题将在很大程度上得以缓解，道路的畅通也将加速巴基斯坦与邻国的贸易往来。

在中国的参与下，地域经济将促使利益相关者共同维护南亚、中亚地区的和平稳定。如果所有相关国家都能够摒弃强权政治，中巴经济走廊完全有能力改变整个地区的经济面貌，并将为中国、中东、非洲敞开贸易大门。中亚是一个地理和经济上都相对封闭的地区，随着中巴经济走廊的建设，中亚将走向海洋和全球贸易。

就此而言，中巴经济走廊将促进整个地区的繁荣进步，并有望使巴基斯坦迈入经济增长的新时代。中方投资项目将使巴基斯坦基础设施旧貌换新颜。中巴经济走廊早已赚足眼球，建成后，巴基斯坦将更加坚定地立足于世界舞台。

我们看到，中巴经济走廊是中国在全世界所有国家中投资规模最大的海外项目，它可以从战略上改变现有规则，巴基斯坦的加入将给国家的政治稳定、经济繁荣和社会和谐做出积极贡献。

中巴经济走廊带动贸易务实合作

原文标题： CPEC Transforms Pak – China Ties into Solid Trade Cooperation
原文来源： Pakistan Observer，2016 年 9 月 22 日
观点摘要： 中巴经济走廊有助于加强双方贸易合作，助力巴基斯坦经济
发展，深化两国友谊。在国内动荡几十年后，巴基斯坦经济
重焕光彩，中巴经济走廊应运而生，正逢其时。

本周三，巴基斯坦商务部部长达斯特吉尔（Engr. Khurram Dastgir Khan）称，中巴经济走廊建设使两国战略伙伴关系迈向更为坚实的经济合作关系，这将进一步巩固两国的深厚友谊。他补充说，巴基斯坦经济在经历多年的国内动荡后得到进一步发展，中巴经济走廊项目的启动正逢其时。

在为期两天的中巴经济走廊总结会上，达斯特吉尔说："巴基斯坦历史上首次实现了民主选举政府在五年任期期满后的权力过渡，现任政府也即将完成他们的任期。"本次会议由巴基斯坦伊斯兰堡政策研究所（IPRI）与德国汉斯·赛尔德基金会（Hanns Seidel Stiftung）联合举办。达斯特吉尔说："几十年前恐怖主义严重危害国家，现如今'Zarb – e – Azb'行动①极大打击了暴恐分子，巴基斯坦正在一步步走向繁荣稳定。在巴基斯坦因恐怖主义遭到国际社会的孤立时，我们的好朋友中国站出来与我们共建这项规模宏大的工程。"他还说，中国并非一无所获，但巴基斯坦是最大的受益者。在肯定了当前政府取得的经济建设成果后，

---

① 编者注：该行动又被译作反恐利剑作战，自 2014 年 6 月 15 日起，巴基斯坦军方对藏匿在该国北瓦济里斯坦特区的外国和巴基斯坦极端分子展开大范围的歼灭行动，该歼灭行动被命名为 Zarb – e – Azb。

达斯特吉尔称，巴基斯坦历史上首次实现与国际货币基金组织开展合作，同时国家外汇储备也突破了 220 亿美元大关。

达斯特吉尔称，穆斯林联盟政府的一系列改革举措大大降低了国家的能源危机。自 2015 年 10 月以来，国家工业部门实现了零债务。他说，中巴经济走廊惠及全国的同时须谨防政治动荡对该工程的潜在危害。

中国驻巴使馆临时代办赵立坚指出，由世界最大建筑公司承建的卡拉奇至拉合尔高速公路的苏库尔至木尔坦段项目为旁遮普和信德两省人民创造了 1 万多个就业岗位。中巴经济走廊是中国国家主席习近平提出的"一带一路"倡议的龙头工程。中国已为中巴经济走廊前期 30 个工程投资 140 亿美元，其中有 16 个项目正在兴建过程中。

伊斯兰堡政策研究所所长、大使苏海尔·阿明（Sohail Amin）说，中巴经济走廊基础设施还包括走廊沿线已经完成的加工区和工业生产区，届时将开放并借助国家或区域经济联通俾路支省、开伯尔－普赫图赫瓦省、吉尔吉特－巴尔蒂斯坦省等落后地区。

巴基斯坦积极响应"一带一路"

原文标题：Pakistan has Shown Positive Attitude toward One Belt One Road

原文来源：The Patriot，2016 年 4 月 10 日

观点摘要：中巴经济走廊赋予中巴命运共同体更加丰富的内涵，势必成为中国与其他邻国同呼吸、共命运的典范。

　　巴基斯坦驻华大使马苏德·哈立德（Masood Khalid）指出，巴基斯坦积极响应"一带一路"倡议。从亚太地区到南亚，中东到欧洲，"一带一路"有望增进沿线国家合作，实现政策沟通、设施互联互通、贸易投资便利化以及密切人文交流等。

　　在接受《人民日报》的采访时，马苏德大使指出，"一带一路"倡议将带来史无前例的政治和经济增长红利，巴基斯坦所有政治党派和社会团体都全力支持其建设。马苏德人使开门见山，重申了巴基斯坦政府和社会对"一带一路"的坚定支持。

　　2015 年 4 月，中国国家主席习近平访问巴基斯坦期间，马苏德大使提到中巴双边关系上升到了全天候战略合作伙伴关系。中巴两国正以中巴经济走廊为引领，以瓜达尔港、能源、交通基础设施和产业合作为重点，形成"1＋4"的经济合作布局。

　　马苏德·哈立德大使坦言，今年中巴经济走廊建设取得稳步进展，卡拉奇至拉合尔高速公路项目（苏库尔至木尔坦段）和喀喇昆仑公路二期工程即将开工；拉合尔地铁"橙色线"已经动工开建。中巴经济走廊成为深化两国务实合作的重要平台和"一带一路"工程的旗舰项目。

　　时至今日，巴基斯坦政府已经明确规划出 29 个产业园。其中，最

早确定的海尔鲁巴产业园自由贸易区二期工程和瓜达尔自由贸易区将动工开建，其余园区建设将由双方协商决定。马苏德大使希望这些产业园能够分布在中巴经济走廊全线，借以带动巴基斯坦经济整体发展。

就其重要性而言，马苏德大使指出，"一带一路"秉承"共建共享"原则，与巴基斯坦的发展目标不谋而合。建设中巴经济走廊是中巴领导人达成的一项重要共识，它将优化中巴贸易和能源合作，惠及中国、南亚和中东 30 亿人口。他指出，中巴经济走廊将推动区域和平稳定和经济一体化发展。

有人说，巴基斯坦如同一条走廊联通了中国和阿拉伯海，巴基斯坦也联通了中国和世界，马苏德大使对此表示赞同。他说："有利的地理位置、丰富的自然资源、廉价的劳动力使巴基斯坦充满了机遇。我希望中巴两国在纺织、钢铁、能源、信息技术、煤炭、油气、食品、医药、渔业等多个领域的合作取得长足发展。巴基斯坦愿意为中国走向世界提供联通便利。"

提到人们最为关注的安全问题时，马苏德大使说："巴基斯坦政府非常重视中方人员及其财产安全。巴基斯坦政府已经组建特种部队，确保中方工作人员人身安全。此外，旁遮普省也组建了保护中方人员安全的特种部队。"

正如马苏德·哈立德大使所言，与过去相比，巴基斯坦的安全态势已经得到极大改观。2015 年开展的军事行动扫除了 3400 余名恐怖分子，摧毁了 837 个据点，恐怖袭击次数由 2014 年的 890 次下降到了 2015 年的 201 次。

大使补充道："我们正在努力促进两国高校和智库之间的交流合作。我们希望在开展汉语教学方面得到中国的支持和帮助。孔子学院在开展汉语教学方面独具优势，我们期盼中国青年百人代表团能够在今年访问巴基斯坦。我们将尽力创建一条中巴文化教育走廊，确保中巴友谊世代相传。"

采访临近结束时，马苏德大使指出，中巴经济走廊赋予中巴命运共同体更加丰富的内涵，势必成为中国与其余邻国同呼吸、共命运的典范。

巴基斯坦携手上合组织开展商业活动

原文标题： Pakistan to Seek SCO's Cooperation to Generate Business Activities

原文来源： The Patriot，2016 年 5 月 7 日

观点摘要： 巴基斯坦可借助上合组织促进贸易投资，在"一带一路"建设中大显身手。

　　一位到访的巴基斯坦高级官员于周五称，巴基斯坦在加强与区域国家互动的同时将在贸易投资方面寻求上海合作组织（中文简称：上合组织，英文全称：The Shanghai Cooperation Organization，英文简称：SCO）的帮助。该官员在接受中国一家媒体的采访时表示："上合组织成立的初衷就是为商业活动搭建平台，我们正好可以搭乘便车。"谈到上合组织的角色时，他说，上合组织对促进区域和平与发展至关重要。

　　上合组织秘书长拉希德·阿利莫夫（Rashid Alimov）在上海社科院发表演讲时说："上合组织将积极投身'一带一路'，增强自身服务区域经济发展的能力。除鼓励各国加强区域安全合作外，我们也将重点关注商业合作关系的拓展。"此次演讲是庆祝上合组织成立十五周年系列活动之一。

　　阿利莫夫指出，上合组织积极响应中国国家主席习近平于 2013 年提出的旨在复兴古丝绸之路，继续推动区域经济、文化交流的"一带一路"倡议。2014 年，上合组织成员国在塔吉克斯坦首都杜尚别签署协议，以共同促进区域物流畅通、运输便利，该协议对"一带一路"倡议的发展起到了直接推动作用。

　　上合组织成立于 2001 年 6 月，由最初的哈萨克斯坦、中国、吉尔

吉斯斯坦、俄罗斯、塔吉克斯坦、乌兹别克斯坦6个成员国发展到了今天的18个国家（包括8个成员国、4个观察员国和6个对话伙伴）。阿利莫夫称："毫不夸张地讲，上合组织是世界上最活跃的机构之一，将在助力'一带一路'倡议中发挥重要作用。"

中巴经济走廊引领"一带一路"

原文标题: CPEC Leading Project of Belt and Road Initiative
原文来源: The Patriot, 2016 年 5 月 24 日
观点摘要: 作为"一带一路"的龙头工程,中巴经济走廊的成功至关重要。它的建设和投入使用不仅惠及中巴两国,也将福泽沿线国家和地区。

全国人大常委会委员、外事委员会副主任委员赵白鸽指出,中巴经济走廊是"一带一路"倡议的旗舰项目,希望媒体能够帮助公众更好地了解走廊带来的多边效益。这是"一带一路"首个也是最重要的一个项目,一旦中巴经济走廊实施受挫,其他项目也将受到负面影响。

巴基斯坦议会中巴经济走廊委员会主席穆沙希德·侯赛因(Mushahid Hussain)、巴基斯坦驻华大使马苏德·哈立德(Masood Khalid)、清华大学国际传播研究中心主任李希光、全国记协常务副主席翟惠生、北京大学巴基斯坦研究中心主任唐孟生、中国国际广播电台主任赵俏等出席了由中国驻巴基斯坦大使馆、中国记协、中国经济网和三峡集团共同举办的研讨会。

发言者都强调,有必要让公众充分了解中巴经济走廊的重要性。他们指出,作为"一带一路"的龙头工程,中巴经济走廊的成功至关重要。他们认为,微信、脸书、推特等社交媒体都应该为推广中巴经济走廊服务。有鉴于此,两国记者还专门建立了微信群。

穆沙希德·侯赛因指出,中巴两国曾经患难与共,如今携手共织经济纽带。他说,在中巴经济走廊的带动下,媒体与智库的重要性与日俱增。他说,当今国家间的较量不再是坦克大炮的交锋,而是舆论宣传的

激烈竞争；那些心怀不轨的人正试图破坏中巴经济走廊。

马苏德·哈立德大使强调了信息和文化在国际关系中的重要性。他详细阐述了中巴经济走廊的社会经济意义，并指出中巴经济走廊不仅惠及中巴两国，还将福泽沿线国家和地区。

中巴经济走廊促合作

原文标题： CPEC Flagship Project of New Silk Road Promoting Cooperation

原文来源： The Patriot，2016 年 9 月 24 日

观点摘要： 中巴经济走廊是"一带一路"的龙头工程，象征着亚洲在合作、互联互通和众多走廊基础上的崛起。

中巴经济走廊委员会主席、参议员穆沙希德·侯赛因（Mushahid Hussain）谈到，中巴经济走廊是"一带一路"的龙头工程，象征着亚洲在合作、互联互通和众多走廊基础上的崛起。

周五，侯赛因参加了在乌鲁木齐举行的中国-亚欧博览会新闻部长论坛，并发表讲话称，丝绸之路复兴计划意味着世界经济、政治重心将由西向东转移。他指出，中国新疆毗邻吉尔吉特-巴尔蒂斯坦，势必成为欧亚实现合作与互联互通的中心。

侯赛因对中国支持建设周期长达 15 年的中巴经济走廊项目表示了感谢，并称"中巴经济走廊不代表任何个人、党派、省份，它是一项国家级的战略工程，意在通过进步繁荣团结巴基斯坦联邦，特别是开伯尔-普赫图赫瓦省、吉尔吉特-巴尔蒂斯坦省、俾路支省和联邦直辖部落区等巴基斯坦落后地方"。

演讲中侯赛因说，中国在新兴的亚洲起着关键作用，巴基斯坦反对任何引起新冷战或代理人战争的企图。通过经济、能源、教育、港口、管道等纽带实现区域互联互通是时代的需要。他说，巴基斯坦人民愿在协商、透明、包容性发展的基础上积极投身中巴经济走廊建设。

来自中国、缅甸、柬埔寨、埃及、白俄罗斯等国家的新闻部长以及瑞士、阿富汗、伊斯兰合作组织的各位代表出席了会议。在乌鲁木齐期

间，侯赛因还受邀在中国－亚欧博览会科技论坛以及中国国家新闻出版
广电总局局长和来自 16 个国家的图书出版商共同出席的出版博览会上
发表了讲话。

《论坛快报》（Express Tribune）

中巴经济走廊因土地纠纷被迫延期

原文标题： CPEC Power Project Faces Delay as Land Dispute Drags on

原文来源： Express Tribune，2016 年 7 月 12 日

观点摘要： 开伯尔－普赫图赫瓦省政府尚未解决土地征用问题，870 兆瓦的苏基－克纳里水电站项目将延迟至少一年建成。

巴基斯坦计划委员会官员称，鉴于开伯尔－普赫图赫瓦省政府尚未解决土地征用问题，870 兆瓦的苏基－克纳里水电站项目将延迟至少一年才能建成。该项目位于开伯尔－普赫图赫瓦省的曼瑟拉县，是中巴经济走廊的一部分，中国葛洲坝集团承建的这一项目原计划于 2020 年建成。据称，巴基斯坦计划发展部部长阿赫桑·伊克巴尔（Ahsan Iqbal）将在周一寻求该省议会委员会的帮助，以期尽快解决土地征用问题。

果特阿杜电力公司私有化：委员会同意转让该公司股份

由交通基础设施工作组、能源工作组和瓜达尔工作组共同参与的中巴联合工作组会议将于 7 月末或 8 月初召开。在此之前，伊克巴尔部长已经主持召开了一次会议，回顾了中巴经济走廊的相关建设事宜。

870 兆瓦的苏基－克纳里水电站项目早在 1960 年就已做出规划，德国、加拿大和英国多家公司对其可行性进行过考察。后来，政府决定将其并入中巴经济走廊项目。然而，在过去的一年多里，开伯尔－普赫图赫瓦省政府未能有效解决土地征用问题。有官员称，当地居民索要的失地补偿款远远超过该项目 180 亿总额中的政府定价。

也有参会者抱怨开伯尔－普赫图赫瓦省议会委员会不仅不作为反而帮倒忙。该官员援引伊克巴尔的话"省政府应该主动吸引外资，助力

国家经济发展"。

在中国"一带一路"倡议的背景下，中巴双方于去年 4 月签订了价值 460 亿美元的中巴经济走廊协议，旨在联通中国西部和瓜达尔港。参与中巴经济走廊公路项目建设的中方人员抱怨缺乏必要的安全保障。巴基斯坦已向中国政府保证将会实施必要的安全措施，保护项目工作人员的人身安全。伊克巴尔强调，他将亲自与内政部长乔杜里·尼萨尔·阿里·汗（Chaudhry Nisar Ali Khan）落实处理该问题。

亚投行投资中巴经济走廊瓜达尔城市项目

水利电力部部长告诉参会人员，卡西姆电厂、塔尔电厂、胡布煤电项目、萨希瓦尔电厂及其他水电站建设工作正在稳步推进并将如期完工。

伊克巴尔敦促有关部门加速推进相关项目，争取在 2018 年年初结束电力短缺的历史。政府期待中巴经济走廊项目能够在下一届大选前解决电力短期问题，这将直接关系到执政党能否赢得民心。伊克巴尔坦言，中巴经济走廊项目是巴基斯坦政府工作的重中之重，走廊前期项目即将完工。他补充说，巴方将全力推进西部通道建设，每两周公布一次项目的最新进展。

伊克巴尔对中巴经济走廊在建项目表示满意，他指出须尽早确定中巴经济走廊项目的长期规划，重点关注瓜达尔项目，其中部分工程将于下月动工开建。他还强调了加速建设瓜达尔国际机场和瓜达尔海港的必要性，指出要保持中巴经济走廊建设的良好势头，确保如期完工。

中巴经济走廊是博弈也是命运改变者

原文标题： CPEC not Just Game but Fate Changer

原文来源： Express Tribune，2016 年 8 月 30 日

观点摘要： 中巴经济走廊是博弈也是命运改变者，它将促进约占世界一半人口的该地区加速发展，实现繁荣。

中国专家称，中巴经济走廊是"一带一路"倡议中不可替代的项目。巴基斯坦总理纳瓦兹·谢里夫（Nawaz Sharif）则称，中巴经济走廊事关沿线地区的前途。为期两天的中巴经济走廊峰会暨走廊博览会首次会议于周一在伊斯兰堡举行，谢里夫说："中巴经济走廊是一场博弈也是命运改变者，它将促进约占世界一半人口的该地区加速发展，实现繁荣。"

总理指出，鉴于大部分早期项目将于 2018 年完工，中巴经济走廊所有重点项目在接下来的 4 年内即可投入使用，另有部分工程将于 2020 年竣工。根据政府在峰会期间发布的项目计划书，二期工程中价值 15 亿美元的昂国露天煤矿项目、投资 13 亿美元由中国出口信用保险公司及信德昂国煤矿开采公司共同投资的塔尔煤矿项目、价值 19.4 亿美元的胡布燃煤电站项目，以及 20 亿美元的昂国塔尔煤电站项目将于 2018 年后投入使用。

价值 18 亿美元的苏基克纳里水电站项目、14.2 亿美元的卡洛特水电站以及 30 亿美元的默蒂亚里－拉合尔输电项目计划将于 2020 年投产。谢里夫说，在巴基斯坦遭受经济孤立之时，中国伸出了援助之手。他强调中巴经济走廊已确定的项目价值总额为 460 亿美元，但其整体影响却超乎想象。

在提到中巴经济走廊的一些重要项目时，谢里夫称，瓜达尔为中巴经济走廊的"黄金项目"，因其本身具备发电能力和公路铁路航空运输能力，是智慧型港口城市的典范。他说，中国将投资 1.62 亿美元建设连接瓜达尔国际机场的高速公路。机场项目为独立工程，耗资 2.3 亿美元。

巴基斯坦计划发展部部长阿赫桑·伊克巴尔谈到，中国借中巴经济走廊项目在三年期间由排名第 15 一跃成为巴基斯坦最大的外国投资主体。伊克巴尔透露，中巴经济走廊 180 亿美元（39%）的资金已经到位，其余价值 170 亿美元的项目已得到优先规划。伊克巴尔也曾暗示，中国向巴基斯坦输出的产业并非缺乏竞争力和产能过剩。

同时，中国对中巴经济走廊的项目进程也大为赞赏。在峰会讲话中，中国驻巴基斯坦大使孙卫东称中巴经济走廊大体上进展顺利。这是中国一项史无前例的工程，中国政府希望这项宏大工程能有安全的建设环境。"一带一路"倡议将实现中国与亚欧非等 64 个国家互联互通，中巴经济走廊也是其中六个走廊之一。孙卫东大使称，中国乐意与巴基斯坦等"一带一路"参与国共享经济发展的红利。

复旦大学南亚与巴基斯坦研究中心主任杜幼康教授指出，中巴经济走廊在"一带一路"建设中的角色不可替代，其成功意义非凡。尽管"一带一路"还将启动其他走廊项目，但中巴经济走廊的意义非同一般。

巴基斯坦前大使穆尼尔·阿克兰（Munir Akram）提到："对中国而言，中巴经济走廊的实施直接关系到'一带一路'的成功。"他说，改善安全局势、争取广泛的政治支持、保证经济政策的持续性和经济决策的透明度、设立解决争端的独立机构将促进中巴经济走廊的顺利实施。

莫迪有关吉尔吉特－巴尔蒂斯坦地区的言论遭指责

原文标题：Modi's Gilgit – Baltistan Remark Draws a Withering Rebuke

原文来源：Express Tribune，2016 年 9 月 1 日

观点摘要：印度总理莫迪有关吉尔吉特－巴尔蒂斯坦地区的言论表明，中巴经济走廊使印度愈发感到不安，因为走廊项目将使印度在这一地区惨遭孤立。

吉尔吉特－巴尔蒂斯坦首席部长哈菲祖拉·拉赫曼（Hafeezur Rehman）于周二称，印度总理莫迪有关该地区的言论表明，印度对中巴经济走廊愈发感到不安，因为该项目将使印度在这一地区陷入被孤立的危险。拉赫曼在特区政府举行的中巴经济走廊讨论会上发表讲话，明确回应了印度的霸权企图。参会人员指出：须警惕印度对中巴经济走廊建设做出过激反应。

拉赫曼称："莫迪总理对印度在印控克什米尔地区所犯罪行和中巴经济走廊的建设倍感压力"，印度深知中巴经济走廊建成后自己可能陷入被孤立的困境。两周前，莫迪坦言，印度将与巴基斯坦就吉尔吉特－巴尔蒂斯坦地区、阿扎德查谟、克什米尔地区冲突等问题展开谈判。孟加拉国政府和阿富汗前总统对莫迪发表的不利于地区和平稳定的言论表示了支持，这预示着该地区的政治紧张局势还将进一步升级。

巴基斯坦举行了示威抗议以示回应，吉尔吉特－巴尔蒂斯坦议会通过决议，谴责印度的不良企图。拉赫曼说，吉尔吉特－巴尔蒂斯坦全体人民将阻止一切企图破坏中巴经济走廊的行为，他还提到国家情报机构已经有所行动。拉赫曼说："吉尔吉特－巴尔蒂斯坦人民 1947 年摆脱了

多格拉人的统治，他们绝不会再受制于印度，让它的霸权企图得逞。"他进一步说："中巴经济走廊是吉尔吉特－巴尔蒂斯坦在 20 世纪 70 年代建设喀喇昆仑公路后迎来的第二次改变命运的机会。"他坦言，吉尔吉特－巴尔蒂斯坦省将支持中巴经济走廊建设，但项目位置仍待商榷。

巴基斯坦发展与改革部部长阿赫桑·伊克巴尔（Ahsan Iqbal）作为主要嘉宾在中巴经济走廊讨论会上说，只要举国上下齐心协力，印度就无法阻挠中巴经济走廊建设的正常进行。巴基斯坦正义运动党主席阿萨德·乌玛尔（Asad Umar）在当地代表的满堂喝彩中说："吉尔吉特－巴尔蒂斯坦人民致力于实现巴基斯坦的完全统一。"他说，我们从政治上给予中巴经济走廊大力支持，而且项目重点的调整不应该被解读为对该项目的反对。乌玛尔警示道："莫迪目光短浅终将使印度走向孤立。"

巴基斯坦正义运动党官员称，用中国贷款代替世界银行和亚洲开发银行的贷款、改用中国集装箱船运等不足以证明中巴经济走廊的成功。要使获益最大化，政府就应该致力于技能培养、增强国家机构的能力，并确保吸纳巴基斯坦公司加入项目建设，使之能与中国企业共建、共进。

中巴经济走廊是博弈，也是命运改变者

出席会谈的巴基斯坦前国家财政部部长奥马尔（Omar Ayub Khan）高度重视中巴经济走廊的地缘政治环境及其影响。他说，莫迪有关吉尔吉特－巴尔蒂斯坦地区的恶毒言论表明，印度有意破坏巴基斯坦的经济建设，削弱其防御能力。他强调，中巴经济走廊是巴基斯坦繁荣富强的保障。奥马尔指出，中巴经济走廊已然对印度构成威胁，一旦投入使用，势必降低中国对马六甲海峡的过度依赖。当前，中国 80% 的进口原油都要通过马六甲海峡的航运通道，因此一旦发生冲突，美国很可能将会封锁该海峡。

奥马尔还说："中国加紧建设中巴经济走廊是出于战略考虑。"建设中巴经济走廊能够极大缩短货物运输时间，开始运营后，每月将有 3.6 万只集装箱实现单程运输。中国将实际垄断世界大部分地区的矿产资源，以满足其未来发展需要，这是其他国家不愿看到的结果。他建议政府在吉尔吉特－巴尔蒂斯坦省发展现代产业，提升当地人民生活水平。

《商业纪事报》（Business Recorder）

"一带一路"惠及亚洲

原文标题：CPEC Flagship Project："One Belt，One Road" Initiative to Benefit Whole Region

原文来源：Business Recorder，2016 年 2 月 19 日

观点摘要：中巴关系进入了大发展的新阶段，中巴经济走廊将不仅惠及巴基斯坦欠发达省份，而且可能改变整个地区的经济面貌。

巴基斯坦外交事务顾问萨尔塔杰·阿齐兹（Sartaj Aziz）认为，中巴经济走廊将不仅惠及该国欠发达省份，而且可能改变整个地区的经济面貌。《观察家》新闻集团发布了一份长达 100 页的特别报告，该报评选习近平为"2015 年度政治家"。在特别报告的首发仪式上，阿齐兹表示，中国的"一带一路"倡议极具开拓性，所有国家和地区可以借此开展双赢合作，分享经济发展硕果。

阿齐兹说，中巴经济走廊是"一带一路"倡议的旗舰项目，它不仅是一条通道，而且是一张由思想、项目和倡议织就的网络。中巴经济走廊将有助于巴基斯坦欠发达地区解决贫困、不平等和失业问题，将对巴基斯坦在内的整个地区产生巨大影响。他表示，巴基斯坦与中亚和西亚国家的贸易与能源联系将得以加强。关于巴中关系，他说，尽管地区和国际环境不断发生重大变化，但两国是经得住时间考验的全天候伙伴。这是一种独特的关系，享有政治和体制层面的全方位支持。

阿齐兹认为，中国国家主席习近平近期的访巴之旅使中巴关系达到了一个新的高度。首发式上，中国驻巴基斯坦大使孙伟东感谢巴基斯坦报纸将习近平主席评为"2015 年度政治家"，认为这不仅是巴基斯坦人民与中国人民深厚友谊的有力证明，更体现了巴基斯坦人民对中国领导

人的崇高敬意。

他说，习近平主席的"一带一路"倡议旨在加强沿线国家间的互联互通，实现双赢。2015 年中国国家主席访问巴基斯坦期间，两国同意强化双方关系，进一步推进双边实质性合作。中巴经济走廊为双边合作注入新的动力，为两国兄弟情谊续写新的篇章。

阿齐兹表示，中巴关系已经进入了大发展的新阶段，迎来绝佳的发展机遇。他说："我期待与巴基斯坦各界朋友共同努力，进一步发展我们的友谊与合作，以早日实现中巴命运共同体的目标。"马苏德·汗（Masood Khan）、阿克拉姆·扎基（Akram Zaki）和哈立德·马哈茂德（Khalid Mahmood）等巴基斯坦前驻华大使演讲时强调了中巴战略合作的各个方面，并称赞了中国领导人通过和平外交将该地区打造为经济活动中心的努力。

经济走廊面临的安全挑战

原文标题：Economic Corridor：Security Challenges
原文来源：Business Recorder，2016 年 2 月 19 日

观点摘要：中巴经济走廊是巴基斯坦的经济助推器，但同时也面临诸多
安全挑战。中巴两国情报机构应密切合作，监测巴基斯坦国
内舆情，避免大众对走廊项目产生消极认识。

中巴经济走廊作为涉及交通、能源和基础设施的经济增长助推器，
面临着一系列国内外安全挑战。中国国家主席的"一带一路"倡议将
中国与亚洲、欧洲及他国市场联系起来。项目预计投资 460 亿美元，其
中 360 亿流向能源项目，100 亿用于道路、桥梁等设施建设。3000 千米
长的线路通过三条不同路线连接瓜达尔港和哈桑阿布达尔（Hasan Ab-
dal），其中一条路线途经塔科特和吉尔吉特通往中国喀什。

喀什通往哈桑阿布达尔的路线途经塔科特、吉尔吉特、阿伯塔巴德
和赫韦利杨，是众所周知的北线。西线和中线途经欠发达地区，在经过
哈桑阿布达尔至德拉伊斯梅尔汗段后于印度河西岸分开。西线途经佐
布、奇拉·塞夫拉、奎塔、索拉巴、巴斯玛，本杰古尔、霍沙布、图尔
伯德到瓜达尔，而中线将德拉伊斯梅尔汗与德利加兹汗、希卡布尔、勒
多代罗、胡兹达尔、阿瓦兰、霍沙布、图尔伯德和瓜达尔相连。东线将
扩建现有高速公路，穿过印度河以东的发达地区，由哈桑阿布达尔通往
拉合尔、木尔坦、苏库尔、海得拉巴和卡拉奇。

如果能加强与地方政府的协调，增加透明度并进行适当宣传，一些
路线引发的争议本可以避免，但联邦政府却缺少这样的智慧和行动。为
确保俾路支省人口最稀少的几个地方也能被纳入该路线，俾路支省前首

席部长阿卜杜尔·马利克组建了"首席部长政策参考小组"。他们给予西线充分重视，原因是这里与外界相对隔绝，交通不发达，就业、教育、医疗等普遍落后，社会不平等问题突出，因此这里的人们对政府多有不满，甚至也曾爆发叛乱，这里自然也成了激进分子活跃的地方。因此可以说，中西线的安全成本很高。

一些国家认为，中巴经济走廊对巴基斯坦的军事和经济利益构成战略威胁，而且其影响力可能还将渗透到整个地区。由于地缘竞争激烈，且战略上中巴经济走廊将使巴基斯坦在阿拉伯海沿岸处于十分有利的地位，因此印度对中巴经济走廊提出强烈反对。有证据表明，印度调查分析局内部成立了一个专门负责中巴经济走廊信息收集的特殊部门。巴基斯坦的密友阿联酋将瓜达尔项目视为挑战其在海湾地区以及亚洲大陆贸易垄断地位的举措。这很奇怪，因为印度正在大力推动伊朗旨在服务欧洲和中亚的"恰巴哈尔港"倡议，该港口靠近瓜达尔港，对阿联酋的影响远超过中巴经济走廊的瓜达尔港项目。

目前约有 8000 名中国工人参与了巴基斯坦 210 个项目的建设，预计后期还需补充 7000 多人。研究表明，在阿富汗和非洲国家中印度存在利益冲突的地区，中国工人被杀害或遭绑架的事件时有发生。2001年 4 月，在埃塞俄比亚一个中国人经营的油田上，9 名中国工人被杀害，7 名被绑架。2004 年 6 月，11 名昆都士 – 巴格兰公路项目的中国施工工人被杀害。在这一项目上，中国和印度存在明显竞争关系。

近年来，巴基斯坦执法机构打击了一系列计划在海德拉巴、默蒂亚里和苏库尔绑架或杀害中国工人的企图。中国工作者将得到特别安保师的保护，该部队由 9 个陆军营组成，共计 8000 名士兵、5000 名陆军特别服务组突击队员、9000 名巴基斯坦特种部队人员。联邦直辖部落区军事行动持续进行，特种部队不断打击塔利班等组织，专门成立的反恐部队必须瞄准羌城军、"先知之友"等深入城市地区的激进分子。

智库中国 – 巴基斯坦研究院的纳维德·伊拉希（Naveed Elahi）撰文强调应为中巴经济走廊提供安全保障：（1）实施国家行动计划；（2）成立国家反恐局；（3）组建中巴经济走廊安全委员会，强化安全措施；（4）定期在纸媒和电子媒体上公布中巴经济走廊最新进展，由巴基斯坦电子媒体管理局监控舆情。

中国－巴基斯坦研究院希望巴基斯坦三军情报局、军事情报局、情报局等机构的"保护性情报"加强与中国情报机构的实时协调。国家反恐局作为所有机构的情报接收中心，应将情报传达给执法机构以便及时采取行动。媒体和学术界可以通过强调中巴经济走廊对巴基斯坦的重要性，积极纠正具有误导性的恶意宣传，打击意欲破坏中巴经济走廊的阴谋和颠覆活动。要关注路线选择上的争议使群众产生的不信任感。情报机构必须通力合作，共同打击破坏中巴经济走廊的敌对行动。

长期来看，中巴经济走廊项目将给巴基斯坦带来数十亿美元的收益。首席部长政策参考小组主席凯泽·本·贾利（Kaiser Bengali）博士说："安全考量很重要，与其用无人机轰炸，不如给那些抱怨政府的人提供就业。"中国高级安全代表团在访巴期间对中巴经济走廊项目进展表示满意，但对路线的政治化问题保留了意见。最近中国发布了一项声明，希望相关问题能尽快得以解决。声明称："为成功实施中巴经济走廊项目，消除争议是一项巨大挑战，但中巴经济走廊对这个国家的未来具有决定性作用。"

中巴经济走廊意义重大

原文标题： Remarks by Sartaj Aziz on One Belt One Road and its Positive Connotations for Pakistan and its Adjoining Region as well as Security Issues Pertaining to China – Pakistan Economic Corridor

原文来源： Pakistan Official News，2016 年 1 月 15 日

观点摘要： "一带一路"对巴基斯坦及其邻近地区具有积极意义。中巴经济走廊是"一带一路"倡议的旗舰项目和区域经济一体化的催化剂。它将进一步保障地区安全和稳定，推动双方全天候合作伙伴关系的发展，对包括巴基斯坦和其他多个国家和地区在内的能够从中巴经济走廊项目中受益的欠发达地区的稳定和繁荣意义尤其重大。

目前，北京大学国家战略传播研究院开始将研究重点转向"一带一路"和中巴经济走廊，这将帮助人们更好地理解这些具有里程碑意义的举措，并有助于二者成功实施。"一带一路"倡议是中国国家主席习近平提出的一个富有远见的倡议。"一带一路"将一个存在于历史、寓言和童话故事中的古丝绸之路概念，通过区域联通和一体化，变为切实可行的、有助于促进经济繁荣的政策工具。

开放与合作是中国领导人提出的"一带一路"的重要特征。因此，"一带一路"倡议使所有国家和地区都能够共享基于双赢合作的经济发展红利。中巴经济走廊是"一带一路"倡议的旗舰项目，也是连接丝绸之路经济带和海上丝绸之路的重要桥梁。巴基斯坦的瓜达尔港位于阿拉伯海北部，靠近波斯湾，地处中亚、中东和南亚的十字路口，恰好是"一带"和"一路"的交汇处。通过连接中国与阿拉伯海和波斯湾，中

巴经济走廊将挖掘中国、巴基斯坦和更广阔地区的贸易潜力，进一步保障能源安全。因此，它将直接使中国、南亚、中亚和中东的 30 亿人受益。

中巴经济走廊也是区域经济一体化的催化剂。它将保障地区安全与稳定，拉近中国和巴基斯坦及邻国的关系，也将促进区域，特别是欠发达地区的稳定和繁荣。中巴经济走廊将为数百万人提供就业机会，并帮助他们消除贫困。通过促进当地青年就业和提供新的经济机会，中巴经济走廊还将成为打击恐怖主义和暴力极端主义的堡垒。

对中国来说，中巴经济走廊将进一步促进中国周边环境的和平安定，中国需要这样的环境实现自身和平发展和民族复兴。中巴经济走廊的成功将为中国与其他国家的类似项目做出榜样，为中国"一带一路"宏伟计划的推进做出贡献。

对巴基斯坦来说，中巴经济走廊将利用巴基斯坦丰富的自然和人力资源，解决能源严重短缺问题，促进巴基斯坦实现交通基础设施现代化，从而满足当代需求，为国家经济发展注入强大动力；同时，它也有助于建立知识型的平等社会，这与我们的开国元勋——伟大领袖穆罕默德·阿里·真纳（Muhammad'Ai Jannah）的愿望是一致的。无论对于中国还是巴基斯坦，中巴经济走廊都将为中巴全天候战略伙伴关系注入更大活力和更丰富的经济内容。需要强调的是，我们不应从区域大国的实力消长、旧式的联盟构建或"零和关系"的角度看待中巴经济走廊，因为其本质在于合作而非对抗、协作而非竞争。这是一个双赢的项目，对区域内外的每一个人来说都是如此。中巴经济走廊致力于建设一个基于共同繁荣、互惠互利和经济趋同的区域和国际秩序。巴基斯坦总理纳瓦兹·谢里夫（Nawaz Sharif）和中国总理李克强上任以来的两年半内，两国在规划和实施中巴经济走廊的各项基础设施和能源项目以及经济特区方面达成广泛共识。2015 年 4 月，在习近平主席对巴基斯坦进行历史性访问之际，两国签署了 30 多份有关中巴经济走廊的协议和谅解备忘录，内容主要涉及交通基础设施、能源、瓜达尔港和工业区建设。

交通项目将努力改善巴基斯坦现有公路、铁路网的南北和东西向的联通性。能源项目寻求在未来三年向国家电网增加发电量近万兆瓦，缓解电力严重短缺问题。开发瓜达尔港项目旨在改善港口运营和联通性，为社会发展提供融资渠道与帮助。

巴基斯坦政府正采取稳健的经济政策，刺激本国经济复苏，促进社会全面发展，这也有助于中巴经济走廊的建设。今天巴基斯坦的微观和宏观经济指标正在改善，通货膨胀压力缓解，预算借款减少，货币相对稳定。国际信用评级机构和国际经济独立监测机构对巴基斯坦国民经济的评价是积极肯定的。

随着巴基斯坦经济的发展和政治越来越稳定，巴基斯坦政府现在有能力在中巴经济走廊框架下承担重点能源和基础设施项目。这些项目具有良好的经济意义，并符合国际可行性标准。在中巴经济走廊各项目稳步推进的过程中，巴基斯坦政府不会无视其面临的挑战，而将以最大努力积极迎接挑战。在此，需要指出：

一、巴基斯坦非常重视在巴基斯坦工作的中国工人的安全。根据谢里夫总理的特别指示，巴方将为此组建一支专门部队。

二、巴基斯坦政府注意到，国内正在就中巴经济走廊"线路"问题进行讨论。政府将继续在联邦内阁和国家议会进行跨省协调，就这一问题达成国家共识。作为联邦政府基石的民主和宪政主义将推动达成关于这一重要问题的全国共识。

《国家报》（The Nation）

"一带一路" 创造无限可能

原文标题： China's Belt and Road Initiative Ripe with Possibilities

原文来源： The Nation，2016 年 2 月 3 日

观点摘要： "一带一路" 将对沿线国家的基础设施建设、人民币国际化以及贸易、物流、配送和零售业产生广泛的商业和经济影响。

作为亚投行 60 多个成员国之一，泰国同时支持新成立的亚投行和历史悠久的亚洲开发银行，因为这两大银行将发挥互补作用，共同应对亚洲地区基础设施投资的巨大需求。造价 5500 亿泰铢、处于合同落实阶段的泰中中速铁路项目就是一例，该项目将连接泰国与老挝和中国南方地区。

根据冯氏集团利丰研究中心 2015 年 5 月刊出的一份报告，"一带一路"项目将对沿线国家的基础设施建设、人民币国际化以及贸易、物流、配送和零售业产生广泛的商业和经济影响。在基础设施建设方面，"一带一路" 倡议在早期将以硬件建设为主。建筑机械公司、建筑材料制造商以及基础设施运营商将从亚投行和丝路基金支持的项目中获益。报告指出，打通未连接路段以及消除运输瓶颈的项目将被优先考虑。例如，其中一项计划是建造一个连接北京和莫斯科的欧亚高速运输网。此外，亚洲其他地区间的联通将得到进一步改善。

作为国际货币基金组织特别提款权（SDR）设置的储备货币之一，人民币将在 "一带一路" 的带动下进一步国际化。报告称，金融一体

化对"一带一路"的巩固至关重要，而这一进程将为金融专业服务创造更多需求。

此外，大型基础设施项目的融资将为亚洲债券市场的发展创造新机遇，而中国也将鼓励更多公司在中国和海外发行人民币债券，对这些项目进行融资，刺激对人民币的需求。此外，为降低汇率风险，"一带一路"沿线贸易和其他经济活动也会增加对人民币结算的需求。

中国还计划与"一带一路"沿线国家商谈建立更多自由贸易区，加强合作，进一步减少非关税壁垒，使技术贸易措施更加透明。跨境电子商务等创新模式将得到更大发展，确保商品价格更符合"一带一路"沿线国家的居民消费水平。向沿线国家的客户交付、递送产品也会带动物流业的快速发展。

经济合作与发展组织的一项研究显示，全球中产阶级消费者预计将从2009年的18亿增加到2020年的32亿，到2030年将跃至49亿，其中约85%的增长将来自亚洲。到2030年，亚洲将占全球中产阶级总数的66%。这一数字对"一带一路"提出的提升整个亚洲的经济福祉这一长远目标起到支撑作用。

"一带一路"带给资本市场的利好消息

原文标题：China's "Belt and Road" Initiative is Good News for the Capital Markets

原文来源：The Nation，2016 年 2 月 20 日

观点摘要："一带一路"基础设施投资有助于促进欧亚大陆、南亚乃至非洲和中东部分地区的货物流动，而同时，与其相关的大量投资将对沿线国家和地区的金融市场产生巨大影响。

于 2013 年提出的"一带一路"倡议是中国经济调整和出口发展宏图的重要组成部分，项目将投资数万亿元建设贯通中国与中亚、西亚、东南亚、南亚国家的铁路、高速公路和港口等硬件设施。

该项目对融资也会产生极大影响。投入亚洲基础设施建设的资金将为本地区资本市场注入新的动力。未来几年，"一带一路"项目投资将达 1.5 万亿元，其中部分资金将来自于规模达 400 亿美元的丝路基金以及新成立的初始资本达 1000 亿美元的亚洲基础设施投资银行。

然而，随着发展中国家面临越来越严峻的生产力提升和城市化进程压力，未来几十年投入在交通和城市基础设施建设上的数万亿资金仍显不足。仅泰国未来 20 年就会有超过 1000 万人口移居城市，而在整个亚洲这一数字将高达 8 亿。

"一带一路"将刺激中国发行债券，加大投资，并促使其决策者进一步向全球开放本国资本市场。包括泰国在内的"一带一路"沿线国家的本地货币市场也将获益。泰国发达的资本市场将帮助外国发行人与本地经验丰富的投资者建立密切的经济联系。

"一带一路"投资的推动力将为亚洲许多规模较小的市场提供它们

所急需的资金，以现金形式寻求收益和投资选择的拉动力也会奏效。

包括泰国在内的许多亚洲经济体的增速仍远高于全球平均水平。在东盟地区，2025 年中产阶级人数将是现在的两倍。虽然东盟部分家庭、企业和政府的债务日渐上升，但与发达国家相比仍处于较低水平。

东盟不少国家面临人口老龄化的问题，随着退休时间的迫近，债券提供的稳定收入可以成为理想的投资选择。如果能够扩大债券市场，将亚洲的储蓄用于长期基础设施投资以促进增长，尤其是决策者如果能够在税收、外汇监管和信用评级等方面加强措施，增加内聚力，那么当前的供需同步发展将有助于在未来几年改变亚洲融资市场。

在货币方面，"一带一路"带动的更多贸易将使人民币成为结算货币，换言之，这将有力推动人民币国际化。"一带一路"将使全球大部分地区的公路、铁路和海路运输更为便捷，但它对金融领域的贡献也不容小觑。

"一带一路"影响深远

原文标题：Implications of the Belt and Road Initiative

原文来源：The Nation，2016 年 10 月 3 日

观点摘要："一带一路"是否只是一个复杂的陆路和海路交通网，并服
务于中国投资的总体框架，还有待观察。可以肯定的是，如
果在当地实施得当，并取得沿线国家的充分支持，假以时
日，中国必将腾飞。

在西安召开的 2016"一带一路"国际研讨会上，与会中外代表各
抒己见。总体来说，大家的观点可以归为两类。中国代表一致认为，
"一带一路"是合作共赢之路，沿线国家不论大小、地理位置和宗教背
景都将获益。"一带一路"的交通网络缩短了世界各国的距离，实现了
旅客、商品和货物的便捷运输，这将进一步促进各国的发展与进步。因
此"一带一路"是注重平衡发展和平等互惠的中国倡议。

外国代表的意见则因其国家与中国的友好程度而有所分歧。总体来
看，非洲、东欧和西南亚的代表对"一带一路"接受度较高，其中 40
多个国家正在与中国合作实施相关项目。东南亚代表的观点则较为谨
慎，"一带一路"被视为中国试图出口国内过剩生产力、寻求新的市场
和拓宽外交政策的举措。中国政府希望通过"一带一路"增进与沿线
国家的友好关系，提升其作为新区域发展规划者的国际形象。

东盟十国中，只有马来西亚、泰国、老挝和印度尼西亚同意与中国
联合开展"一带一路"项目，而且也仅限于铁路建设。这些国家都希
望改善其国内陆路和海路运输的基础设施，尤其是高铁建设以连接彼此
及其港口。泰国是"一带一路"的衷实支持者，在中国牵头建立的亚

洲基础设施投资银行的资金贡献排名中位居第 12 位。

虽然东盟成员国就"一带一路"开展过高层讨论，但作为一个团体，东盟仍不愿加入"一带一路"。2010 年，东盟就成员国之间的互联互通制定过详细的总体规划，因此一些成员国认为，中国 2013 年提出的更全面、开放的"一带一路"计划实际上是受了他们的启发。

2015 年 4 月，中国提议启动双方高级工作小组会议，探讨两个互连项目的互补要素，但目前尚无进展。2016 年 9 月，在中国 – 东盟建立对话关系 25 周年之际，双方都注意到了继续合作、共同努力的必要性，并同意确定具体合作领域。没有东盟全心全意的支持，"一带一路"将只能依赖与特定成员国的单独合约与合作方式。9 月 6 日，东盟在老挝万象通过了《东盟互联互通总体规划 2025》，东盟国家将在协作与能力建设方面拥有更广阔的空间。因此，"一带一路"必须寻找契机与该区域合作框架建立联系。

东盟 – 中国对话关系自建立以来已进入第 26 个年头，曾促使双方结为密切伙伴的热情已经褪去。持久的南海争端造成的彼此不信任仍然会引起东盟决策者的高度焦虑，双方已承诺最晚在 2017 年年中制定南海行为准则框架。

近期的一个新变化是，中国与联合国开发计划署签署了一项协议，双方将率先合作，说服更多国家加入"一带一路"，原因是"一带一路"提出的诸多目标符合目前联合国可持续发展目标。联合国的加入为"一带一路"取得实质性进展铺平了道路。

东盟已经委托泰国确定"2025 东盟愿景"提出的 17 个可持续发展目标中的优先发展事项。中国和东盟可以就可持续发展的特定项目制定三方协议，以此为共同平台，重建互信。

"一带一路"是否只是一张复杂的陆路、海路交通网，并服务于中国投资的总体框架，还有待观察。可以肯定的是，如果实施得当，并取得沿线国家的充分支持，假以时日，中国未来定将腾飞。

《曼谷邮报》（**Bangkok Post**）

中国经济发展模式出口"一带一路"沿线国家

原文标题：Exporting the Chinese Model along 'One Road'

原文来源：Bangkok Post，2016 年 1 月 18 日

观点摘要：不同经济增长模式在中西方之间展开激烈角逐。如果西方国家不能认真审视现状，欧亚大陆和世界其他重要地区的未来必将让位于中国及其发展模式。

2016 年伊始，两种不同的经济增长模式在中西方之间展开了前所未有的激烈竞争。虽然这种竞争很大程度上并未完全进入公众视野，但其结果将决定欧亚大陆未来数十年的命运。

大多数西方人都已经注意到中国经济增长速度大幅放缓，从近几十年超过 10% 的增长率下滑到了现在的不足 7%（有可能更低）。对此，中国领导人并非无动于衷，而是积极寻求转变经济增长模式，努力使出口导向和基于重工业的环境有害型发展模式向消费和服务驱动的增长模式过渡。

但值得注意的是，中国发展计划的着眼点不仅停留在国内，它还涉及其他国家。2013 年中国国家主席习近平提出了可能改变欧亚大陆经济核心的"一带一路"倡议。美国拒绝加入由中国牵头的亚洲基础设施投资银行，该行创建的初衷是为"一带一路"提供资金，但"一带一路"的投资需求远远超出该机构的资源规模。

事实上，"一带一路"反映了中国政策的巨大转变。中国第一次试图出口其发展模式。当然，中国的企业在过去 10 年中在拉丁美洲和撒哈拉以南的非洲地区一直非常活跃，它们的投资对象主要为商品和采掘业以及将产品运回中国所需的基础设施。但"一带一路"不同，其目

的是发展他国的工业能力和刺激当地消费需求。中国不再满足于获取别国的原材料，而是努力将重工业转向欠发达国家，帮助它们走向富裕，从而催生对中国产品的需求。

中国的发展模式不同于当前的西方模式，它建立在由国家主导的公路、港口、电力、铁路和机场等大规模基础设施投资上。出于对项目实施国可能滋生的腐败和谋私交易的担忧，美国经济学家坚决抵制这种"筑路引朋"的模式。相比之下，近年来，美国和欧洲的发展战略多侧重投资公共卫生、女性赋权、支持全球公民社会建设和反腐等项目。

尽管西方人的宏大目标值得赞许，但目前并没有哪个国家能够仅仅通过此类投资致富。诚然，公共卫生是可持续发展的重要条件，但如果水、电、道路等基础性资源和设施都无法得到保障，即使有能够提供医疗服务的诊所，其作用也会大打折扣。基础设施战略曾是日本、韩国和新加坡等东亚国家所选择的发展举措，今天在中国国内，这一战略同样行之有效。

全球政治未来面临的一大问题已然明了：谁的模式将占上风？如果"一带一路"能如中国规划者所愿，那么在不久的将来，从印度尼西亚到波兰的整个欧亚大陆将发生巨变。中国模式将在海外遍地开花，造福当地人民，从而带来海外对中国产品的强劲需求。

那些高污染工业也将被分流到其他国家，中亚将不再处于全球经济的边缘，而将成为核心。中国的威权政府也将得到肯定，这对全球民主极为不利。另外，"一带一路"能否成功还面临重重疑问。由于中国政府可以掌控本国的政治环境，基础设施驱动型的增长方式在中国一直运行良好，但在别国这一模式却未必行之有效，动荡、冲突和腐败都将影响中国的规划。事实上，中国已经在厄瓜多尔和委内瑞拉等国家遭遇挫折，中国的巨额投资在当地引起利益相关者、民族主义立法者和善变的合作伙伴的愤怒。

美国和其他西方国家不应坐等中国的失败。大规模基础设施建设在中国国内也许已经达到极限，在他国也可能会水土不服，但它对全球经济增长仍然至关重要。在20世纪五六十年代的很长一段时间里，美国在国内大兴土木——修大坝、建公路，在类似的基础设施建设方面，美国对发展中国家的贡献却相当有限。总统奥巴马（Barack Hussein Obama）提出的"振兴非洲"（Power Africa）倡议虽前景美好，却迟迟没有启动；在海地建造的利贝泰堡（Fort Liberte）港口也是一大败笔。

美国本应成为亚投行的创始成员国，因为它的加入可以促使中国更好地遵从环境、安全和劳工方面的国际标准。与此同时，美国和其他西方国家也应考虑，为何其基础设施建设在发展中国家，甚至在其本国都举步维艰。如果西方国家不能认真审视现状，欧亚大陆和世界其他重要地区的未来必将让位于中国及其发展模式。

创富之路

原文标题：Roads to Riches

原文来源：Bangkok Post，2016 年 10 月 10 日

观点摘要：面对中国连接亚欧大陆、创建沿线巨大供应链的计划，有人
欢喜有人忧。

南宁东站（大型高铁车站）是广西壮族自治区政府为确保南宁市成为"一带一路"项目枢纽而实施的大型基础设施投资之一。南宁在"一带一路"计划中占据战略性位置。作为广西壮族自治区的首府，南宁因其热带景观而成为中国绿色城市之一。它位于中国西南地区，与越南接壤并且临海，是重要的经济中心。

广西壮族自治区商务厅东盟处处长朱垒说："广西政府通过建设铁路、高速公路和桥梁，大力改善本地区与东盟国家的区域联通。我要特别提出的是，我们在这方面与越南的合作取得了巨大进展。现已建成连接南宁到友谊关和东兴的高速公路，同时，我们还以其他方式与越南、泰国、马来西亚和新加坡相联通。"中国政府还积极参与海上丝绸之路基础设施建设。朱垒表示："我们正在建设一个连接中国和东盟的港口城市。广西北部湾正好为加强我们与泰国、越南、文莱和新加坡的关系提供了机会。我们现在增加了海上丝绸之路航线，如果没有适当的航线，我们将会积极开辟。"广西政府还运行一站式报关系统，将海关工作时间从每天 8 小时延长至 10 小时。

尽管可能带来巨大利益，"一带一路"倡议还是受到一定程度的质疑。澳大利亚国立大学战略和国防研究中心客座研究员戴维·布鲁斯特（David Brewster）指出，这一计划的实施需要几个政局动荡、腐败蔓

延、国内冲突不断的国家能够开展切实合作。东亚论坛是一个分析和研究区域政治、经济、商业、法律、安全和国际关系的研究平台，在该论坛上，布鲁斯特先生说："这种波动或动荡对基础设施项目的建设和运营构成相当大的威胁"，"中国的几个邻国，特别是印度，虽无法抵制中国投资前景带来的诱惑，但对'一带一路'可能产生的战略后果甚为担忧。"一些卷入中国领海争端的东南亚国家，对中国提出的港口项目也持谨慎态度。布鲁斯特先生说："虽然缅甸和斯里兰卡乐意接受中国的投资，但近年来，腐败问题和中国对基础设施的控制使其领导人受到很大政治压力。"

泰国那黎宣大学物流与供应链学院院长布恩素布·帕尼差卡恩（Boonsub Panichakarn）表示，实现基础设施，如道路和港口本身的互联互通并不难，真正的困难在于软件配套，如一站式通关和工作语言等方面的相通。他说："即使基础设施建设能顺利启动，也会因为（通关）规则和规章不同，而在提交新文件以获得通关许可时带来许多新问题。"项目融资是中泰高铁建设中一个颇具争议的问题，布恩素布认为，从曼谷到清迈并不需要成本过高、时速达 200 千米的列车，这并不适合泰国的地形，而且低价航空公司的竞争也会让人质疑高铁能否盈利。他说："我赞同修建中轨轨道，这样的铁路已经存在，我们要进一步提升其利用价值。"

而企业家则表示，在该地区开展业务变得越来越容易，他们希望"一带一路"带来更大改善。护肤研发实验有限公司已经在中国销售化妆品近一年，其总经理表示，到目前为止在通关方面没有遇到任何问题。两年前，物流速度是一大困扰，因为化妆品运到中国需要一个多月的时间，但这一情况已经得到很大改善，有了陆路运输后，现在只需大约两周。公司总经理塔特查彭（Thatchapon）先生说："'一带一路'能够提升运输速度，公司可以更高效地分销产品。"但他补充道："语言仍然是贸易的一大障碍，因为许多中国客户无法用英语交流，为此中国政府也培养了许多精通东盟国家语言的口译员，目前这一问题已经稍有缓解。"

《民意日报》（Matichon）

"克拉地峡计划" 前景无限

原文标题：คอคอดกระ"เส้นทางสายไหมของโลก กับความหวังที่อาจเป็นจริง!

原文来源：Matichon，2016 年 1 月 12 日

观点摘要："21 世纪海上丝绸之路"一旦形成，将对所经区域的人口流动及文化交流产生巨大影响。"克拉地峡计划"可以被称为泰国的海上丝绸之路计划。未来 10 年，克拉地峡将成为泰国经济发展的新支柱，取代传统的资源输出，我们应大力支持并推进该项目快速实施。

中国政府宣布实施"一带一路"战略，这一国家顶层战略设计或许与中国对新的世界格局的认识有着密切关系。无论在经济、社会、教育还是政治舞台上，当今的中国都表现出强烈的觉知，欲向国际社会展示自己的权力意识，中国希望在政治、经济和投资等领域迅速扩大影响力。

"21 世纪海上丝绸之路"一旦形成，将对所经区域的人口流动及文化交流产生巨大影响。经济、政治、文化及教育科技将紧密相连，迅速发展，同时也将对该区域任何一个国家或国家集群产生巨大挑战。贸易、投资、旅游将连接成区域性国际网络，网络中的每个国家都将获益，实现双赢。

随之而来的是，该网络中的各国政府需要调整自己的战略步伐，配合迎接这一时刻的到来。陆路、海路交通以及各项基础设施如铁路、水电站、码头等的建设是当务之急。

中国的战略让人欣慰，这与泰国前总理素拉育在 2014 年 9 月 12 日的国务院大会上强调的要大力发展泰国基础设施的理念完全吻合。会议

第 6 项决议提出，要增强国家综合竞争力就要率先发展基础设施。为此，政府提出 2015 年至 2022 年泰国将实施交通运输网建设的 8 年发展计划，该计划主要包括全面发展公路、铁路、水路及航运 4 个方面。在此，笔者仅就连接安达曼海和暹罗湾的"克拉地峡计划"进行详述，因为这是史无前例的巨大工程，其经济回报也将不可估量。

此前已针对该计划进行过多次讨论和调研，但出于种种原因，该计划都未能真正启动。历史已经将各国推到了全球化的风口浪尖，东盟各国必须在这场浪潮中相互合作、共同发展，分享各自的有限资源及共同发展硕果。2014 年底泰南三府发生的爆炸事件让我们感到恐惧焦虑，但这不应该成为"克拉地峡计划"实施的障碍。

笔者坚信，南部人民一定会坚定支持该项目。如果南部地区仍像从前一样，仅专注于渔业、橡胶及水果产业，其发展将步履维艰。以后橡胶业与渔业收入将不再是南部人民的主要收入来源。我们应该更加关注泰国与新加坡、马来西亚、缅甸以及东盟各国的紧密联系，以及这种联系所带来的共同利益。

"克拉地峡计划"可以被称为泰国的海上丝绸之路，与中国政府的"21 世纪海上丝绸之路"高度相似，以吸引大量外资。我们不应囿于产品出口这一条渠道，而应积极转变观念，设法吸引外资，推动国家快速发展。"克拉地峡计划"正是这样利国利民的创举，它势必吸引大量外资投入，创造多层次的就业机会。

未来 10 年，克拉地峡将成为泰国经济发展的新支柱，取代传统的资源性输出。我们不应对该项目心怀芥蒂，而应大力支持并推进项目快速实施。21 世纪是一个相互联系、共存共荣的世纪，"克拉地峡计划"不是有人臆想的分裂国土的项目，而是一个共赢发展的大规划。

在"克拉地峡计划"中，最应该被选中的应该是 9A 线，即全长 120 千米，横穿甲米、董里、博塔伦、宋卡和洛坤府的线路。因为该线横穿整个泰南中段，自然障碍极少，可使泰南各府平等地享受开发之福及就业机会。

"克拉地峡计划"可称作世界航海史上的一大创举，也是世界新丝绸之路的重要组成部分。"克拉地峡计划"将使泰国成为世界瞩目的经济社会文化发展的战略重地。素拉育总理曾问："若'克拉地峡'诞生，泰国将迎来怎样的前景？"可以肯定的是，如果素拉育政府决定推行此项目，它将成为载入泰国史册的辉煌篇章，也将被世界历史所铭记。任何一个巨型工程都会面临诸多难题，但其产生的巨大利益也将有目共睹。"克拉地峡计划"将使泰国从一个发展中国家跻身发达国家之列。它是泰国人民，也是世界人民共同瞩目的伟大项目。我们共同期待素拉育总理带领大家勇敢地迈出这一步！

湄公河大有可为

原文标题： เรื่องใหญ่! จีนสั่งใช้น้ำโขงเท่านั้น ขนสินค้าแช่แข็งเข้า-ออก 3 มณฑล เริ่มสิ้นมกราฯ 60

原文来源： ผู้จัดการราย，2016 年 10 月 30 日

观点摘要： 在"一带一路"的驱动下，中国政府提出升级打造西双版
纳关累口岸，使湄公河成为该区域通往云贵川三省的冷冻食
品进出口的唯一通道，泰国也将配套升级清莱府清盛口岸。

在"一带一路"政策的驱动下，中国政府将投入 20 亿元人民币对
西双版纳关累码头进行升级，打造澜沧江湄公河冷冻食品贸易口岸。由
泰国出口到中国云南、四川和贵州三省的冷冻食品从此将只能通过该口
岸进出口。口岸建设工作将于 2017 年 1 月完成，金三角区域的巨变值
得期待。

泰国商业部外贸厅贸易部主任格里萨那先生、清迈商会副会长帕盖
玛女士和盖素达女士、清盛国际劳动力开发学院院长查迪柴先生、清盛
贸易口岸领导那他鹏先生一行于上周搭乘湄公河嘎洒龙二号考察船从清
莱府的清盛港出发，前往中国云南省西双版纳傣族自治州的景洪港进行
考察。考察团一行除考察进出口线路外，还与西双版纳傣族自治州工贸
企业、商会及进出口协会相关人士进行了座谈，了解中国西南地区与泰
国通过澜沧江湄公河以及昆曼公路进行商品进出口的相关情况。

中方座谈人员介绍说，目前中方正在全力建设距离泰国清盛港仅
263 千米的关累口岸，使其符合容纳集装箱及冷柜的口岸条件。目前经
过该区域时，可以清楚地看到工人们正在挖地基、建口岸大厅、进驻大
型设备，项目正在如火如荼地推进。

同时，中方还强调，根据中国政府提出的"一带一路"倡议，中

国将大力开发中西部地区，并拟将关累码头打造为中国中西部地区冷冻食品进出口唯一通道，并为该项目建设投入专款 20 亿元人民币。项目的落成将为中国云贵川三省的冷冻食品进出口提供配套设施和服务，包括集装箱、吊车、检验检疫实验室、进出口冷库以及蔬果储藏库等。

中方介绍说，项目预期于 2017 年 1 月 31 日全面竣工，届时将成立西双版纳关累海事局、关累码头、西双版纳勐腊—关累海关和动植物检验检疫局，由多个职能部门进行联合管理，承担中国检验检疫、出入境管理以及动植物检验检疫工作。

帕盖玛女士说："升级打造湄公河中国段的物流系统是整个湄公河区域的头等大事，因为在该区域内大家互为彼此重要的贸易伙伴。西南三省进出口冷冻食品时将关累口岸作为唯一通道将有助于弥补和分担昆曼公路的物流缺陷，使连接中老泰三国的昆曼公路更好地发挥普通商品物流的功能，以及旅游交通功能。未来，所有冷冻冷藏食品，如冰冻牛肉鸡肉、蔬菜水果的进出口贸易只能通过这一口岸进行通关。"

清莱商会副会长说："清盛港码头会更加繁忙，我们必须做好充分准备。目前来讲，我们需要增加集装箱吊车，现有的码头将无法满足物流需求，因此还需要私人码头联合运作。尽管目前出口数量已经非常可观，冰冻牛肉鸡肉和水果蔬菜的出口数量还会大幅增长。中方承认之前通过第三国的出口方式遇到不少问题，清莱也将密切关注关累口岸所带来的机遇和挑战，毕竟只剩两三个月的时间，中国即将启动这一进出口新规！"

《日本时报》（Japan Times）

中国在争取全球消费者心理份额上力挫日本

原文标题：Why China is Beating Japan in the Battle for Global Mind Share
原文来源：Japan Times，2016 年 9 月 12 日
观点摘要：日本人缺乏想象力，官员的思想仍停留在支持东南亚一体化
　　　　　　或促进湄公河流域发展上，而日本多年来推动全球经济大动
　　　　　　脉建设的事实却没有得到应有的大力宣传。

日本首相安倍晋三近期承诺，三年内出资 300 亿美元用于支持非洲国家发展，这也不足为奇。十多年来，日本已悄无声息地成为众多发展中国家基础设施建设的主要资助者。或许日本太过悄无声息。

事实上，很多人对日本政府的发展援助规模知之甚少。在一些南亚和东南亚国家，日本是最大的援助国和低息贷款提供者，这甚至超过了美国和世界银行。2013 年，日本为印度提供的发展援助达 14 亿美元，超出德国一倍（同年美国给印度提供的援助仅为 1 亿美元）；同时，日本还向印度尼西亚、越南和缅甸提供优惠贷款。

日本现在开始向中亚（特别是哈萨克斯坦）和非洲伸出援手，其战略动机不言自明。日本的竞争对手——中国近年来在以上地区都有数十亿的投资，近期中国国家主席习近平再次承诺向非洲投资 600 亿美元。唯一不同的是，中国的援助给当地带来无限遐想，而日本数十年来约计 500 亿美元的投资却未能做到这一点。

多个国家都对"一带一路"倡议下的中欧道路、港口、油气管道

和其他基础设施建设大加赞誉，充满了期待，这让人大为不解。事实上，中国当前的实际投资有限，很多细节仍不明朗，倡议的持续性也有待观察，因此盲目乐观的态度并不可取。"一带一路"才刚刚起步，它是否会在习近平任内戛然而止也还是一个未知数。

中国认为自己对世界上其他一些国家的发展具有重要推动作用，今天高调提出的"新丝绸之路"强化了中国的这一认识。的确，总有一天，中国将成为从北海到南海这一广阔地区经济关系与经济增长的重要支柱。可以说，习近平创建了一个活力十足的"品牌"，它定将给中国带来实实在在的战略和商业利益。

相反，日本在许多国家也投资了规模类似"一带一路"的项目，但当地却鲜有人意识到这些项目的积极贡献，印度就是例证。最近，许多日本人垂头丧气地和我谈起习近平和明仁天皇访问印度的天壤之别。中国国家主席习近平访问印度的报道占尽媒体头条，而明仁天皇访印虽已属罕见，却并未引起多少人关注（但2015年安倍出访印度的消息的确也登上了几家印度媒体的头条）。

这在一定程度上也体现出日本人缺乏想象力，官员们的思想仍停留在支持东南亚一体化或促进湄公河流域发展上，而日本已经以实际行动推动全球经济大动脉建设的事实却未能引起关注。例如中国在孟加拉国和印度尼西亚投资建设海港以实现物流畅通、海陆并进的同时，日本也在投资援建类似项目，但其援建努力没有得到应有的大力宣传。相比之下，"丝绸之路"这一命名本身就非常吸人眼球。

在与中国展开在亚洲和世界其他地方争取更多消费者心理份额的竞争中，日本没有理由落败。毕竟，日本的投资与中国的投资有着显著差异。正如在非洲，日本的确无法就援助规模与中国相提并论，因此日本强调"质量"及其基础设施低廉的全寿命期成本。

另一差异在于，日本从未将自己定位为发展中国家的经济支撑，需要他国拥其左右。即便日本政府的发展援助项目给予日本企业优先权，相比中国，这些企业更多致力于接受国的实际需求，尊重其国民和政府的自主选择。

　　安倍愈发强劲的对外政策有助于重塑日本形象，这对日本企业和多数发展中国家来说都是福音。作为一个民主国家，日本乐意与其他民主国家建立友好关系，开展合作。

　　各民主国家应努力达成有关大型基础设施建设的共识，同时也要看到，多国争相获得的项目在长远上才更具可持续性。

日本态度冷淡或将失去基础设施建设合同

原文标题： Japan's Snub May Cost it Infrastructure Contracts

原文来源： Japan Times，2016 年 9 月 23 日

观点摘要： 尽管亚投行管理问题尚待明确，但美日两国都应加入其中，因为仅靠亚行，与日俱增的亚洲基础设施投资需求将无法得以满足。

2016 年 8 月，加拿大宣布加入中国发起的亚投行，此时所有目光都转向了日本、美国以及七国集团其他成员方。英国也无视美国反对毅然加入亚投行，随后德国、法国、意大利纷纷效仿。中国曾向日本和美国抛出橄榄枝希望两国加入亚投行，但美日步调一致，断然拒绝。听闻加拿大加入亚投行，日本外交部一位高官强调："日本从未考虑加入亚投行。"

显然，亚投行影响力与日俱增，日本已无法忽视其发展。该行由中国牵头，现拥有 57 个创始成员国。亚投行行长金立群谈到，另有 30 多个国家申请成为亚投行会员国，这一数字远超日本牵头的亚行。2013 年，中国国家主席习近平倡议筹建能够满足亚洲基础设施发展需要的机构，2015 年底亚投行成立。鉴于该行 1000 亿美元的注资中 30% 来自中国，其管理权和透明度备受关注，如此巨大的资金贡献让中国享有 26% 的话语权和重大决策的实际否决权。

作为世界第二大经济体，提升其在全球银行业的影响力对中国来说日益迫切。很久以来，美国、欧盟国家和日本掌控着全世界最负盛名的几家银行。2015 年，在经历了最初的反对后，美国参议院最终启动一项改革，以确保包括中国在内的新兴经济体在国际货币基金组织的管理

中享有更大表决权。东京大学教授、亚行区域经济一体化办公室主任、亚行行长特别顾问川相昌弘·卡威（Masahiro Kawai）说："亚投行是中国对现有国际金融机构发起的挑战。"它是中国"一带一路"倡议的一大支柱，让美日局促不安的不仅仅是其中的经济动机，当然还有其地缘政治目的。这项宏大倡议旨在建设一条漫长的经济带以连接中国、欧洲和中亚，并打通东南亚和非洲航线。有人认为，"一带一路"旨在制衡跨太平洋伙伴关系协定（TPP）。拥有 12 个成员国的跨太平洋伙伴关系协定前景不容乐观。该协定也受到美国国会的冷落，立法者拒绝在"跛脚鸭"会期①通过这一协定，因为 11 月份的大选近在眼前。民主党总统候选人希拉里·克林顿（Hillary Diane Rodham Clinton）和共和党候选人唐纳德·特朗普（Donald John Trump）都明确反对跨太平洋伙伴关系协定。

鉴于亚洲基础设施需求日渐凸显，前日本财政省副大臣榊原英资（Eisuke Sakakibara）也呼吁日本加入亚投行。亚行预计，到 2020 年亚洲国家基础设施需求将高达 8 万亿美元，世界银行或亚行都无力提供如此庞大的资金支持。2015 年，世界银行融资近 600 亿美元，亚行实际出资 270 亿美元，其中还包括基础设施以外的项目。亚投行计划于 2016 年投资 12 亿美元，这仍与预计投资总额相差甚远。

兼任东京青山学院大学教授的榊原英资说："尽管亚投行的管理问题尚待明确，但美日都应该加入其中，因为仅靠亚行，与日俱增的亚洲基础设施投资需求将无法得以满足。"东京大学的川相昌弘教授指出，如果美日两国加入亚投行，中国就不会享有绝对话语权。在他看来，日本的参与将使其获得第三大话语权（8.9%），美日联手将使这一比例上升至 20%。

川相昌弘教授指出，即便如此，中国的影响力仍不容小觑。他说："即使中国不具备否决权，却仍可以寻求其他国家的支持，例如俄罗

---

① 在政治上，"跛脚鸭"一词被用来描绘任期即将结束的民选官员。在新的政府领导班子已经当选但尚未就任期间，仍在行使权力的现任领导班子就被视为"跛脚鸭"。现任国会议员在 11 月选举前返回本州参加选举，但在选举后又回到华盛顿继续开会，由于许多议员不会连任，在新一届国会就职前的这段时间就被称为"跛脚鸭"会期。

斯。"美日加入亚投行以后，俄罗斯仍有 5% 的话语权。境外基础设施建设项目是安倍经济政策的一大支柱，日中两国在这一领域竞争激烈。2015 年，安倍融资 1100 亿美元用于支持亚洲未来 5 年的基础设施建设，这一数额相较亚投行略胜一筹。

但许多人担心安倍出口高端基础设施的计划会受到中国的阻挠，中国有亚投行和丝路基金的支持，而且竞价更低。丝路基金是中国的一项国家投资基金，致力于促进"一带一路"沿线投资。即使在美日两国享有最高话语权的亚行，日本公司也毫无竞争优势。亚行自 1966 年成立以来，一直由前日本银行和财政部长出任行长。2013 年，日本企业只收获了 0.5% 的亚行基础设施项目。为掩盖高昂的价格，日本鼓吹其产品质量上乘、技术成熟并承诺提供长期维修服务。

亚洲基础设施合作处主任芳垣祐介（Yusuke Higaki）说："产品质量上乘并未给日本带来绝对优势，日本企业与他国合作不够，也未能认清他国需求，缺乏系统和严谨的研究也是一大障碍。多数公司只将目光投向几十亿美元的大项目，但亚洲急需的项目大多仅需几亿美元。"

《日经亚洲评论》（**Nikkei Asian Review**）

"一带一路"，如何梦想成真？

原文标题： Making Xi's Belt and Road Work
原文来源： Nikkei Asian Review，2016 年 5 月 23 日
观点摘要： 只有谨记实现"一带一路"的要素，各建设项目才能最终
促进地区经济发展，提升人民生活水平。也唯有如此，我们
才能看到一个与世界联系更加紧密的中国，一个更和谐地融
入本地区的中国。

　　中国国家主席习近平提出的"一带一路"倡议每周都有新进展，
尽管好评如潮，批评人士还是对其实质内容有所质疑。具体落实的项目
仍然有限，项目成果的商业吸引力和经济价值有限是最常听到的两种指
责。这样的指责极其荒诞，他们误解了倡议的本质，缺少对当今形势的
理性认识，但这种指责却为"一带一路"的更好发展指明了道路。

　　"一带一路"倡议宏大，作为一项重要的组织框架，它明确了欧亚
联通基础设施的投资重点和资源分配。该倡议努力推动多国政府和企业
群策群力，尽管他们可能各怀鬼胎。众人拾柴火焰高，许多单个项目仅
凭自身很难生存下来，这便需要与其他项目携手共进。不同国家和运输
模式之间的合作纷繁复杂，也就是说，这一综合性、自上而下的宏伟蓝
图不可能一蹴而就。

　　"一带一路"参与国开始明确合作项目应解决两大关键问题：其
一，项目应提供能够吸引各方的"成本—收益"建议；其二，各方应
就能够确保有效执行的良好管理体系达成一致。众所周知，对基础设施
建设的投资能够促进经济发展，提高人民生活水平。然而，事实表明，
耗时长、政策风险大使商业投资并不看好基础设施领域，在新兴市场，

政治和政策风险相对较高且普遍缺乏透明度。中国以银行支撑、基建引导的发展模式让中国人的生活发生了翻天覆地的变化，但其许多项目却难以获得商业投资。

"一带一路"带来的益处多有相似，但跨境投资却不尽相同。中国大举投资但却无法直接获取所有外溢利益，那么，中国究竟如何获益？事实上，中国看中的是良好的市场准入、丰富的资源、益于经贸往来和社会更加稳定的邻国，以及对中国企业来说更加丰富的商业机遇。投资接受国同样需要平衡基建投资、援助成本和跨境政治压力，一边拉近中国，一边与地区其他参与国交好。

面临的挑战

只有决策科学、执行得当，好的项目才能促进经济增长、贸易发展、拉近国家之间的关系；否则只能半途而废，平添误解与仇恨。

管理和执行绝非易事。就世界范围来看，基础设施建设常因超支和延时而饱受诟病。"一带一路"项目涉及不同地域和文化，因此任务也更加艰巨。

中国对其资助的项目自然采取国内外不同的政策和管理措施。不同政府、国有以及私营企业之间的密切合作是项目成功的保证，而这种合作正是这些企业的软肋。历史经验告诉我们，精诚合作才是出路。泰国和中国近期因为在一项高铁项目的所有权、融资成本和开发权利等问题上未能形成统一意见而发生争执。在斯里兰卡，尽管中斯双方宣布重启科伦坡港项目，但因环保审批、土地权利职责等问题，项目进展也再遇困难。

合资企业更是矛盾频发，究其原因，无非是双方各怀异心、决策权不明晰、未能就贡献率达成一致。对跨国合资企业来说，这些挑战更加严峻。"一带一路"倡议背景下的项目实施绝非易事。在这一过程中，中国的经济、政治、地缘政治和国家安全等都将面临错综复杂、持续不断的挑战。

即便如此，合资企业通过利益共享和优势互补仍可生存。经验告诉我们，在组织和管理类似企业时应遵循一系列非常清晰的原则。今天拥有丰富合资企业管理经验的经理人也越来越多，他们能够审时度势，准确判断，帮助公司应对棘手状况。同样，"一带一路"要想早结硕果，也应遵循一系列的原则，并能做出基于现状、技术和政治的正确决策。就具体项目而言，参与各方必须明确项目收益、成本和风险，主要参与者还应建立项目监管体系，明确贡献与回报。监管委员会可以直接监督有经验的项目经理。

职责明确、进展透明是实施项目的关键，对不同业绩要做到赏罚分明。每一次的精准设计都是各方密切协商的结果，而非简简单单的一刀切。项目的成功需要行之有效的监管框架。重庆—杜易斯堡国际铁路于去年开始通行，而实际线路已存在了 10 年之久。该项目由 5 个国家就海关程序、开放交通线路等问题达成一致。另外，还要明确"一带一路"对不同人群如工人、当地居民、企业等造成的影响，以确保减少损失，公平分配收益。

作为中巴经济走廊的一部分，巴基斯坦政府成立了指导委员会，就有关经济项目与相关省份进行协商。可以看到，自始至终良好的沟通策略都极为重要，它使参与方的利益诉求和顾虑隐忧能够得到正确、有效的传达。

除了成本收益考量和管理原则外，能使"一带一路"目标得以实现的第三个因素是确保众多项目齐头并进，势头不减，唯有如此才能保证各方共同获益，并使收益最大化。这就需要中国和本地区其他国家能够齐心协力，发挥领导作用。

有些项目需要统筹以上 3 个因素，有些则不然，因此加强学习，快速进步尤为重要。否则，投资可能会面临失败，其他国家甚至会认为中方粗鲁介入而对其产生怨恨，或认为中方未能密切跟进项目而大失所望。

如果能谨记实现"一带一路"的要素，就能共同促进地区经济发展，提升人民生活水平；同时它将使我们看到一个与世界联系更加密切的中国，一个更和谐地融入本地区的中国。唯有如此，欧亚地区才能真正迈入发展的新阶段。

"一带一路"促进亚洲就业

原文标题：China's Belt and Road Initiative Vital to Asian Job Creation

原文来源：Nikkei Asian Review，2016 年 12 月 28 日

观点摘要："一带一路"应该获得全球更多的掌声和支持，基础设施建设中的公私合作伙伴关系能够推动全球经济增长，为面临人口压力的国家创造数以万计的就业岗位。

"一带一路"项目将促进亚洲政治经济稳定

亚投行等"一带一路"机构将给予该倡议大力支持。中国国家主席习近平于 2013 年提出"一带一路"倡议，致力于加强中国与东南亚、南亚、中亚、中东等 64 个古代丝绸之路沿线国家的联系，同时带动相关地区的基础设施建设。该倡议因旨在促进全球发展和帮助其他国家改善落后的自然条件和社会基础设施而大受欢迎。

值得一提的是，"一带一路"可以解决当务之急，在该地区创造成千上万的工作岗位，满足大量人员的就业需求，特别是年轻一代。就业缺口影响政治稳定，可能引发极端主义行动，其危害甚至胜过全球特别是欧洲目前面临的由动荡带来的难民危机。

众所周知，很多新兴经济体基础设施落后。联合国 17 个可持续发展目标或多或少都是关于改善基础设施的，包括清洁能源、水资源、公共健康、教育和可持续城市等。加快基础设施投资、缩小地区差距是绝大多数国际公共机构的首要任务。

基础设施建设和创造就业，以及工作和社会稳定之间的联系并未引起人们的足够重视，就业失衡和经济动荡造成的政治压力正在欧洲和美

国生成一种不可预知的政治"新常态"。

快速成长的年轻一代无法就业将给落后的新兴经济体造成动荡。2010 年"阿拉伯之春"政治动乱前夕进行的一项调查发现，就业问题位居政治、宗教等 11 项问题之首。受这次动乱影响最大的 6 个阿拉伯国家的人均年收入总和不到 1.5 万美元。

丝路沿线 39 个国家就业形势异常严峻，同时其劳动力剧增，东南亚、南亚、中东国家面临人类历史上最为艰巨的短期就业挑战。当前中国和许多欧洲国家都面临人口老龄化问题，但未来 15 年这些国家达到工作年龄的人将激增 3.82 亿，要吸纳他们就业，就要创造比现在欧盟总就业人口或美国 2030 年劳动人口的两倍还多的就业岗位。

增加就业

完善的基础设施对创造就业至关重要，这不仅有益于建筑领域的发展，同时还将促进贸易和提高生产力。相反，若不能创造更多就业，反全球化浪潮、社会动荡和大规模移民压力将不幸成真。

基础设施建设势必带动就业。美国研究人员发现，在基础设施建设上每投资 10 亿美元，就能创造 1.3 万～2.2 万个就业岗位。发展中国家在经济增长过程中可以创造更多就业岗位。例如，在中国，可再生能源行业提供了 100 万个就业岗位；在印度，生物质气化行业预计 2025 年将创造 90 万个就业岗位；在巴西，生物燃料为农村地区创造了 130 万个就业岗位，资源再生和废弃物管理领域预计将吸纳 50 万人就业。

研究发现，教育和卫生等社会基础设施投资远比硬件基础设施投资更能持续带动就业、提高生产力、增加收入和提高经济专业化程度。要通过发展基础设施增加就业，就应该迅速行动，在两个方面采取有效措施：一方面，要在发展中国家加强机构建设，更好的机构不仅有助于社会稳定，也能够为耗时较长的大型基础设施项目的融资和运作提供支持。实力雄厚的金融机构、有效的管理、持续的政策、可执行的合同对拓展投资项目、激励人们对长期投资的信心至关重要。另一方面，要能广泛积聚投资资金。据麦肯锡公司预测，截止 2030 年全球基础设施建设的资金缺口将高达 49 万亿美元，除中国以外的亚洲新兴经济体的资金需求将达 6 万亿美元。要弥补基础设施建设资金缺口，就要引入民间资本，包括发达国家的养老金和保险资金。

包括部分保险和养老金基金在内的全球管理资产高达 71 万亿美元，但如果没有可以降低风险的良好机制，这些资金很难流动。养老金基金公司和保险公司等长期信托投资主体受制于国家的审慎监管和日益严格的偿付要求。但新兴市场的基础设施投资很难满足以上要求。值得欣喜的是，近期世界银行下属国际金融公司（International Finance Corporation，IFC）、亚行、欧洲投资银行（European Invertment Bank，EIB）等机构制定了能够分担和减少风险的公私合作机制，这一努力展现了不错的前景。

民间资本

亚投行、丝路基金等"一带一路"融资机构将为公私合作投资提供新途径。虽然美日两国并未加入，但亚投行已经拥有超过 45 个创始成员国。有了一定基础，亚投行这一新机构就可以积极创新，并采取集中私人资本的重要策略，充分利用额外资金，使其流向合适的项目。公私合作制反过来又能带来专门知识和技能、增加就业，同时吸引更负责的长期商业投资。

全球企业早已瞄准"一带一路"倡议在贸易、利润和就业方面的潜力。美国通用电气公司（GE）预计在 2016 年将接到来自中国工程、采购、建设等领域约 20 亿美元的订单。通用电气公司副董事长约翰·莱斯（John Rice）称，"一带一路"是能够实现多赢的战略。

另一家美国企业霍尼韦尔国际（Honeyurell International）在丝路沿线国家有 23 个分公司和超过 3.2 万名当地员工。霍尼韦尔中国首席执行官盛伟立（Stephen Shang）说，该公司已经做好了服务"一带一路"倡议的准备。飞利浦照明（Philips Lighting）首席执行官洪岸礼（Eric Rondolat）看到了未来 10 年"一带一路"沿线国家基础设施、公共服务、生产项目、国内买家的相关货运商机。丹麦马士基航运公司（Maersk Line）是全球最大的集装箱运营商，近期与中方企业共同投资了沿线项目。

　　"一带一路"应该获得全球更多的掌声和支持，基础设施建设中的公私合作伙伴关系能够推动全球经济增长，为面临人口压力的国家创造数以万计的就业岗位。尽快满足新兴市场基础设施建设需求和创造就业是保护全球贸易体系、促进稳定、避免出现海啸般大规模经济移民危机的最佳选择。

《日本新闻》（The Japan News）

"一带一路"——中日竞争升级

原文标题：Japan Ups its Game against China's Belt and Road

原文来源：The Japan News，2016 年 12 月 3 日

观点摘要：目前，中国在国际投资领域异常活跃。实际上，在过去十多
年中，日本一直致力于国际投资，借助亚行和日本国际协力
机构在亚洲大量投资建设公路、铁路、地铁和港口。

日本也有一条新丝路。2013 年中国国家主席习近平提出的"一带
一路"倡议被认为是中国的创举，但它实则是一项多层面、涉及欧亚
多国的国际性事业，在这项事业中不同国家的愿景既彼此补充也相互竞
争。目前，中国在国际投资领域异常活跃。实际上，在过去十多年中，
日本一直致力于国际投资，借助亚行和日本国际协力机构（JICA）在
亚洲大量投资并对公路、铁路、地铁和港口等建设进行指导。

12 月 1 日，日本宣布将提高其国际基础设施建设能力，推出基于
全新合资方式的日本基础设施建设倡议。该合资企业由三菱日联融资租
赁（47.55%）、日立集团（47.55%）、三菱东京 UFJ 银行（4.9%）联
合成立，拟投资 8.78 亿美元在亚洲、欧洲、美国等地建设铁路、发电
厂等。

中国领导人提出的"一带一路"倡议横贯欧亚，如今几十亿美元
的贸易大单已被收入囊中。该倡议大力支持由中国主导的基础设施建设
项目。日本首相安倍晋三也不甘落后，但是其行事方式低调得多。

安倍承诺，未来 5 年将投资两亿美元，用于亚洲与非洲的基础设施
建设。为此，他四处奔走，访问马来西亚、中亚五国、南亚多个国家，
大力宣传自己的一揽子基础设施投资计划。目前，日本负责的大型基础

设施建设项目包括在土库曼斯坦投资达87.6亿美元的天然气净化厂和价值43.8亿美元的化工厂、乌兹别克斯坦的大型化肥厂、与印度即将合作建设的德里－孟买工业走廊、南安达曼岛大型柴油厂、孟买－艾哈迈达巴德高铁、印度的地铁线等。

融入丝路计划的大多数国家都齐心协力致力于基础设施建设，以实现互惠互利，中日两国却相互竞争，极力争取在第三方国家的投资。在"高质量基础设施合作"的口号下，日本宣称其基础设施投资优于他国，也就是中国；"一带一路"提出后，日本努力推出其"再连亚洲"的愿景。

追随美国的日本拒绝加入由中国牵头的亚投行，但澳大利亚、德国、英国等其盟友毅然加入。在印度尼西亚，日本的雅加达－万隆高铁项目被中国抢走，而日本则拿到在孟加拉国东南沿海的玛塔巴瑞岛建设深海港的项目，致使中国建设索纳迪亚港口的计划化为泡影。日本还在斯里兰卡东北部港市亭可马里建造港口和产业园区，以此对中国投资14亿美元在汉班托特建港的行动做出回应。

然而，无论谁来主导，横跨欧亚的绝大多数新建基础设施都将福泽各方。新发电厂、高速公路、铁路、机场的使用者不分国别。中国企业在柬埔寨新建金边和西哈努克港的高速公路将联通日本企业集中的自由贸易区。因此，虽说存在竞争关系，中日两国却在共同打造泛欧亚贸易路线。

《日本战略研究论坛》（Japan Forum for Strategic Studies）

中印海上丝绸之路倡议

原文标题：India and China's Maritime Silk Road（MSR）Initiative

原文来源：Jfss. gr. jp，2016 年 7 月 13 日

观点摘要：对中国的"海上丝绸之路"计划，印度尚需慎之又慎，因为这很有可能是中国拉拢印度邻近国家的幌子。中国经济飞速发展，对能源特别是中东和非洲地区的能源如饥似渴。中国提出建设"海上丝绸之路"的目的很可能是让一些国家（特别是非洲国家）更加依赖中国进口。

曾几何时，印度的影响和文化随着海上航线延伸至东南亚、东亚、东非和世界各地。自 1947 年独立后，印度立足国内，成为一个陆权国家，这与它的地理位置不无关系。历史上印度曾与其西边的巴基斯坦进行过多次陆战，1962 年又因边界纠纷与北边的中国发生冲突。然而，冷战的结束使印度不得不将目光由陆地转向海洋。印度洋对印度的经济发展与安全至关重要，因为全球超过一半的集装箱货运途径印度洋，约70% 的成品油交易途径印度洋海域。不仅如此，人数众多的印度工人在中东工作。仅 2015 年，他们的汇款额就高达 720 亿美元（居世界之首），这与印度经济的健康发展密切相关。

印度海军肩负重任

《海权对历史的影响 1660—1783》是著名海洋历史学家阿尔弗雷德·赛耶·马汉（Alfred Thayer Mahan）颇具影响力的著作。他在书中写道，英国海军在抵御拿破仑入侵的战争中发挥了决定性的作用。同样，印度渴望进入联合国安全理事会常任理事国，在国际舞台上发挥更

大作用，这就需要有一支强大的海军力量。印度海军肩负着保卫国家海洋运输安全的重任。考虑到印度是一个能源净进口国，过硬的海军队伍对印度来说意义非凡。

中国的印度洋战略

习近平主席一直畅谈中国梦，他提出"一带一路"倡议，海上丝绸之路是其组成部分。"一带一路"在很大程度上是对中国古丝绸之路的复兴。古代丝绸之路曾联通中国和欧洲，途经印度在内的许多国家。通过这条"丝绸之路经济带"，中国希望与亚洲和欧洲国家实现陆上互联互通。中国是能源净进口国，也是世界上发展最快的经济体。中国从世界各地进口能源，足见其对能源的巨大需求。

印度在邻近地区的主要利益

印度一直是印度洋地区除美国以外的主宰力量，印度海军在霍尔木兹海峡和马六甲海峡间的广大区域实力雄厚。印度安达曼－尼科巴群岛扼马六甲海峡咽喉要地，历来被观察家视为中国的"阿喀琉斯之踵"。印度在该地建立三军联合司令部，实力大增。印度在邻近地区的许多利益都与中国背道而驰。印度与该地区一些内陆国家关系密切，如斯里兰卡、马尔代夫、塞舌尔等。近来，中国迫切试图进入印度所谓的"后花园"地区。中国的珠链战略使其在瓜达尔（巴基斯坦）、汉班托特（斯里兰卡）、皎漂（缅甸）和吉大港（孟加拉国）等地建立基地，众多印度观察家担心中国此举的主要意图是孤立印度。

中国近日搁置印度将武装组织"穆罕默德军"头目马苏德·阿兹哈尔列入联合国安理会制裁名单的申请。中国将维吾尔分裂分子列为恐怖势力，而对巴基斯坦恐怖分子又另当别论。时下，中国又承诺向巴基斯坦提供导弹技术支持，中国与巴基斯坦的"全天候伙伴关系"让印度极为不安。

印度须小心谨慎

对中国的"海上丝绸之路"计划，印度尚须慎之又慎，因为这很可能是中国拉拢印度邻近国家的幌子。中国经济飞速发展，对能源特别是中东和非洲地区的能源如饥似渴。"海上丝绸之路"的目的很可能是希望一些国家（特别是非洲国家）更加依赖中国进口。印度应该提出类似于"海上丝绸之路"的计划，重振古印度海上霸主雄风。印度"东进政策"富有成效，通过这一政策，印度希望与一些曾经交好的东亚、东南亚国家再次联谊，因为印度1947年独立后与这些国家的关系曾一度中断。近期，印度与美国签署后勤补给协议，原则上同意两国军队互用基地，以补给燃料和后勤物资。此举相比冷战时期的印美关系实为一大进步。加入中国的"海上丝绸之路"计划，印度将失去一张王牌。

《人民评论》（People's Review）

我们所了解的"一带一路"

原文标题：China's One Belt One Road Initiative：What We Know Thus Far
原文来源：People's Review，2016 年 1 月 27 日
观点摘要：网络效应、强大的金融支持、坚定的领导力以及目前中国经济的稳步发展是"一带一路"取得成功的主要原因。但只有利用该倡议帮助各国通过正式协议，改善其投资环境、技术标准、海关和物流程序，"一带一路"的实惠才能落在实处。

"丝绸之路经济带"是一张由公路、铁路、石油和天然气管道，以及其他基础设施织成的大网，它始于中国西安，经中亚到达莫斯科、鹿特丹和威尼斯。这条经济带不是一条线路，而是一张横贯中国－蒙古－俄罗斯、中国－中亚和中国－西亚、中国－中南半岛、中国－巴基斯坦、孟加拉国－中国－印度－缅甸等主要欧亚大陆桥的贸易交通网。"海上丝绸之路"是一张由即将建设的港口和其他沿海基础设施构成的海上线路网，它分布广阔，从南亚和东南亚一直延伸至东非和地中海北部。

当前，"一带一路"的概念、范围和性质仍不明朗，其路线很可能会随时间的推移而变化。中国国家主席习近平提出的"一带一路"很可能在其任期内对中国的海外投资产生重要影响。

"一带一路"的规模有多大？

"一带一路"确实宏大。广义上说，"一带一路"覆盖 65 个国家，

涉及 44 亿人口，约占全球 GDP 的 40%。中国投入大量资源支持这一计划，在中国外汇储备、政府投资和多个贷款机构的共同支持下，总规模为 400 亿美元、旨在促进"一带一路"沿线民间投资的丝路基金顺利成立。

此外，外界普遍认为亚投行将为这一倡议提供资金支持。亚投行 1000 亿美元的注册资本中，相当大的份额将用于贷款。据报道，中国国家开发银行表示将向涉及 60 个国家的 900 多个项目投资近 9000 亿美元，支持"一带一路"倡议。《经济学人》杂志报道称，中国政府将为该倡议出资 1 万亿美元。

"一带一路"愿景文件并不仅仅停留于基础设施项目，它还提出要努力协调经济发展政策、统一基础设施技术标准、消除投资和贸易壁垒、建立自由贸易区、加强金融合作以及促进文化、学术在内的人文交流、人员往来合作、媒体合作、青年和妇女交流、志愿者服务等。

"一带一路"将带来何种影响?

"一带一路"有望刺激亚洲和全球经济增长，促进可持续发展。走廊沿线国家，特别是对基础设施落后、投资率和人均收入低的国家来说，"一带一路"可拉动贸易增长，使其从基础设施发展中获益。"一带一路"也能更好地保障中国的能源和原材料供应安全，因为目前中国的能源和原材料进口主要依赖马六甲海峡和南海。

为什么提出"一带一路"倡议?

有人认为，中国经济增长和国内投资下滑，因此"一带一路"的提出将为其产能严重过剩的建筑业找到市场。

虽然新丝绸之路确实需要大量投资，但即使从最高估计看，其投资额也仅占中国国内每年 5 万亿美元投资的一小部分。在 10~15 年的时间里，投资 1 万亿美元并不会吸收太多过剩产能。

"一带一路"比单个国家独自奋斗更容易获得成功，网络效应、强大的金融支持、坚定的领导力以及目前中国经济的稳步增长是该项目具备的独特优势。就网络效应来说，"一带一路"不会在资金上支持某个国家独立发展，但如果不同国家的项目都能成功启动，"一带一路"沿线每个国家就定能获益。此外，中国的财力和领导力享有较高信誉，因此这一倡议有助于各国走向联合与合作。中国当前的经济实力进一步提高了"一带一路"的声誉。在过去 10 年里，中国已经成为自然资源开发的主要外国投资者。

随着中国国内经济的变化，其海外投资正逐渐转向制造业，而不仅限于自然资源。这种转变很有必要，因为在国内，中国面临着劳动力成本和生产环境要求日益提高的压力。因此，在海外基础设施能够承担产品生产的前提下，将一些生产基地转移到海外大有必要。中国通过"一带一路"促进投资也是吸引沿线国家和地区加入该倡议的原因之一。

"一带一路"能成功吗？

中国国家发展和改革委员会发布了一份关于"一带一路"愿景的文件，讨论加强双边合作和改进现有区域合作机制。然而，文件缺少对该倡议多边发展的规划和阐述，例如，并未提及正式的协议或伙伴关系。我们更为关心的是，将来"一带一路"是否能在贸易、投资和商业环境等问题上达成更加正式的协议，确保最大限度地造福沿线人民。目前，"一带一路"国家发展参差不齐，一些国家治理不善，这对基础设施投资极为不利。因此，只有利用该倡议帮助各国通过正式协议，改善其投资环境、技术标准、海关和物流程序，"一带一路"的实惠才能落在实处。

"一带一路"惠及中东欧

原文标题：Belt, Road a Boon to Central, Eastern Europe

原文来源：People's Review，2016 年 6 月 29 日

观点摘要：习近平对塞尔维亚和波兰的访问表明，中国决心推进"一带一路"倡议，而且有望吸引更多中东欧国家和其他欧盟国家加入。这对中国、中东欧，以及欧盟而言，可谓"一箭三雕"。

中国国家主席习近平当前正在对塞尔维亚和波兰进行正式访问，3 个月前，他曾访问捷克共和国。中国已经开始实施以互联互通为导向的外交政策，中东欧国家在中国外交活动中发挥着越来越重要的作用，他们是"一带一路"倡议的重要合作伙伴。

位于巴尔干半岛的塞尔维亚，地位举足轻重。塞尔维亚与八国接壤，占据独特的地理位置优势。2009 年，塞尔维亚与中国建立战略伙伴关系，成为第一个与中国建立战略伙伴关系的中东欧国家。良好的双边政治关系正逐渐成为两国经济合作的主要推动力。塞尔维亚坚信，中国实行的"一带一路"计划为塞尔维亚自身发展提供了重大机遇。中国、塞尔维亚与匈牙利三国首脑于 2013 年 1 月提出建设匈塞铁路的设想，该项目在 2015 年取得实质性进展。这条自塞尔维亚首都贝尔格莱德至匈牙利首都布达佩斯的铁路线建成通车后，两地间的运行时间将由原本的 8 小时缩短为 3 小时。

匈塞铁路是中国－欧洲快线的北线部分。中欧快线包括海航和陆运两大系统，是"一带一路"倡议框架下中国和欧洲国家的合作重点。欧盟在全球经济危机后削减了对塞尔维亚的投资，在西方企业不愿冒投资风险而犹疑不前时，中国企业家牢牢把握住了机遇。除匈塞铁路外，

中国企业还助力贝尔格莱德跨多瑙河大桥和其他一些公路项目的建设。

中国不仅促进了塞尔维亚运输设施的完善，还拓宽了对塞尔维亚产业的支持渠道。中企河北钢铁集团在 4 月份签署了一份 4600 万欧元（折合 5200 万美元）的协议，收购斯梅代雷沃市的亏损炼钢厂。而中国路桥工程有限责任公司也将与贝尔格莱德政府合作建设包括中国工业园区在内的一系列项目。与塞尔维亚相似，波兰一直以来也积极参与"一带一路"倡议。波兰总统安杰伊·杜达（Andrzej Duda）曾表示，波兰会成为"一带一路"倡议的物流中心。

中国与波兰在 2011 年建立战略伙伴关系。两国 2015 年的双边贸易额超过 170 亿美元。波兰是加入亚投行的唯一一个中东欧国家，而且是创始成员国之一。中国认为，波兰拥有巨大经济潜力，因为它不仅占据区域地理优势，还具备完善的产业格局。2016 年，波兰 GDP 增长有望达到 4%，这一增长速度在整个欧洲遥遥领先。近年，波兰一直在努力增强对中国的影响力。

目前，包括成都和苏州在内的多个中国城市，已经启动通往波兰华沙与罗兹两市的货运列车。为进一步加强两国企业合作，波兰在成都设立了领事馆，罗兹也在成都设立了经贸代表处。两国在次国家层面的类似合作可谓约定俗成，这也成为中波关系的一大亮点。要深化与中东欧国家的合作，获得欧盟的支持尤为重要。欧盟与中国已建立联通平台，以对接"一带一路"倡议和容克计划（Juncker Plan）。

2014 年 11 月，欧盟委员会主席容克正式公布了总额达 3150 亿欧元的投资计划，旨在重振欧盟经济，增加就业机会。为消除欧盟顾虑，中国提出，联通中东欧国家的计划应在中欧基础设施建设合作框架下进行。此外，中国在 1 月份加入欧洲复兴开发银行，中国和欧盟将进一步加强在中东欧的经济合作。

同样，为打消法国、德国等老牌欧洲强国的顾虑，中国提出了在中东欧与第三方进行合作的概念。中国努力使自己的生产力优势满足欧洲需求，并使其与西欧发达国家的关键技术相对接，但中国并无意占据欧洲市场。习近平对塞尔维亚和波兰的访问表明，中国决心推进"一带一路"倡议，而且有望吸引更多中东欧国家，甚至其他欧盟国家加入该倡议，这对中国、中东欧，以及欧盟来说，可谓"一箭三雕"。

与中印交好符合尼泊尔的最大利益

原文标题：Good Ties with China, India in Nepal's Best Interest
原文来源：People's Review，2016 年 9 月 28 日
观点摘要：在尼印关系遇冷几年后，尼泊尔与中国加强双边关系，签署了一系列协议。但只有与中国和印度同时保持友好关系才更加符合尼泊尔的利益。

"我们的谈话开诚布公，两国都找到了新的发展路径。"尼泊尔总理帕苏巴·卡麦尔·达哈尔（别名普拉昌达）这样描述刚刚结束的为期 4 天的访印之旅。这是他上任后第一次出国访问。具有讽刺意味的是，据报道，普拉昌达虽然希望重建尼泊尔与印度过去几年遭遇寒意的双边关系，但印度正试图"从中国手中收复失地"，因此这次访问并不像他评价的那样完全"开诚布公"。

在前总理奥利的任期内，印度和尼泊尔的关系因种种原因迅速恶化，如印度干涉尼泊尔施行宪法修正案，对尼泊尔卡车进行严苛的边境检查等，这使尼泊尔开始向中国靠拢。中尼很快签署了一系列协议，包括将中国西藏的铁路网延伸至加德满都，在尼泊尔为中国公司建立特别经济区，与中国签订石油进口协议等。

所有这些行动都使印度倍感压力，忧虑重重。尼泊尔的外交也呈现出在中国和印度之间摇摆不定的典型特征。中国从未要求尼泊尔选边站队，但尼泊尔却在安全和内政方面时常受到来自印度的压力。在此背景下，尼泊尔很难在两大强邻间保持不偏不倚。然而，要想最大限度地获益和实现发展繁荣，就决不能让自己成为任何一方的棋子。

与中国和印度均保持良好关系是尼泊尔的最佳选择。印度已经觉察

到中国对尼泊尔的影响力日益增强，并正试图扭转不利局面。但这种狭隘的地缘政治逻辑对任何一方都有害无益。中国真诚希望帮助尼泊尔加快发展，同时也在努力打造中印友好关系。

中国、南亚和东南亚之间的互联互通是中国领导的"一带一路"倡议的重要组成部分，它将推动包括尼泊尔和印度在内的整个地区的发展，实现互利共赢。

中国也欢迎印度对尼泊尔的发展给予支持。如果印度坚持认为中国试图讨好尼泊尔，那至少应该意识到，中国对尼泊尔的支持已经促使印度加大了对尼泊尔的援助，这无疑带来较为健康的竞争。时代已经改变，争夺势力范围的旧心态不仅不得人心，反而会损害自身发展利益。

《每周镜报》（Weekly Mirror）

"一带一路"造福南亚

原文标题：China – South Asia Cooperation and 'One Belt，One Road'

原文来源：Weekly Mirror，2016 年 4 月 1 日

观点摘要：不应将"一带一路"看作中国的独霸项目，而应视其为创
　　　　　建一体化世界的伟大创举。无疑，该倡议是中国国家主席习
　　　　　近平提出的中国计划，但它为南亚和其他地区的发展中国家
　　　　　创造了机遇，可以说对整个世界都意义非凡。

此次研讨会以"中国—南亚合作"为主题，应时而生、引人注目。
作为土生土长的南亚人，作者始终主张中国和南亚国家推进务实合作，
实现和平与繁荣。

南亚资源丰富，这里不仅有世界最高峰——中尼交界的珠穆朗玛
峰，而且拥有闻名世界的恒河、印度河和雷鸣盆地等。美丽的印度洋和
阿拉伯海流经喜马拉雅山脉，滋养着种类繁多的动植物。但这个拥有世
界五分之一人口的地方却是全世界最贫穷的地区之一。

南亚国家究竟为何失败、为何贫穷、为何不能利用这些潜力巨大的
资源提高南亚人的生存条件？答案很简单，那就是我们意志薄弱，极度
缺乏信任。如果对人对己缺乏信任，齐心协力、实现共同繁荣就是天方
夜谭。人是推动社会发展最重要的资源，但是我们却认为人不是资源，
而是发展的负担和障碍。我们没有自省，甚至也没有尝试从邻国身上借
鉴经验，尽管它们通过利用和调动人力资源取得了巨大进步。中国就是
最好的例子，在短短几十年的时间里，中国的经济和社会发展取得了惊
人的进步。

南亚国家最近试图加强各国间的合作，促进南亚区域合作联盟

（简称"南盟"）的和平与发展。南盟成立于1985年，至今已走过三十多年的历程。其目标崇高远大，但却远未实现。2014年11月，在加德满都举行的第十八届南盟首脑会议上，各国领导人提出要通过公路、铁路建设实现各成员国之间的互联互通。然而，第十八届南盟首脑会议过去一年半后，进展仍微乎其微。我们之所以谈论南盟地区的互联互通和贸易自由，原因有两点：一方面，南亚国家正在设置更多障碍，阻止民众跨国旅行、开展跨国业务；另一方面，边界不应成为障碍，而应成为连接两国人民的纽带。然而，南亚国家在跨国交流方面却困难重重。在我们谈论本地区的互联互通和人员自由流动的同时，我们甚至毫不犹豫地对某个友好的弱小邻国实施封锁。这难道不是最可笑的言行相悖吗？

　　南盟只是地区领导人的纸上谈兵俱乐部，难以胜任成立之初设定的任何目标。究其原因，一方面，领导人缺乏采取大胆行动的意志力；另一方面，资源不足。有人甚至称南盟为"穷人俱乐部"。但如果南盟进一步扩大，接纳中国为其正式成员，结果将有所改善。中国加入南盟十分必要，因为中国既位于南亚，也地处东亚。广袤的中国大陆国土面积或许超过尼泊尔、不丹、孟加拉国、斯里兰卡和马尔代夫的面积总和。中国与8个南盟成员国中的5个拥有共同陆地边界。因此，中国是南盟不可分割的一部分，加入南盟是大势所趋。中国的加入将使南盟充满活力，也将带来更丰富的资源。可以说，中国作为正式成员加入南盟是实现中国与南亚合作的关键。南盟至今未能向其目标迈进，就互联互通而言，中国已经走在前列。南盟强调成员国之间的联系，但实际却是口惠而实不至。

　　当今中国提出"一带一路"，主张通过公路、铁路和海路联通整个世界。"一带一路"倡议着眼于亚洲和欧洲国家间的联通与合作，旨在通过基础设施建设、文化交流和贸易增长实现沿线地区的经济、社会和文化一体化发展。除了重新连接中国与欧洲外，该倡议还试图重新连接南亚、东亚和中亚。我之所以提到两个"重新"，是因为中国和南亚早已通过古丝绸之路实现了互联互通，但该线在英国殖民南亚后受到破坏。"一带一路"倡议将通过先进的技术，以新颖现代的方式恢复以往的互联互通。

一旦实现，这一计划对南亚的贡献毫无疑问将超过南盟。直接的公路、铁路联通将缓和南亚国家的人口流动压力，促进南盟成员国之间、中国与南亚之间，以及南亚与世界其他地区之间的贸易。这种联通正是南亚当前急需的。

中巴经济走廊是"一带一路"的重点项目，目前正在建设中。在这一倡议下，孟中印缅经济走廊（BCIM）也在逐步推进，尼泊尔和不丹均可加入。此外，中国如果在西藏建设高速铁路网，这一网络很可能会向尼泊尔边境延伸。如果尼泊尔愿意并主动采取行动，中国可以进一步将铁路网延伸至加德满都，最终到达蓝毗尼。以上两个经济走廊，以及尼中铁路建成投入使用后，南亚各国将实现直接联通，并能够与所有南盟国家进行贸易往来。这对尼泊尔和不丹将更为有利，它们可以从此突破地理局限，与中国和其他南盟国家，甚至中亚和东亚国家通畅无阻地开展贸易。

因此，不应该将"一带一路"计划看作中国的独霸项目，而应视其为创建一体化世界的伟大创举。无疑，该倡议是中国国家主席习近平提出的中国计划，但它对整个世界都意义非凡，它为包括南亚在内的发展中国家创造了机遇。可以说，它是一个促进世界美好、繁荣以及和平的倡议，将拉近各国关系，促进大家在彼此发展中相互合作。我相信，这一愿景终将实现，因为中国已经通过设立丝路基金和亚投行为项目启动提供可靠的资金支持。"一带一路"倡议对所有南亚国家都至关重要。该倡议将使尼泊尔和不丹等腹地国家与所有南盟成员国、中国和其他东亚、中亚、中东和欧洲国家相联通，从而减轻对某些国家交通设施的过度依赖。因此，所有南亚国家都应义不容辞地为这一倡议提供切实支持，为中国与南亚的合作早结硕果做出应有贡献。

《加德满都邮报》（**Kathmandu Post**）

"一带一路"倡议应体现共同利益

原文标题：One Belt，One Road Initiative should Reflect Common Interest

原文来源：Kathmandu Post，2016 年 5 月 25 日

观点摘要：实现亚洲国家切实有效的互联互通需要各国共同协商，寻求最佳发展方式。尼中双方同意协同发展，规划造福两国的双边合作项目，并在"一带一路"框架下开展主要项目。

印度总统普拉纳布·慕克吉（Pranab Mukherjee）表示，中国发起的"一带一路"倡议不仅应受到公认国际准则和惯例的约束，还应反映各方利益。

亚洲各国纷纷对"一带一路"表示支持，尼泊尔也不例外。尼泊尔总理奥利（KP Sharma Oli）在本月中旬对印度进行访问时，表达了尼泊尔对中方"一带一路"倡议的支持。

访华前，慕克吉在接受新华社的采访时说："要进一步促进亚洲国家之间的互联互通，就需要各国共同协商，寻求最佳发展方式。"他还表示："实现国家间的互联互通是本国发展的重要议程，而印度已经在与其他国家开展合作，实施一系列的项目。"

新华社于 5 月 22 日在尼泊尔首都加德满都组织了一次研讨会，尼中两国专家就"一带一路"倡议相关问题进行了探讨。

尼泊尔总理奥利于 2016 年 3 月中旬对中国进行了国事访问，其间他进一步表达了对中国"一带一路"倡议的支持。奥利访华后尼中签署的一项联合声明称，尼中双方同意协同发展，规划造福两国的双边合作项目，并在"一带一路"框架下落实主要项目。

《全球金融服务监测》（Financial Services Monitor Worldwide）

香港银行助力"一带一路"倡议

原文标题： Hong Kong Banking on a Big Role in Financing China's One Belt，One Road Plan Linking Asia to Europe and the Middle East

原文来源： Financial Services Monitor Worldwide，2016 年 1 月 19 日

观点摘要： 香港将在"一带一路"中扮演重要角色；香港各大银行和私募股权投资者正迅速采取行动，充分利用"一带一路"带来的基础设施融资机会。

香港各大银行和私募股权投资者正迅速采取行动，充分利用"一带一路"带来的基础设施融资机会。在未来 10 年中，该倡议预计将打造 8.5 万亿美元的市场。

香港金融服务发展局局长劳拉·查（Laura Cha）表示，香港将在"一带一路"中扮演重要角色，而非仅仅充当中介机构。劳拉期望该计划每年能够带来 7800 亿美元的交易额。

作为股权融资、离岸人民币、风险管理和贸易结算中心，香港渴望在覆盖世界 60% 人口的"一带一路"地区起到连接作用。

中国银行（香港）有限公司（中银香港）副董事长兼总裁岳毅在本届亚洲金融论坛上表示，中国银行已经在该地区设立了约 50 家分行，初步目标是创造 200 亿美元的商业价值。2015 年中国银行（香港）开展了一系列兼并和收购项目，旨在将香港本地银行转型为东盟的地区性银行。

渣打银行（香港）大中华区和北亚地区首席执行官本杰明·洪

（Benjamin Hung）响应称，该银行在"一带一路"国家的分支机构已经开始发展业务，"一带一路"战略将影响原来的发展格局。

汇丰银行总经理兼全球银行和市场主管范礼泉（Gordon French）估计，中国将提供约2400亿美元用以启动该项目。如果香港可以循环利用当地、中国内地，以及"一带一路"地区的过剩储蓄，就能迎来发展的新机遇。范礼泉说，香港的地位不可取代。他说，部分交易资金将来自双边贷款，但大部分资金将来自股票和债券资本市场。"香港现在拥有一个极其强大的债券市场，这为全球公司提供了便利"。

中国光大集团首席执行官陈爽表示，为亚投行和丝路基金等计划建立的新机构，在筹集资金方面能力有限。银行业目前关注的是如何让私人资本参与到项目融资中。陈爽表示，自两年前习近平主席提出"一带一路"倡议以来，它已成为中国改革和开放的核心战略。该倡议有助于中国企业走向国际化，也将促进该地区基础设施的互联互通，而这恰恰能够满足亚洲所需。

与中国内地不同的是，香港有一个非常发达的二级市场。多年来，这一市场使香港为内地企业的全球化筹集了资金。

南丰集团前财务秘书、现任集团首席执行官梁锦松（Anthony Leung）表示，目前的关键问题是，如何为不同目标的投资者划分并界定风险。他说，中国内地可以建立一个类似中国进出口银行的机构，或建立应对国家风险的专门性保险公司。在这方面，内地比香港经验更丰富。

星展银行首席执行官皮尤什·古普塔（Piyush Gupta）表示，如果中国的"一带一路"倡议大获全胜，那它将成为力挽狂澜者，这与美国二战后的马歇尔计划截然不同。

"一带一路"促进中英商业合作

原文标题：Belt and Road Initiative Boosts Sino – British biz Cooperation

原文来源：Financial Services Monitor Worldwide，2016 年 7 月 2 日

观点摘要：英中贸易协会发布的《中英"一带一路"案例报告》指出，在"一带一路"框架下，两国企业实现了空前的合作效应，开展了多种形式的经济合作，有望开创更加光明的合作前景。

英中贸易协会（CBBC）最近发布了《中英"一带一路"案例报告》。此前于 2015 年 9 月发布的另一份报告重点阐述了"一带一路"背景下的中英合作前景。在此基础上，新报告着重回顾并分析了中英企业的真实合作案例。报告显示，英国知名企业为"一带一路"项目建设积极提供服务和创新性解决方案，在"一带一路"项目建设中，两国企业展现了空前的合作效应。今后，在"一带一路"框架下，两国企业有望开创更加光明的合作前景。

英中贸易协会副总裁翟乐思指出，中国在铁路、公路、机场建设、发电设施和其他现代化基础设施建设方面积累了丰富经验。"一带一路"项目拥有丝路基金、亚投行和其他新兴金融机构的资金支持。当前，中英企业的合作表明，双方通过建立强有力的合作伙伴关系，能够充分发挥各自的独特优势。

目前，中英两国在"一带一路"框架下开展了形式多样的合作，这包括两国企业联合在第三方市场开展基础设施、能源、物流等领域的项目合作。中国公司利用英国的人才优势、制造业和技术平台为第三方市场提供服务。英国公司提供专业咨询与服务，帮助中国公司在陌生且

风险较高的商业环境中运作。

针对两国共同开发的第三方市场，报告首先分析了英国汇丰银行与中国金融和能源企业间的合作。英国汇丰银行与中国工商银行、中国进出口银行共同为孟加拉共和国的一个发电厂提供了贷款。项目设计、咨询、工程和建筑领域的专家由广东火电工程总公司和中国能源工程集团广东省电力设计研究院提供。报告认为，英国企业，尤其是汇丰银行和其他金融机构，对中国和亚洲市场有深入的了解，因此能在很大程度上促进中英企业合作拓展亚洲市场。

在"中国企业利用英国企业的优势平台开展项目"部分，报告列举了英国石油公司与中石油、中海油在伊拉克和印度尼西亚的合作。在以上两个地区，英国石油公司为中国石油企业提供了在原油、天然气优化开发管理和供应链合同管理等方面的专业服务与先进技术。"一带一路"沿线国家各方面差异较大，但英国能源公司在这一地区有着长期经营的经验和技术优势，因此两国能源企业唯有优势互补、开阔思维才能真正实现合作创新、互利共赢。

在英国企业为中方企业提供专业服务支持方面，报告分析了英国法律事务所和会计事务所助力中国企业拓展海外市场的案例。例如，英国年利达律师事务所（LLP）为中国建设银行、中国国家开发银行和中国工商银行构成的联合组织提供了法律咨询服务，帮助它们更有效地为巴基斯坦的煤矿及附属电厂融资；英国毕马威会计师事务所（KPMG）正为中资企业在尼日利亚寻求融资项目提供咨询服务。报告指出，英国高质量的专业服务在跨境项目上具备独特优势，能够为中国企业拓展市场提供创造性的解决方案，帮助中国企业规避风险、提高成功率。

翟乐思在总体评估目前中英企业合作态势时表示，中英两国企业正并肩合作，实现"一带一路"联通亚洲、中东、非洲、东欧国家的美好愿景。英中贸易协会希望更多英国企业能从两国的成功合作案例中有所借鉴。

英中贸易协会主席沙逊勋爵表示，两国商业领袖和决策者高度认可"一带一路"框架下英中企业建立新型伙伴关系的巨大潜力。当前的成功案例定将成为一种催化剂，促使未来更多沿线合作项目顺利展开。

　　汇丰银行董事会主席范智廉表示，英国在为"一带一路"建设提供专业支持方面具备天然优势。英国在离岸人民币、基础设施融资、项目管理、工程设计以及法务领域优势明显。英国企业愿积极参与并推动"一带一路"建设顺利进行。

"一带一路"启动一揽子项目建设

原文标题：China's Belt Initiative Begins Packaging Projects

原文来源：Industrial Goods Monitor Worldwide，2016 年 5 月 24 日

观点摘要："一带一路"建设以区域互联互通为宗旨，有望促进南亚、东南亚与中亚、西亚和欧洲的一体化发展。

中国提出"一带一路"倡议虽已有两年，但目前看来，完成国际化基础设施建设，达到互联互通仍是非常艰巨的任务。

基础设施投资相当复杂，它涉及战略规划、技术评估、可行性研究、金融与税收筹划、项目管理和风险控制等。

然而，上周三举行的首届"一带一路"高峰论坛的气氛却非常活跃。来自亚洲、欧洲和中东的 1000 多位政府首脑和企业领导人参加了会议。会议代表对加快基础设施建设步伐，推动亚洲各国以及亚欧大陆的互联互通充满了期待。

全国人民代表大会常务委员会委员长张德江在会上宣布，"一带一路"已启动建设。他说，中国与沿线国家已签订 30 多个合作协议，其中包括中巴经济走廊建设所涉及的多个能源、公路、铁路和海港建设项目，总投资额达数百亿美元。中巴经济走廊只是"一带一路"计划建设的涉及 65 个亚欧国家的六大经济走廊之一。

亚投行首席投资官潘笛安（DJ Pandian）说："我们与亚行和世界银行共同筹资的三个基础设施建设项目很快就要圆满完工了。"

在此次高峰论坛东盟会议上，亚洲商界领导人对"一带一路"倡议也表达了积极乐观的态度。他们认为，有中国的银行提供充足的资金支持，"一带一路"定会促进东盟地区的互联互通，加速地区经济的一

体化发展。

投资协调委员会主席斯巴拉尼（Franky Sibarani）、印度尼西亚工商会名誉理事会主席苏尔约（Suryo Bambang Sulisto）认为，"一带一路"倡议与印尼加强国内联系以及实现与国际市场的联通计划不谋而合。

贝克·麦坚时律师事务所（Baker & McKenzies）也于上周发布报告称，从"一带一路"倡议中获利最大的是基础设施建设行业和建筑行业，制造业、电子商务行业和物流业次之。

该报告是经济学人集团年初在调查144家亚洲、欧洲和美国公司后得出的。报告认为，印尼将是东盟经济体中的最大获益者。初步确定，"一带一路"管道基建项目将为印尼创造874亿美元的收益。同时，报告指出，中国公司与西方公司在文化、管理模式和运营方式上存在明显差异；中国公司必须遵守当地法规以及国际法；各种政治、安全及经济风险也是"一带一路"建设的制约因素。

香港理工大学中国商业中心负责人陈文鸿（Thomas Chan）则认为，"一带一路"不应该是一张设计好的、一成不变的蓝图，而应该是一个开放包容的倡议，因为其建设很大程度上依赖于中国与沿线国家的双边贸易。

"一带一路"旨在实现互联互通，它从设施联通开始，逐渐实现国家间在经济、社会、文化上的互通，绝不仅限于投资和贸易。

在主要大国争夺全球影响力的过程中，东南亚国家可以充分受益。中国在基础设施上的巨额投资对东南亚地区来说可谓雪中送炭。与会专家认为，这些超区域性项目将不仅促进区域融合，也将为东盟经济委员会和东盟统一市场注入活力。

毫无疑问，这些项目的开展将使东南亚成为更具吸引力的投资目的地。亚洲大型区域贸易和投资活动的启动将促进东南亚各国以及该地区与整个世界的互联互通，这一联通优势又能够在未来创造巨大商机。

拉动中国重工业发展似乎也是"一带一路"的目标之一。大规模基础设施投资将促进一些产业迅速发展，并能有效拓展中国与参与国的贸易增长。

"一带一路"沿线国家大多为发展中国家，需要高质量的基础设施。中国在这些国家的基础设施投资将使钢铁和水泥需求激增，显然，这些产品订单会由受困于生产过剩的中国公司来完成。

中国公司在印尼的基础设施建设项目也大多由中国机构（如丝路基金）、政策性银行（如国家开发银行和中国进出口银行）或中国主导的多边金融机构（如亚投行）融资。

诚然，在新常态或者说经济增长放缓的背景下，中国需要刺激经济需求，努力保持7%的经济增长率。重工业需求的增加会刺激产量提升。中国很可能会利用其4万亿美元的外汇储备，为"一带一路"建设提供资金，这一举措反过来又将促进人民币的国际化。

菲律宾SM投资公司副总裁施蒂丝（Teresita Sy – Coson）指出，中国投巨资在海外发展基础设施无可非议，这将加速人民币的国际化进程。

"一带一路"建设以区域互联互通为宗旨，有望促进南亚、东南亚与中亚、西亚和欧洲的一体化发展。

《全球伊斯兰金融监测》（Islamic Finance Monitor Worldwide）

复兴丝绸之路，拉动世界经济

原文标题： Reviving the Silk Road and Stimulating World Economy

原文来源： Islamic Finance Monitor Worldwide，2016 年 5 月 25 日

观点摘要： 伊斯兰国家理解新丝绸之路的重要意义并期待更多投资与合作，相信这种合作不仅有助于推动全球经济增长，而且能为全球市场注入急需的大量资金。

今天，在经济学家和各国政府热议如何发掘历史财富、刺激全球经济时，历史悠久的国际贸易线路丝绸之路再次成为人们讨论的焦点。

古丝绸之路连接了东亚、中亚、印度、西亚、地中海等世界几大文明圈，它不仅为商业城市和多个活跃的市场带来积极变化，同时也在商人和使节经过的地方创造了全面繁荣。

丝绸之路上的商业活动能延续至今，阿拉伯半岛的商人们功不可没。他们满载货物，沿古老的海上贸易线路航行至印度北部海岸，在那里用香料、香水、橡胶等与中国商人交易丝绸。

后来，伊斯兰教将阿拉伯半岛和亚非大片地区连接成统一的经济区，穆斯林商人成为丝绸之路所有贸易活动中最引人注目的主角。在中印两国商人的船只还停靠在阿拉伯半岛的海滨码头时，阿拉伯商人已经争分夺秒地利用纵横交错的陆海运输线，将其货物运往世界的各个角落。

今天，复兴丝绸之路绝不仅仅是对美好历史的追忆，应该说，它是对历时九年多的世界经济困境做出的积极回应。

中国经济是促进世界经济增长的重要催化剂——中国经济的强劲发展对世界经济意义重大，这也是达沃斯论坛与会者重点讨论中国经济现

· 144 ·

状与前景的重要原因。复苏全球经济始于复兴中国经济已是全球共识。中国国家主席习近平在 2015 年土耳其召开的 G20 峰会上表示，尽管当前中国经济增长放缓，但中国对世界经济增长的贡献率仍高达 30% 以上。这一事实让我们意识到，通过复兴丝绸之路推动中国和东亚国家的贸易至关重要，因为这条线路也将为中东和北非地区的经济发展创造条件。

值得注意的是，提出丝绸之路倡议后，习近平主席首先访问了阿拉伯和伊斯兰国家，这表明这些国家是成功复兴丝绸之路的关键。

近年来，世界经济环境虽然为全球少数市场带来了风险和负面影响，但不可否认，它也创造了前所未有的机遇，使我们能够重新考量全球经济结构，并努力在适应力强，能够拉动全球经济增长的地区复兴国际贸易线路。

"一带一路"正是在这样的背景下提出的，它旨在积极推动世界 60 多个国家的经济发展，惠及全球约 63% 的人口。据预测，该倡议也将成功刺激全球商业活动，提高生产力，稳定包括原油在内的工业原材料价格。中国是世界第二大能源消费国，国内约一半的能源需要从海湾国家进口。

伊斯兰合作组织成员国高度赞赏"一带一路"，绝大多数国家愿意同中国建立牢固的战略合作关系。自 2012 年以来，中国与伊斯兰合作组织的贸易额一直保持在 5000 亿美元以上。更重要的是，双方不仅有着共同的经济利益，同时也拥有文化与科技交流的深厚历史基础。几十年来，丝绸之路促进了商品流通和人员沟通，也带动了沿线多国相关研究成果的大量出版。

中国复兴丝绸之路的重大倡议和伊斯兰经济发展倡议能够相互促进，互惠互利。

今天世界经济版图与过去已不可同日而语。显然，全球大部分经济生产和商品贸易已转向东半球，特别是中东和北非地区。这一转变在使该地区国家受益的同时也给他们带来了相应的责任。如今，全球经济的命运和未来与这些国家的经济状况息息相关。

伊斯兰经济发展倡议为伊斯兰国家的经济和文化结构带来了重大变

化。各国已经见证了倡议创造的多种实惠，不少国家的生产加工能力有了质的飞跃，符合伊斯兰教法的产品、服务，如食品、饮料、服装、家庭旅游等得到快速发展。

"一带一路"将为伊斯兰经济创造史无前例的契机，清真食品贸易可以成为沿线国家大力发展的主要产业。伊斯兰金融业也可以通过支持沿线基础设施项目的开展进一步拓展业务。

伊斯兰经济原则与伊斯兰国家追求可持续发展的计划与愿望相一致，它们对增强伊斯兰合作组织的凝聚力大有裨益。打造强大的国际经济和文化集团，促进丝绸之路倡议的顺利开展已经成为伊斯兰合作组织的新目标。

原油价格下跌后，包括海合会成员国在内的该地区多国经济受到不小冲击，从此，寻求经济多样化发展道路提上日程。我们看到，非石油部门对这些国家国内生产总值的贡献近年稳步上升，这对当地人民与全球经济发展都是一大福音。

继 2008 年世界金融危机爆发以来，世界各国坚信，为避免可能出现的动荡，发展中国家需要恢复基础设施建设，推动社会体制改革，丝绸之路沿线国家和位于商贸中心的国家更应担此重任。

伊斯兰国家理解新丝绸之路的重要意义并期待更多投资与合作，相信这种合作不仅有助于推动全球经济增长，而且能为全球市场注入急需的大量资金。

中国丝绸之路或将推动波兰与俄罗斯走向和解

原文标题：China's Silk Road May Push Poland toward Reconciliation with Russia

原文来源：Transportation Monitor Worldwide，2016 年 8 月 29 日

观点摘要：丝绸之路可以成为一条纽带，帮助各国尽释前嫌。规模巨大
　　　　　的丝路项目也可能促成波俄两国的政治和解。

历史上，俄罗斯与波兰长期不和。今天，一个令人意想不到、有望改善两国冰冷关系的机会出现了：哈萨克斯坦正与波兰就建设经由俄罗斯的交通运输线展开磋商。这条运输线是中国打造中欧新贸易线路宏伟工程的一部分。

哈萨克斯坦总统纳扎尔巴耶夫邀请波兰总统杜达参加与俄罗斯的三方会谈，就运输通道事宜展开磋商。纳扎尔巴耶夫在 8 月 23 日举行的波 – 哈经济论坛上指出："两国经济合作的关键是交通问题，即如何建成往返于哈萨克斯坦与波兰的交通线。"此前，两国多次交流，认为必须借助俄罗斯。

纳扎尔巴耶夫向杜达提议，"我们应积极行动，与俄罗斯展开会谈，至少在运输方面达成三方协议。"波哈两国关心的不仅仅是有效促进双边贸易，更重要的是，要抓住机遇，加入中国正在努力建设的亚欧国际运输线。

北方丝绸之路

丝绸之路包括三条铁路和公路运输线的建设。其中，北线穿过哈萨克斯坦、俄罗斯到达欧洲，是陆路运输线。西线以俄罗斯为起点，途经白俄罗斯、波兰，到达德国和荷兰。

中国、俄罗斯、哈萨克斯坦已经采取措施，开始启动"一带一路"建设项目。自2016年起，他们简化公路货物运输系统，这一交通线连接中俄两国，途经哈萨克斯坦，三国也签订了相关协议。过去通过卡车运输，货物到达俄罗斯需要一周时间，如今这一时间已缩短至两天。

俄欧投资财团总裁帕维尔·格奈尔指出，"以目前的情况来看，这条线路（北线）离不开俄方的参与，因为它经过俄领土的大部分地区。"

如何与波兰达成协议？

虽然从地理位置上讲，乌克兰等国家也能够替代波兰发挥重要作用，然而很多观点倾向于俄方最好与波兰达成协议。

这是中国所期望的。2016年6月中国国家主席习近平出访波兰并非偶然。连接西欧最短的路线途经哈萨克斯坦和波兰，另外，俄罗斯公路基础设施发达，便于与中欧在道路上相联通。因此，要成为全球基础设施建设项目的一部分，并获得充足的运输流，俄罗斯、哈萨克斯坦最好能与波兰达成一致。此前，因运输冲突，两国间的道路交通曾中断数月。

丝绸之路可以成为一条纽带，帮助各国尽释前嫌。如此大规模的项目也可能促成波俄两国的政治和解。阿拉木图智库风险评估集团负责人多瑟姆·萨帕耶夫表示，波兰人的答复取决于他们会受经济实用主义思想的影响，还是会被地缘政治因素所左右。除哈萨克斯坦外，中国也应做出一定努力，使波兰认识到两国都在促使其考虑经济收益。

毫无疑问，加入这条国际运输线对波兰是有益的，波兰可以借此保住其欧洲陆路门户的有利地位，同时也能因运输量的增加收获更多利润。

帕维尔·格奈尔说："这对中欧运输线上的任何一个国家来说都是一场真正的及时雨，波兰会明白这个道理。"

中国承诺加大资金投入力度。为确保基础设施建设的顺利进行，中国计划出资400亿美元设立丝路基金。由此可见，吸引更多投资者对该倡议而言并非难事。

《海峡时报》（The Straits Times）

展望未来：中国的世界舞台

原文标题： Looking Forward：The World Stage – China：Slower Growth，but Beijing's Influence in Asia Set to Grow

原文来源： The Straits Times，2016 年 1 月 3 日

观点摘要： 中国经济增长速度放缓，但地区影响力持续增长。中国在 20 国集团和亚洲基础设施投资银行中扮演了领导角色，并将加快"一带一路"倡议的实施。

分析人士认为，尽管中国的经济增长进一步放缓，但中国在本地区的经济影响力定将提升。在明年领导层过渡之前，这可能给习近平主席带来巨大的军事改革和反腐动力。

来自英国伦敦国王学院的亚洲政治经济学家拉蒙·帕切·帕多（Ramon Pacheco Pardo）指出，国内生产总值增长速度放缓可能是 2016 年中国遇到的最棘手的经济问题。他告诉本报记者，"虽然增长速度放缓在政府预料之内，但放缓的速度和程度超出预期。"

事实上，尽管中国领导人承诺不再专注于经济增长，但去年中国仍然花大气力确保其 7% 的国内生产总值增长目标得以实现。2016 年经济学家预测中国将降低目标，将国内生产总值的增长目标设定为 6.5% ~7%。

但要看到，中国经济实力的下滑并不会削弱其区域影响力。这一年，中国担任了 20 国集团领导人峰会主办国，由其领导的亚投行开始运营。观察家们说，印度尼西亚需要约 4500 亿美元（6390 亿新元）建设交通和电力网络，有可能成为亚投行第一笔贷款的接受国，同时与其

竞争的还有菲律宾、越南和印度。

明年：

- 亚投行将支付最初几笔资金
- 中国将启动军事改革
- 中国将加大反腐力度

帕多博士还认为，通过在国外宣传"一带一路"倡议，以及在欧洲、澳大利亚和其他中国存在感稍弱的地区签署投资项目，北京的影响范围将进一步扩大。有消息人士告诉本报，新加坡在中国西部城市重庆和中国签署的合作项目也是"一带一路"倡议的一部分，预计在 2016 年年初开始实施。

外部环境的发展变化始终对中国国内的经济和军事改革构成挑战。习近平 2015 年 11 月宣布中国人民解放军指挥体制走向现代化，2016 年在实施过程中可能面临内部困难。

新的一年意味着新的开始。美国和菲律宾将选举新的领导人，但未来也可能并无变数。

未来，中国其他重要政策遭遇的障碍会减少。中国反贪机构中国共产党中央纪律检查委员会（中央纪委）于 2015 年 12 月宣布，2017 年前将完成对 280 家政府单位和金融机构的巡查。中央纪委在过去三年里只巡查了约一半的单位，所以这意味着今后的巡查速度将加快。

一些观察家担心中国会在南海设立防空识别区，正如中国 2013 年在中日存在领土争端的东海建立识别区一样。但是，东盟专家许利平认为，考虑到中国一贯坚持的领土主张引起邻国的激烈回应，中国在来年不会采取过多对立行动。

“一带一路”促互联互通，人民币获青睐

原文标题：More Middle East Countries Using the Yuan – Trend Set to Continue,
with China'a One Belt One Road Initiative to Boost Connectivity

原文来源：The Straits Times，2016 年 2 月 5 日

观点摘要：签署货币互换协议、建立清算中心以及人民币“入篮”等
举措有利于人民币国际化。“一带一路”倡议的提出将促使
更多中东国家选择人民币为支付货币。

在交易活动中，越来越多的中东国家开始使用人民币。随着中国试
图复兴古代丝绸之路，预计中东地区的人民币使用量还会持续增加。习
近平主席最近对该地区的外交访问也使北京在这些资源丰富的国家中的
经济影响力进一步提升。

全球支付系统供应商——环球同业银行金融电讯协会（SWIFT）的
最新数据表明，阿联酋和卡塔尔是中东地区使用人民币对中国大陆和香
港地区直接付款最为积极的国家。去年，阿联酋对中国大陆和香港的人
民币支付量占 74%，与 2014 年相比增长了 69%。在卡塔尔，人民币支
付的支付量为 60%，与去年的 29% 相比增长显著。

虽然 SWIFT 并没有提供其他中东国家的具体数据，但是专家说，
中国和中东国家之间的贸易额在过去 20 年增长了 50 多倍，因此，预计
中东地区越来越多的公司也将转向使用人民币进行结算。

SWIFT 负责中东、土耳其和非洲事务的负责人西多·贝斯塔尼
（Sido Bestani）先生指出：“过去几年中，中东国家开始越来越多地使
用人民币。2015 年在卡塔尔建立了人民币清算中心，这是中东地区的
第一家人民币结算中心。中国人民银行和阿联酋中央银行最近还签署了

协议，支持人民币用于结算。"

中国的"一带一路"倡议旨在促进互联互通，预计将激励更多国家使用人民币结算，中国也在极力促进人民币国际化。"一带一路"中的"一带"是丝绸之路经济带，从中国途经中东，最后到达欧洲；"一路"是指21世纪海上丝绸之路，它连接中国与东南亚、非洲和欧洲。

渣打银行非洲和中东地区首席执行官苏尼尔·考沙尔（Sunil Kaushal）先生说："'一带一路'倡议可能使中国从世界上最大的货物出口国变成主要资本出口国，'一带一路'沿线国家和地区在金融、投资和贸易中将更多使用人民币。"

北京在中东的经济影响力持续增长。习近平在上个月访问该地区时宣布中国将给予该地区550亿美元的援助。其间，他访问了伊朗、埃及以及中国最大的石油供应国——沙特阿拉伯。

专家说，中东地区对中国非常重要，不仅因为中国从海湾国家进口能源，而且因为该地区可以帮助人民币走向全球，特别是在关键商品使用人民币定价方面发挥关键作用，这样可以最大限度地缩短交易时间、减少交易成本。

有专家认为，中东是非洲大陆的金融中心，而中国在非洲存在巨大而复杂的利益。汇丰银行中东及北非区收支和现金管理区域主管苏尼尔·维蒂尔（Sunil Veetil）表示："能源仍然主导着两个地区之间的贸易，人民币更多用于石油和天然气结算无疑将成为人民币国际化的转折点。"但人民币地位的上升是一个渐进过程。SWIFT的数据发现，美元仍然是该地区的支付货币之一，海湾国家与中国内地或香港的大部分支付依旧使用美元。

不过，维蒂尔先生指出："签署货币互换协议、在卡塔尔和阿联酋建立人民币清算中心以及最近国际货币基金组织宣布将人民币纳入特别提款权货币篮子等举措，有利于中东国家采用多种货币支付，减少对其他货币的依赖。"

目前，人民币仍稳居全球第五大支付货币，2015年12月人民币占全球支付份额的2.31%。根据SWIFT的数据，与美元43.9%的份额相比，人民币依然相形见绌。

西天取经

原文标题：Year of the Fire Monkey：Journey to the West and Beyond

原文来源：The Straits Times，2016 年 2 月 17 日

观点摘要：像玄奘西天取经一样，2016 年可能是投资者备受考验的一
　　　　　年。但如果投资者在面对逆境时，能做到自制、坚韧、灵
　　　　　活，就能像玄奘最终带着《三藏》归来一样，收获满满。

2016 年是猴年。在亚洲的中国文化和印度文化中，猴子经常出现
在神话故事中。印度教中的猴神哈奴曼形象就来自于印度史诗《罗摩
衍那》。在中国，最吸引人的猴子当属明朝小说《西游记》里极具魅力
的猴王孙悟空了。

孙悟空因顽皮淘气和自由散漫而饱受诟病，也因对其师父——著名
的唐朝和尚玄奘始终不渝的忠诚而受人尊敬。玄奘公元 629 年前往印度
朝圣，带回了大量印度佛经。在印度，他一待就是 15 年，其间拜访圣
地，悉心学习佛法。有趣的是，玄奘在印度学习了五年的母校那烂陀寺
（一所古老的佛教大学），在沉寂数个世纪后，最近重新焕发生机。

回国后，玄奘专注于佛教经典翻译，并完成一部自传，描述了自己
沿古丝绸之路的旅行见闻。丝绸之路贸易是中国、印度、中东和非洲部
分地区文明进步的重要因素，沿线国家在贸易往来的过程中也建立了政
治、经济和文化联系。

2013 年，中国提出在玄奘及其忠实的弟子孙悟空走过的路上建设
一条新的丝绸之路。"一带一路"倡议旨在促进贸易投资发展。这一倡
议将成为中国深入实施经济转型的整体政策基石，并随中国经济增长放
缓而更显其价值。"一带一路"支持中国出口工业和制造业过剩产能，

外包低端制造业，并确保能源安全。它还将促进区域互联互通，支持人民币国际化。据估计，与"一带一路"相关的中国对外投资可达 2000 亿美元（2016 年至 2018 年），3 年年均复合增长率为 30%，是过去 6 年增长的两倍。

必须明确，"一带一路"并不是一个全新的概念，它建立在现有贸易和投资网络的基础之上，但预计未来几年将推动中国对外投资的快速增长。

南亚国家和东盟经济体都将受益。参与基础设施建设的亚洲公司，包括国内外工程建筑公司、货物与设备供应商、运输和物流公司将是"一带一路"投资的第一批受益者。第二批受益者包括沿线国家的金融业、零售业、互联网行业、制造业和旅游部门。

玄奘取经的丝绸之路上妖魔当道，凶险异常，孙悟空不遗余力地保护自己的师父。猴年，投资者也要像孙悟空保护师父一样保护好自己的资产。玄奘在取经路上经历了数不清的考验和苦难，同样，2016 年对投资者来说也是充满挑战的一年。在短短一个多月的时间里，全球金融市场受到石油价格大幅下跌、人民币贬值、欧元区可能出现信贷紧缩等一系列事件的明显影响。

要保护我们的投资组合并促进其增长，投资者就要像孙悟空一样敏捷果断，富有创造性。投资者不应安于现状，应洞察影响投资和商业发展的大趋势。这可能意味着将 18% 的资产进行多元化处理，投资到其他资产类别，如对冲基金。如果进行长期投资，投资者可以考虑美国石油巨头、中国保险公司、互联网公司、欧洲银行、新加坡银行和交通运营商等。

中国在国际秩序中的角色

原文标题： China and the International Order(s)：Beijing's Role in the World

原文来源： Singapore Government News，2016 年 2 月 14 日

观点摘要： 中国与全球秩序密不可分，可以在全球事务中发挥领导作用，其崛起对世界是有益的，但中国应具体阐明其认定的全球规则。

　　有人问，像新加坡这样的国家如何看待中国的崛起及其与美国的关系？应该说我们的视角是基于非常深刻的历史背景。中国参与、融入全球国际秩序以及中国的崛起应该被视为 21 世纪最伟大的进步之一。这是许多曾经反对两极世界的人们的胜利。

　　从数据上看，中国有 150 多位亿万富翁，这个数字仅次于美国。自邓小平访问新加坡以来，中国的国内生产总值增长了 25 倍以上，现在已超过 8 万亿美元。在过去的 30 年里，近 7 亿中国人摆脱了极端贫困，而在同一时期印度仅有 3000 万人脱贫。到 2030 年，中国中产阶级的人数预计将达 14 亿人，他们希望中国经济得到更快速的发展，服务业水平更高。

　　首先，新加坡认为中国与全球秩序密不可分。目前，中国一半以上的出口产品由日本、韩国和新加坡等国家的在华外商投资企业生产。显而易见，中国现在是所有东盟国家和大洋洲最大的贸易伙伴。中国持有美国 1.3 万亿美元的国债。中国领导层高瞻远瞩，亚投行和"一带一路"倡议是打开中亚市场的实质性举措。

　　其次，新加坡认为，凭借经济和军事影响力，中国在国际事务中的领导地位已成既定事实。与其他世界主要经济体不同，中国事实上已经

通过其积极作为或不作为，为全球秩序制定了规范与规则。

再次，中国在制定规范和新规则方面的作用至关重要。习近平主席说过，中国需要一个新的"历史起点"。但中国也必须阐明，什么样的全球秩序才是中国认为理想的全球秩序。换句话说，中国设想的治理和保护全球公共领域的规则是什么？国际秩序应以何种基础促进各个国家的发展？中国需要对此做出具体回答，因为中国自身的稳定与全球秩序的稳定息息相关。

最后，在此背景下，如何才能通过依存共生解决战略竞争问题？一个很现实的例子就是跨太平洋伙伴关系协定（TPP），当然前提是美国国会两院均通过这一协议。如果 TPP 被认定为或定位为打压中国的贸易集团，这将适得其反。但如果中国加入 TPP，该协定就会成为其他倡议的补充。新加坡作为今年中国—东盟会议的轮值主席国，将积极追求这一结果。

总之，我们认为中国的崛起是有益的，中国与全球秩序密不可分，但是中国也必须阐明它所认定的全球规则究竟是什么。

《每日星报》（The Daily Star）

丝绸之路倡议：机遇与挑战并存

原文标题： The Silk Road Initiative Brings Many Opportunities and Challenges

原文来源： The Daily Star，2016 年 1 月 21 日

观点摘要： "一带一路"建设并非易事，但中国胜券在握。只要中国对各种资源的利用能够做到理性、透明，中国与邻国的努力定将硕果累累。

2013 年，中国国家主席习近平提出旨在复兴古代丝绸之路、连接东西方陆上和海上贸易的"一带一路"倡议。如今，这一卓有远见的倡议受到广泛关注。60 多个国家和多个国际组织加入建设行列中。"一带一路"建设蕴藏前所未有的机遇与挑战。两千多年前，古丝绸之路是重要的贸易路线，促进了亚非欧之间的经济、政治和文化交流。中国倡议的"丝绸之路经济带"和"21 世纪海上丝绸之路"建设肩负着同样的历史使命，基础设施的增加和改善有助于贸易和投资的合作以及思想文化的交流，从而推动"一带一路"倡议参与国的经济共同发展。

对中国来说，这一倡议背后的原因一目了然。近年来，中国国内生产总值的增长面临压力，中国必须继续加大开放力度。这就意味着，要与邻国建立互惠关系，努力将中国低附加值的产业转移至"一带一路"沿线国家，在使他们受益的同时，为本国经济延伸价值链提供空间。

中国未雨绸缪，已经为加强与"一带一路"沿线国家的经济合作与贸易关系奠定了基础。中国牵头成立了多边合作机构——亚投行，为

相关建设项目提供资金支持。

中国香港和上海的金融中心地位，以及华为、阿里巴巴、万达等快速发展的新兴公司巩固了中国的优势和领导地位。中国已经为实现"一带一路"倡议做好了充分准备。

然而，发展的道路并非一帆风顺。和所有跨国经济合作项目一样，中国的建设需要借助明智的外交手段，与各国建立良好关系，同时也要审时度势，精心规划。

"一带一路"沿线每个国家都将面临风险与挑战。很多"一带一路"沿线国家可能会因汇率波动、巨额债务、单一而不可持续的经济结构而面临宏观经济风险。从微观经济层面看，银行业的发展困境也将给经济发展带来一定风险。

治理问题，如腐败滋生、改革不力、社会政治局势紧张（一些地方还面临恐怖主义威胁）等，同样给"一带一路"倡议的实现带来严峻挑战。受气候变化影响而加剧的自然灾害也不容忽视。

为此，各国都制定了复杂的法律和规章制度，以营造良好的商业环境。中国企业只有在进驻国外市场以后才能充分了解进驻国的商业环境。但任何违法行为都将给企业的整体运营和投资带来风险。

挑战也许是复杂多样的，但应对之策却并不复杂。应对诸多挑战的措施如下：

第一，必须杜绝腐败。腐败不仅会破坏"一带一路"建设，还会削弱中国未来发展跨国经济建设的能力。

第二，所有基础设施建设都必须充分考虑建设资金、经济效益及其生态影响。同时，要保证所有项目都公开透明，并能得到有效监管和制衡。"一带一路"项目的资金投入必须严格遵守市场规定。考虑到多数项目的投资规模，建立在预计现金流而非投资者资产负债表基础上的项目融资和有效风险共担机制将更为可行。另外，赞助商不仅应关注项目建设本身，还应致力于实现长远目标，如确保项目盈利、关注项目对当地社区和自然环境造成的持久影响。顾问、律师、审计员等专业人士以及非政府组织、具备国际经济合作经验的机构都能发挥重要作用。

第三，应采取切实有效的风险化解措施，如在陌生的监管和立法环境下，为降低运营风险。企业应提前与当地机构建立联系，从而更好地规划其经济活动。

第四，作为"一带一路"的倡议者和推动者，中国必须采取措施，确保其企业行为合法。在保证企业良性竞争、公平竞争的同时，中央政府也需要对地方政府的行为进行有效管理与协调。

第五，中国还应启动优质培训项目，向各级政府官员和企业家提供在国外从事商业活动的基本信息。中国也应鼓励香港加入"一带一路"倡议，并发挥其在金融、物流、信息、人才引进和法规实施领域的优势。此外，中国政府还需要对企业危机管理和撤出策略加以指导。

"一带一路"建设并非易事，但中国万事俱备。只要中国对资源的利用能够做到理性、透明，中国与邻国定将获益颇丰。

黎巴嫩国家通讯社（National News Agency）

从贝鲁特到北京

原文标题：علي رأس وفد للمشاركة في فعاليات مشروع :"حزام واحد طريق واحد" من لبنان إلي الصين
القصار إلي الصين

原文来源：National News Agency，2016 年 7 月 11 日

观点摘要："一带一路在中国：贝鲁特至北京"系列活动以及黎中双方的文化交流与贸易往来是对习近平主席提出的"一带一路"战略的最好支持，是黎中交往的里程碑事件。

    黎巴嫩前经济部长阿德南·凯撒尔以黎巴嫩经济委员会主席的身份率团参加 7 月 15 日至 29 日在北京举行的"'一带一路'在中国：贝鲁特至北京"相关活动，活动恰逢黎中建交 45 周年。

    "贝鲁特至北京"活动是由黎巴嫩著名金融家卡萨、中华人民共和国文化部以及中国人民对外友好协会会长李小林年初在开罗会议上共同发起的。卡萨于 2016 年 1 月获习近平主席颁发的"中国阿拉伯友好杰出贡献奖"。

    中国是当今世界最重要的经济体，也是阿拉伯世界最主要的贸易伙伴。此次举行的一系列活动旨在进一步推动和加强黎中两国人民和企业在经贸、投资和旅游等领域的交流与合作。

    "贝鲁特至北京"活动由黎巴嫩美食节、企业展会、商务会议和文化交流等部分构成。参加本次活动的有生产葡萄酒、橄榄油、罐头食品、坚果、乳制品、奶酪、巧克力的黎巴嫩食品企业，还有黎巴嫩律师事务所、咨询机构、银行和运输企业。主办方还推出了印有中国人的老朋友卡萨和黎巴嫩美食的纪念邮票。

    卡萨将在北京获得习近平主席的接见，同时还将与中阿工商界峰会

中方代表团主席王正伟、中国文化部部长、中国人民对外友好协会会长李小林、中国外交部部长、中国商务部部长、中国人民银行副行长陈雨露等政界、工商和实业界人士会面。

卡萨指出，黎巴嫩代表团在这样一个特定时间对中国进行访问，意义深远。中国企业在当今世界的重要性毋庸置疑，因此代表团应借此机会与中国企业建立联系。同时，黎方鼓励中国企业前往黎巴嫩投资，与黎巴嫩房地产公司建立进一步的合作关系。这不仅有助于黎巴嫩经济、企业发展，对黎巴嫩人民也将大有裨益。

卡萨说："黎中两国关系源远流长，两国于 1955 年签署了第一个贸易协定，我也有幸为实现这一目标尽了绵薄之力。1972 年，两国顺利建交，黎中两国人民如兄弟般亲密友好。我想我们可以通过不同的合作方式使双边友好关系更好地服务于国家利益。"他深有感触地补充道："毫不夸张地讲，中国就是我人生中最大、最重要的大学。我们从 20 世纪 50 年代开始和中国建立友好合作关系，我们算是第一批与中国人民交往的阿拉伯人。我们见证了中国翻天覆地的变化，亲眼看见它成为当今世界重要的经济和政治力量。"

最后，他总结道："我相信，'一带一路在中国：贝鲁特至北京'系列活动，以及双方的文化交流与贸易交往都是对习近平主席提出的'一带一路'倡议的最好支持，是黎中交往的里程碑。衷心祝愿此次活动取得圆满成功，也希望我们基于信任和互利的伙伴关系和合作项目能够结出累累硕果。"

《马来西亚星报》（The Star）

互利共赢

原文标题：A Win – Win Relationship

原文来源：The Star，2016 年 7 月 3 日

观点摘要："一带一路"倡议的最终目标是通过基础设施建设实现互联互通。借此，马来西亚和东盟将会与中国建立更加密切的关系，双方在经济领域也将有更多合作。

随着马来西亚国有航空公司的两起空难事件渐渐淡出人们的视野，马来西亚交通部长兼马华公会总会长廖中莱终于可以将注意力转移到交通部的工作上了。

上周二，他满怀热情地谈起自己如何借助中国的"一带一路"区域经济发展计划为马来西亚的港口、铁路和机场建设争取到数十亿美元的投资。他说这将使双边贸易投资额激增。

廖中莱在吉隆坡的马华总部说："鉴于经济发展速度放缓，我认为马中两国明年难以实现此前预计的 1600 亿美元（约合 6400 亿令吉）的双边贸易额目标。但借助中国的'一带一路'的投资，我们有望在 2018 年或 2019 年实现这一目标。"

目前，马来西亚是中国在亚洲继日本和韩国之后的第三大贸易伙伴。据估计，两国去年的双边贸易总额约为 1060 亿美元。

廖中莱表示，马来西亚渴望与他国建立双赢合作关系，因此希望能成为中国的经济合作伙伴，并愿为基础设施项目提供技术转让和低息资金。

由于商品需求不足，马来西亚今年第一季度的出口额同比下降17.2%。在全球经济增长速度放缓和外国投资减少的情况下，中方的投资对马来西亚就犹如"及时雨"。

在此背景下，已过天命之年但精力依然旺盛的廖部长多次前往北京，为马来西亚吸引更多的直接投资。如果一切顺利，马来西亚将获数百亿元的新投资。

在6月的北京之行中，廖部长同中国续签了港口联盟协议，这项协议对马来西亚港口建设及利益相关者而言意义深远。MMC集团有限公司是一家关注港口建设和物流运输的公用事业基础设施集团，该集团此次也派出一名高管与廖中莱一同前往中国。

鉴于世界80%的东西方海上贸易均途经马六甲海峡，廖中莱提议中国在巴生港的凯里岛新建第三个深海港口，为船舶提供服务。

巴生港如今是世界第12大货柜港口之一，集装箱货物吞吐量在2020年预计将达1630万标准箱，已接近其最大容量。因此，巴生港的扩建问题现在必须提上日程。

廖中莱说，他还要求中国对曾因管理不善、成本超支和土地交易丑闻而前景惨淡的巴生港自由贸易区（简称"巴生港自贸区"）给予重新审视。在巴生港自贸区改建前，中国人还来此做过考察。在接受《周日星报》的采访时，廖中莱说："中国的大规模投资使巴生港自贸区已经成为港口开发的关键领域。中国有意使该自贸区成为进出口货物中转地，在这方面，我们正在与中国招商局集团开展合作。"

中国招商局集团是一家国有企业，总部位于香港，以运输和房地产开发为核心业务。这家高利润公司总资产达9767亿元。其官网介绍，中国招商局集团是交通基础设施行业的大型企业，在16个国家拥有30个港口。

在问及马来西亚如何从"一带一路"投资中获益时，廖中莱滔滔不绝地畅谈了一个小时，以下为访谈摘录。

马来西亚哪些基础设施项目能够从中国的"一带一路"倡议中获益？

我们专注于贸易发展。自2009年以来，我们一直都是中国在东盟的第一大贸易伙伴。2014 年，两国双边贸易额超过 1000 亿美元。

"一带一路"倡议对马来西亚意义重大，我们希望与中国加强贸易联系。为此，多个项目已经获批并开始实施。例如，在彭亨州关丹县我们与中国广西的钦州市建立了姐妹工业园区，希望能为两国创造更多投资机遇；另外，我们还建立了依斯干达经济特区，吸引中国投资我们的房地产和复合型开发项目。铁路线等基础设施也是我们关注的对象，中国对此也颇感兴趣。另外，我们有多个港口可以与中国合作建设。

马六甲州与中国广东省建立了"友好州省"关系。中国各省须实现贸易关键业绩指标，这也是马六甲州可以如此快速地取得发展成效的原因。中国南方航空公司将于 9 月首度开通广州飞往马六甲的航班，这一消息对马六甲而言意义重大。

"一带一路"倡议创造了无限可能。我们规划出很多项目供中国选择，这其中也有位于沙巴州和沙捞越州的一些项目。事实上，中国对我们建议的大多数项目都很感兴趣。

马来西亚为何迫切希望与中国合作？

之所以与中国合作，是因为我们希望中国不仅能接手我们的项目，还能为我们引进软贷款、转让他们的技术。

如果中国有意投资我们的铁路项目，如从吉兰丹州的通北（Tumpat）到吉隆坡的东海岸铁路线，我们就会提出包括融资和技术转让在内的一揽子计划。如果中方的建议对马来西亚有利，我们就一定会采纳。

另一个重要项目是吉隆坡 – 新加坡高铁，目前该项目预计成本为 600 亿令吉。

马来西亚企业能从这些项目中获得何种商机？

"一带一路"倡议蕴藏众多商机。

如果能得到中国的快速回应，我们就能迅速启动多个项目。例如，2015 年我们提出吸纳 6 个马来西亚港口和 10 个中国港口建立港口联盟，中国国务院总理李克强对此做出积极回应，而且出席了两国交通部门谅解备忘录的签字仪式。由此可见，中国政府在其中做出了巨大贡献。

中国招商局集团和中国海运集团等大型中国公司，以及其他类似公司都纷至沓来，参观我们的港口，这是一件非常振奋人心的事情。

正是因为有港口联盟这样的平台，船商们才建议大力发展港口贸易。

中国交通运输部希望该项目能够立即实施。2016 年 7 月中旬，浙江省宁波市将举办论坛，讨论如何落实港口联盟的相关活动。之后，中国和马来西亚将每年轮流召开一次港口会议。

根据最近签署的延展协议，我们正在向更多港口、港口运营商、船商、货运代理商和物流公司开放会员资格，所有利益相关者都将从中获益。

目前我们正在谅解备忘录的框架下讨论港口学习、培训、见习、信息交流、技术援助、交通改善和服务提升等事宜。我也已经就互惠合作领域提出了自己的建议。

我们的机场建设将如何从中国的"一带一路"倡议中受益？

随着电子商务的发展，航空货运已经成为马来西亚的高速发展行业，这也正是我们重视吉隆坡国际机场的原因。

近日，我们启动了吉隆坡国际机场航空城计划，希望将吉隆坡国际机场打造成重要的货运枢纽。包括敦豪航空货运公司在内的很多公司都表达了希望通过该机场进行货物运输的愿望，当地很多航空货运公司也已跃跃欲试。我们正努力吸引中国的航空货运公司也加入进来。因此，对于该计划来说，吸引足够投资者并不难。

"一带一路"倡议对我们的经济有何影响？

马中两国经济发展密切相关，因为马来西亚 20% 的出口产品流向中国。中国经济下滑 1%，我们的经济就会下滑 0.4%。中国经济增速放缓也会对我们不利。2016 年中国经济增长率从两位数下降到了 6.9%，但很高兴看到中国经济能够保持增长潜力。

2016 年，中国的 GDP 目标是 6.5%。如果这一目标能顺利实现，我国的经济增长率就可能保持在 4% 到 4.5%。

"一带一路"倡议的最终目标是通过发展基础设施实现互联互通。借此，马来西亚和东盟将会与中国建立更加紧密的联系，双方在经济方面也将有更多合作。

以昆明－新加坡跨国铁路线为例，从1995年起，我们就一直希望能推动该项目，但直到最近才真正看到进展。此前，人们担心该项目出现资金短缺问题，或认为这条线路价值不大。然而，自中国承诺给予其支持以后，该项目进展迅速。泰国也立即投入中国至曼谷的铁路建设，越南、柬埔寨和老挝也都开始推动他们的铁路项目建设。

没有中国的支持，该项目预计需要10年到20年才能完成。我坚信，"一带一路"倡议必将带动整个世界的发展。

中国的投资项目不胜枚举，因此有没有在马来西亚参与"一带一路"相关项目时增加附加条件？

事实上，是我们对中国在马来西亚的项目提出了附加条件。通常，中国来马来西亚投资时，规则是由我们制定的。即使中方出资，也必须遵守我们的条件。

我们为中国提供了很多优质项目。例如，我们为马六甲门户项目提供了海滨土地，当地的承包商和供应商也能为中国提供很多便利。

有人认为中国借"一带一路"倡议扩大其影响力，您怎么看？

我并不这么认为。中国非常希望与马来西亚及东盟加强贸易合作。东盟已经形成了一个巨大的市场，而马来西亚正好位于这一市场的中心。东盟现已是世界第七大经济体，几年后可跃居第四大经济体。

马来西亚基础设施良好，法律体系完善，政府稳定，因此能够吸引中国人来此投资。

作为一个联盟组织，东盟拥有自己的领土及边界。东盟在南海问题上有自己的立场，中国对此十分清楚。

我们把贸易作为优先发展事项。在友好环境中，任何分歧都可得到进一步的协商与讨论。

对东盟而言，南海问题确实存在，但并不会妨碍马中两国的友好关系；我们在经济发展方面彼此需要。因此，南海问题不会成为两国发展的绊脚石。

"一带一路"计划的另一面

原文标题：Other Side of One – Belt One – Road Plan

原文来源：The Star，2016 年 7 月 9 日

观点摘要："一带一路"倡议为中国与其他国家之间的相互学习和互动提供了最佳平台。这一倡议强调共商共赢。政治互信、经济一体化、文化包容和跨文化学习是"一带一路"倡议的本质所在。

中国的"一带一路"计划不仅会改变全球贸易，也会对沿线国家和地区的政治和文化产生影响。

2013 年，中国国家主席习近平提出"丝绸之路经济带"和"21 世纪海上丝绸之路"，简称"一带一路"的经济发展战略，沿线 65 个国家和地区反响积极热烈。然而，当时人们并未意识到这一倡议的全球影响。

"一带一路"线路图于 2015 年 3 月发布，这一里程碑式的倡议潜力巨大，足以改变全球贸易乃至全球关系，令世人震惊。"一带一路"战略全面重振历史悠久的陆上和海上丝绸之路，重组并整合了欧亚政治、经济、文化和教育。

当前，政商两界主要关注该倡议对地缘政治和经济的影响，特别是"一带一路"的商业潜力，鲜有人着眼于文化层面及其对文明的影响。然而，正是该倡议带来的文化交流促进了人民之间的互联互通。

古丝绸之路跨越东亚、南亚、西亚、东南亚、中东和欧洲，一路通向阿姆斯特丹。汉初，张骞未能代表汉朝与月氏联盟，打击匈奴。之后，张骞自首都长安出发，穿行 6437 千米，在中国西部开辟出一条促

进东西方文化交流的新通道。

"一带一路"沿线总人口超过 44 亿,经济欠发达地区人均国内生产总值(GDP)约为 3000 美元,发达地区超过 10000 美元。该路线将成为各国共享经济活力与繁荣的通道。

恐于中国近年来的崛起以及经济总量可能取代美国并跃居世界第一,美国在规划多年之后,推出了两大经贸武器:跨太平洋伙伴关系协定(TPP)和跨大西洋贸易与投资伙伴协定(TTIP)。

人们普遍认为 TPP 是对中国的边缘化。TPP 涵盖 12 个特选国家,占全球 GDP 的 40%、全球贸易的三分之一。然而,GDP 超过 10 万亿美元的中国却被排除在外。

中国提出"一带一路"倡议,它以开放和包容为特征,追求国家间的互利共赢。

在抵制 TPP 和 TTIP 的霸权目的和排他性方面,中国并不专横跋扈,但却起到了实际的推动作用。

TPP 或区域全面经济伙伴关系协定(RCEP)等其他区域经济协定只邀请特定国家加入,而"一带一路"倡议覆盖了沿线的 65 个国家,每个国家均可自愿选择是否加入。

中国从未对 TPP 公开发表不利言论,相反,已经和 TPP 12 国中的 5 个国家签署了自由贸易协定。在签署 TPP 的国家中,也有 7 个国家加入了 RCEP。中国此举削弱了美国对中国经济贸易发展造成的威胁。

"一带一路"是一揽子计划,它不是对中国 – 东盟自由贸易区的简单升级。此外,中国成立的亚投行从一开始就吸引了广大创始成员国。约 57 个来自亚洲、泛太平洋地区、欧洲、拉丁美洲和非洲的国家迫不及待地加入其中。丝路基金和金砖国家新开发银行也能够为"一带一路"提供间接的资金支持。

丝绸之路既是贸易通道,也是人才流动和文化交流的通道。它不仅推动了贸易和金融的发展,而且带来了前所未有的文化交流。中国的火药、造纸技术、指南针、丝绸、茶艺和陶器通过古丝绸之路进入沿线各国,伊朗的地毯、印度的手镯、中东的香料、骑士精神、西方的玻璃器皿和阿拉伯医学也通过这条通道进入中国。僧人玄奘借丝绸之路将佛教从印度传入中国。郑和通过海上丝绸之路到达亚非国家。他率领成千上万的海军向世人展现了博大精深的中国文化。

已有两千年历史的古丝绸之路，同样也是宗教传播的主要通道。中国的宗教和儒家思想通过古丝绸之路走向世界，基督教也通过这条通道首次传入中国，并传播到中亚西部。

"一带一路"倡议呼吁各国人民相互学习，更深层次、更为广泛地推动国家间的开放、交流与融合，同时也要顾及各方利益与愿望。该倡议强调共商共赢。政治互信、经济一体化、文化包容和跨文化学习是"一带一路"倡议的本质所在。

在古代，中国强调"普天之下，莫非王土；率土之滨，莫非王臣"。但今天，"中国中心"论并不能使中国与他国建立良好关系。尊重、信任他国，携手共谋发展，才是确保"一带一路"倡议顺利实施的唯一途径。

"一带一路"倡议在文化层面应当以互相学习、互相信任和互相尊重为基础。"一带一路"倡议为中国文化与其他文化之间的相互学习和互动提供了最佳平台。适应甚至吸收其他文化的精华，是文化进步的必由之路。

"一带一路"倡议旨在实现中国梦。但是，为调动中国人民和世界人民的积极性，应在通过该倡议振兴中国经济的同时，复兴中国文化。

只有当其他国家认识并欣赏"一带一路"倡议的互惠互利时，它们才会相信中国的崛起有利于世界和平与繁荣。同时，中国在推进"一带一路"倡议时，也应充分重视文化因素和不同文明的对话沟通。

马来西亚国家新闻社（The Malaysian National News Agency）

"一带一路"利好区域资本市场

原文标题：China's "Belt and Road" Plan will Boost Region's Capital Markets，Including Malaysia

原文来源：The Malaysian National News Agency，2016 年 4 月 19 日

观点摘要：马来西亚汇丰银行表示，中国"一带一路"基础设施投资将促进包括马来西亚在内的区域资本市场发展，"一带一路"将在融资、经济增长以及全球货运方面为马来西亚送去福音。

马来西亚汇丰银行在今日的声明中表示，中国"一带一路"基础设施投资将促进包括马来西亚在内的区域资本市场的发展。汇丰银行还表示，亚洲基础设施建设所需的大笔资金将为区域资本市场的发展注入新动力。可见，金融的作用将更加显著。

该银行补充道，马来西亚支持"一带一路"倡议且已经意识到，越来越多的中国投资者正进入马来西亚市场，借此进入东盟经济共同体市场。

在未来几年，中国对"一带一路"项目的投资总额将达到 1.5 万亿元（约合 2400 亿美元），其中部分资金来源于 400 亿美元的丝路基金和注册资本达 1000 亿美元的亚投行。

"一带一路"的相关投资将有利于众多亚洲小型市场的发展。包括马来西亚在内的众多亚洲国家的经济增长将保持良好态势，并能高出全球平均增长水平。到 2025 年，东盟地区的中产阶级人数将翻一番。另外，像马来西亚这样进入人口老龄化的国家，通过债券获得稳定收入对退休人员来说是极具吸引力的投资选择。

　　在货币方面，"一带一路"倡议带来的更多贸易活动将以人民币进行结算，人民币也将因此更加国际化。

　　汇丰银行最后补充道，"一带一路"倡议将为全球大部分地区的公路运输、海运和铁路运输提供便利。该倡议将在融资方面对马来西亚产生更重要的影响。

土耳其世界新闻通讯社（**Cihan News Agency**）

香港助力土耳其，以期在"一带一路"
建设中大有所为

原文标题: Hong Kong Seeks Bigger Role for Turkey in Silk Road Mega Project

原文来源: Cihan News Agency，2016 年 1 月 19 日

观点摘要: 香港力求加强其国际金融和物流枢纽功能，助力土耳其公司积极参与投资巨大的"一带一路"建设，进一步开拓欧亚市场。

2016 年 1 月，香港经济贸易办事处（Hong Kong Economic and Trade Office）的一位代表在接受《今日时报》（*Today's Zaman*）记者采访时说，香港在连接中国大陆与东南亚地区中起重要作用。他呼吁土耳其企业利用香港提供的专业金融服务，抓住"一带一路"项目提供的各种机遇。中国政府试图打造一条现代化的丝绸之路，连接中国至欧洲、横跨亚欧非三大洲的交通网，促进贸易发展。

中国进出口银行宣布，截至 2015 年底，该行已向参与"一带一路"项目建设的国家发放贷款 5200 亿元人民币（约 789.3 亿美元），涉及 49 个国家的 1000 多个项目。成立不久的亚投行有望继续支持"一带一路"框架下的建设项目，土耳其也是该机构成员。香港经济贸易办事处和香港贸易发展局（Hong Kong Trade Development Council）驻法兰克福办事处近期努力为土耳其公司推介香港能提供给土耳其的机遇，尤其是和"一带一路"项目建设相关的商机。65 个国家有望通过"一带

一路"项目改善交通贸易基础设施，土耳其则是这条新型贸易线上的重要一站。

在迎新年活动会场外，赖先生告诉《今日时报》记者，"作为世界金融中心之一，香港可在许多领域为土耳其公司提供服务，包括首次上市募股、发行债券、金融咨询以及解决在'一带一路'项目中遇到的法律纠纷。"在这次活动中香港政府还公布了2016年政府工作的一些细节，其中包括成立高层促进委员会，致力于为本年度"一带一路"项目提供支持。

香港贸易发展理事会欧洲理事斯蒂芬·王对《今日时报》记者说，去年香港的35场贸易展销会上有超过100家土耳其企业的商品参展，这些企业大多数来自食品、珠宝和时装行业，由此可见，香港对土耳其企业的重要性。王理事说，香港政府将于2016年5月18日召开历时一天的峰会，评估参与"一带一路"倡议的65个国家的市场情况。他还说，"我们鼓励更多的土耳其企业重视香港提供的机遇，这不仅能够促进'一带一路'建设，而且能使香港成为土耳其商品进入中国和东南亚市场的分销中心。"

2015年6月，香港经贸司和香港贸易发展理事会在伊斯坦布尔联合召开了企业研讨会，向当地86位企业家宣布了香港提供的各种发展机会和下一年此类活动的安排。

《土耳其周刊》（Journal of Turkish Weekly）

"一带一路"倡议是福还是祸？

原文标题：Is China's Silk Road Project an Effort to Promote Peaceful Development or a Quest for Hegemony?

原文来源：Journal of Turkish Weekly，2016 年 2 月 8 日

观点摘要："一带一路"倡议成功展示了在基础设施、发展援助等方面进行大规模合作的必要性。与其他国家仅仅满足于改善本国交通基础设施相比，中国提出的通过贸易自由化加入全球市场的"一带一路"倡议更胜一筹。

自冷战结束和苏联解体后，多个国家提出发展倡议，旨在促进中亚和世界的联通与融合，这些项目大多借古丝绸之路之名，巧做文章。例如，土耳其提出建设"现代丝绸之路"、美国提出"新丝绸之路"、欧盟提出"丝绸之风"。俄罗斯为维持在中亚地区的影响力，已提出并成功实施了"欧亚联盟"计划。韩国和日本也各自提出了"欧亚倡议"和"C5＋1"的项目计划。

"一带一路"倡议

中国提出的"一带一路"倡议是少数几个倍受称赞的"丝绸之路"项目之一。中国国家主席习近平在 2013 年访问中亚时首次提出"一带一路"倡议，如今该倡议在地区和全球范围内已引发强烈共鸣，当然"一带一路"所涉及的融资和地理范围问题也成了人们热议的话题。从这个意义上看，中国有必要阐明"一带一路"倡议在哪些方面区别于其他国家的发展计划。

首先，中国的"一带一路"倡议覆盖了更为广泛的地区。土耳其、

欧盟、韩国和日本都在大力实施丝绸之路计划，简而言之，它们瞄准的是里海和黑海盆地；而美国旨在通过阿富汗连接中亚与南亚，继而实现它们与全球的联通；俄罗斯的欧亚联盟计划则旨在维护苏联打造的利益集团。中国的倡议几乎覆盖整个亚洲大陆，甚至延伸至东非和欧洲。从地理上看，中国的丝绸之路包含两条线路：其中一条沿古丝绸之路，经中亚北至俄罗斯，最终到达欧洲；另一条则经伊朗和土耳其，一路往南。不同于其他国家的是，"一带一路"还包括一条覆盖东南亚、南亚、东非和欧洲的"海上丝绸之路"。该线路始于南海，途经马六甲海峡、印度洋和红海，最终到达地中海和欧洲南部地区。

市场和制造业的一体化

其次，中国的"一带一路"倡议不仅仅在于开辟交通线，还旨在促进沿线国家的经济一体化。在该倡议涉及的五个基本合作领域中，优先发展的是一体化的交通运输系统。为实现该目标，一方面中国将改善、新建并联通铁路、高速公路、机场和港口；另一方面，通过发展国内市场，实现进一步的经济融合，沿线国家发展城市基础设施建设的能力也将有所提高。

"一带一路"还旨在促进能源和自然资源的共同使用和开采。在"一带一路"倡议下，中国与沿线国家的重点合作领域包括石油、天然气、橡胶、金属资源，以及工厂运营等。农业生产和农场经营也是"一带一路"参与国的合作领域。该倡议还将集中促成合适的发展项目，以满足沿线国家的需要。中国在实现成功发展的同时，乐于分享自身经验，并为相关项目提供物质支持。

"一带一路"倡议鼓励各国展开广泛合作，而其他国家提出的丝绸之路项目仅仅满足于改善目标国家交通基础设施以及依靠贸易自由化而进入目标国家市场。

项目融资

最后，与其他国家相比，中国的"一带一路"有巨额的资金投入。迄今为止，中国已承诺从丝路基金中划拨400亿美元用于项目建设，这在所有丝路项目中首屈一指。2015 年，亚投行正式成立，中国计划启用 500 亿美元用于"一带一路"项目建设。另外，国家开发银行、中国进出口银行和中国农业发展银行还将为"一带一路"建设提供总计 620 亿美元的资金。

"一带一路"是中国的振兴计划吗？

中国的"一带一路"倡议得到了亚洲国家的大力支持。缅甸、孟加拉国和巴基斯坦等国虽然在开拓国外市场的过程中面临发展困境和挑战，却对参与"一带一路"项目兴趣盎然。一些发达国家也将"一带一路"视为振兴本国经济、提出新经济倡议的大好机遇。但也有一些发达国家认为，"一带一路"是中国夺取地区乃至全球霸权的手段。俄罗斯担心失去中亚，日本为东亚忧心忡忡，印度则唯恐南亚"失守"，因为在他们看来经济实力必然带来政治影响。

显然，如果"一带一路"取得成功，中国经济必先受益。从建筑业到其他行业，中国公司将活跃于亚洲地区。此外，通过在第三方国家投资高铁、核电站等高科技产业，中国希望能将其低附加值产品升级为高附加值出口产品。中国也期待将人民币作为"一带一路"项目的流通货币，支持在外汇储备中使用人民币。因此，"一带一路"倡议一旦成功，中国的经济实力和政治影响力都将大增，中国的影响力将不仅体现在亚洲，甚至还将延伸至非洲和欧洲。

然而，"一带一路"倡议仍在规划和推动阶段，中国使用何种资源、采取何种投资方式尚不明朗。那些有意或已经参与"一带一路"倡议的国家对资金和利润分配也仍有疑问。对中国来说最大的风险在于，中国可能不会如他国所愿，实现"一带一路"勾画的宏伟蓝图；换句话说，如果中国辜负了国际社会的期待，中国的信誉在一段时间里很可能会蒙受损失。

菲律宾通讯社（Philippines News Agency）

"一带一路"倡议推动东盟国家基础设施建设

原文标题： China's Belt and Road Initiative to Help Boost ASEAN Infrastructure Development

原文来源： Philippines News Agency，2016 年 5 月 5 日

观点摘要： 东南亚国家基础设施投资不足，阻碍了这些国家的现代化进程和经济增长。如果不能实现东盟成员国之间的互联互通，即使建立东盟经济共同体（AEC），区域一体化仍难以实现。可喜的是，"一带一路"倡议将促进东盟国家基础设施建设。

中国国家发改委国际合作司副司长林大建发现，基础设施投资不足是东南亚地区现代化发展和经济增长的主要障碍。在亚洲国际合作中心北京总部，他对来访的东盟记者表示，基础设施建设对亚洲现代化发展至关重要。他指出，东盟成员国之间的基础设施发展极不平衡。

亚行早在 2009 年发布的一份文件中就指出，亚洲国家基础设施建设水平在 1991 至 2005 年的 15 年间差距越来越大，大多数国家的公路建设在这 15 年发展迅速，但铁路基础设施的改善微乎其微。就铺设路面占所有道路的比例而言，亚洲国家间的差距同样显著，例如 2005 年柬埔寨公路建设占道路建设的 6.5%，而新加坡为 100%。

林副司长指出，东盟国家基础设施建设有资本密集型的特点，阻碍其发展的主要原因在于资金匮乏。亚行表示，亚洲基础设施年投资需求总额达 8000 亿美元，到 2020 年这一需求将攀升至 8.22 万亿美元。其

中，68%的投资将用于新建基础设施，其余32%将用于已有基础设施的维修升级。

林副司长还指出，基础设施融资缺口巨大，而亚行和世界银行作为亚洲两大金融机构，只能为东南亚基础设施建设提供约3000万美元的小部分资金。他说，"一带一路"倡议有助于满足东盟国家对基础设施的迫切需求。

实现"一带一路"国家的联通是"一带一路"的主要优先发展事项，中国将通过国际生产力合作（IPCC）进一步加强基础设施建设，为东盟国家的发展奠定坚实基础，解决他们在运输、能源和电信领域的突出问题。

中国具备基础设施建设优势，其资金和生产力优势尤其明显。因此，中国与邻国达成合作将为国际合作创造更多契机。林副司长补充道，中国的成功正是得益于其基础设施建设。

目前中国牵头成立了注册资金达1000亿美元的亚投行和400亿美元的丝路基金，两者都可用于"一带一路"的基础设施项目。林副司长指出，中国遵守"共商、共建和共享"的原则，同时也深刻认识到邻国的发展需求。

除提供资金支持外，林副司长也提到，要把握机会，与其他国家分享中国的生产经验，促进基础设施发展。国际生产力合作可采取多种形式，如直接投资、项目承包、技术合作和设备进出口等。

中国交通建设股份有限公司国际部副总裁蔡春生回应了林副司长关于基础设施无法联通阻碍东盟地区经济发展的说法。

致力于港口、公路和铁路建设的国有企业积极响应"一带一路"倡议和国际生产力合作政策，努力建立一个更加联通的世界。

大型基础设施建设企业认同基础设施建设项目可以使东盟联系更加紧密的说法，并认为东盟成员国之间需要在基础设施建设方面开展更高水平的合作。

蔡春生表示，东盟国家观点不一将成为启动项目的绊脚石。要使东南亚地区与世界相连，各国就应该在技术标准或总体规划方面达成协议。他补充道，我们计划制定一个从地区实际出发，可以联通各国的总体规划。

中国交通建设股份有限公司在东盟已经启动不少大型项目，其中包括马来西亚槟城第二跨海大桥项目（the Penang Second Bridge）、新加坡大士南船厂项目（the Tuas South Shipyard）、越南高岭桥项目（the Gao Lanh Bridge）、泰国拉玛八世皇大桥项目（the Rama Grand Bridge），以及印尼泗水 – 马都拉大桥项目（Surabaya to Madura Bridge）。

中国的"一带一路"倡议

原文标题：China's "Silk Road" Project

原文来源：Philippine Star，2016 年 8 月 30 日

观点摘要：中国与其他"一带一路"沿线国家在经济方面的合作已经取得重大进展。从文化方面来看，"一带一路"倡议将促进不同民族的相互理解与和平共处。

中国正投资大约 1 万亿美元重建丝绸之路，这是一个跨欧亚大陆的巨大贸易网。丝绸之路是世界上最古老、最具历史意义的陆上贸易通道。不过，随着海上运输越来越受欢迎，丝绸之路沿线贸易已经今非昔比。

"一带一路"是中国将陆上和海上贸易延伸到欧亚的倡议，这可能是当今世界最重要的全球经济倡议。菲律宾广播服务网在某报告中称，"中国的贸易网将覆盖 60 多个国家 44 亿人口，即全球一半以上的人口。'一带一路'沿线国家的 GDP 占全球 GDP 的 40% 以上，中国将与这些国家开展合作；'一带一路'是可能影响全球贸易模式的宏伟计划。"

耶鲁大学教授维克拉姆·曼沙拉马尼（Vikram Mansharamani）在一篇报告中写道，中国为何在这一项目上不惜投入重金？当然，人们对此会有诸多猜测。

曼沙拉马尼在他的文章中指出，一方面，"一带一路"的提出与中国经济增长放缓，以及中国经济的脆弱性有关；另一方面，也和中国在该地区的地缘政治野心不无关系。在近期亚洲管理学院举办的论坛上，中国国际政治经济学家张宇燕教授以"中国在全球经济事务中的作用"为题发表演讲，分析了菲律宾将如何从中国国家主席习近平提出的

"一带一路"倡议中获益。

在张教授看来，新丝路不仅为商人和投资者提供了难得的机遇，也为艺术家和文化工作者带来契机。他指出，中国与其他"一带一路"沿线国家在加强经济联系方面已经取得重大进展。

目前，100多个国家和全球组织正在以各种方式参与中国的"一带一路"建设，其中包括铁路建设和核电工程。

他指出，产品和建设能力的出口不仅符合中国利益，也符合那些资金短缺、基础设施薄弱的国家的利益。中国的倡议和相关项目将加快这些国家的工业化进程，有助于稳定世界经济。换句话说，新丝绸之路将是一条泽被世界的双行道。

2015年，中国与"一带一路"沿线国家的双边贸易额达9955亿美元，占全国对外贸易总额的25.1%。中国已经在50个海外经济合作领域的基础上进一步扩大了合作范围。中国企业在"一带一路"沿线29个国家的直接投资额达148.2亿美元，比2015年增长了18.2%，占对外总投资额的12.6%。

张教授说，当前中国经济虽基本表现良好，但货币风险、房地产泡沫、不良贷款、公共债务、企业债务，以及产能过剩等也使经济发展存在相当的不确定性。另外，他指出，中国经济目前已经由高速增长转入中高速增长，农村剩余劳动力枯竭，制造业就业在总就业中占据峰值，这使经济增长对服务业的依赖进一步增强。他说，庞大的资本存量将导致更多资产贬值，从而需要更多经济资源来弥补折旧资产。中国经济同样在向技术前沿靠近，这就需要从技术进口转向本土创新。

中国提出的"一带一路"倡议本为谋本国之利，但不得不承认，他国也将从中受益。

"一带一路"旨在加强相关国家的互联互通，它不仅有利于降低交易成本，刺激投资，改善生产要素，而且可能带来经济投资方面的创新与合作。从文化层面上讲，"一带一路"将促进不同民族间的相互理解与和平共处。

张教授澄清道，中国的"一带一路"倡议别无他意，因此中国也不会有谋一己私利的内疚感。

阿联酋通讯社（Emirates News Agency）

阿联酋经济部长参加香港
"一带一路"高峰论坛

原文标题： Minister of Economy Participates in Belt and Road Summit in Hong Kong

原文来源： Emirates News Agency，2016 年 5 月 18 日

观点摘要： 阿联酋经济部长及其陪同代表团参加了香港"一带一路"高峰论坛，肯定了阿联酋与中国在"一带一路"框架下发展贸易合作的必要性，并阐明了阿联酋与中国在中东和北非地区开展贸易合作的重要性和经济优势。

　　阿联酋经济部长苏尔坦·曼苏里及其陪同代表团今日参加了在香港会展中心举办的"一带一路"高峰论坛开幕式。为期两天的会议预计会吸引至少 2000 名投资者、服务供应商、项目所有人和运营商。他们来自东盟和"一带一路"沿线国家，希望在中国寻找和发掘新的市场与机遇。

　　这次活动由香港特别行政区长官梁振英、香港贸易发展局主席罗康瑞以及香港特别行政区财政司司长曾俊华主持。

　　阿联酋经济部长在他的讲话中谈到了阿联酋与中国的贸易、经济和投资关系，以及两国如何在"一带一路"框架下加强贸易合作。他说："'丝绸之路经济带'和'21 世纪海上丝绸之路'是两个重要平台。我们要整合资源，分享经验，找出并解决关键问题，达成共同发展共识。"

他补充道："为与中国继续建立牢固的友谊与伙伴关系，阿联酋全面支持'一带一路'建设。贸易是阿联酋经济的重要支柱，阿联酋的贸易额位居世界前列。2015年世界贸易组织报告显示，阿联酋商品出口额位居全球第16位，已成为中东和北非地区商品进口的重要市场。对阿联酋来说，中国是非常重要的贸易伙伴，两国双边贸易额2015年已达700亿美元。过去10年中，中国与世界的联系与交流更为密切，两国贸易额随之稳步增长。我们作为中东和非洲的主要转口枢纽，也为两国牢固而日益增强的贸易关系做出了贡献。"

此外，阿联酋是目前中国香港在中东地区最大的出口、转口和进口贸易伙伴。双方非石油贸易额，包括自贸区贸易在内，已从2011年的58亿美元跃至2015年的159亿美元。

曼苏里说，阿联酋潜力巨大，有望成为拥有22亿消费者的中东市场的门户。同时，它也是中国企业进军欧、非两大市场的坚实后盾。他指出，阿联酋地处中国–中亚–西亚经济走廊，这条经济走廊还穿越独联体地区。

他说："除了地缘优势和完善的基础设施外，阿联酋还拥有完善的金融基础设施以支持大宗贸易交易。在'一带一路'的框架下，阿联酋与香港的商业与经济协作能够得到充分利用，以取得更快、更全面的发展。作为国际金融中心，双方能够在'一带一路'建设中大放异彩，为海外投资、贸易、物流以及服务枢纽提供平台。进一步合作有助于双方企业更好地发挥战略优势。"

他还指出，阿联酋有意加入两国对话，促进科技、可再生能源、工业和中小企业的发展。这些都将优先列入"阿联酋2021发展愿景"。

访问期间，阿联酋经济部长将召开多次会议，与中国政府及香港特别行政区高级官员讨论双边合作议题。

《CPI 金融报》（CPI Financial）

国际贸易之路

原文标题：The Road to International Trade

原文来源：CPI Financial，2016 年 3 月 21 日

观点摘要：打造丝绸之路吉布提贸易中转站将使吉布提成为丝路贸易线上必不可少的一员，与中国结为更加密切的合作伙伴。吉布提自由贸易区的成立不仅有益于巩固吉布提区域贸易中心的地位，而且有利于全球贸易发展和吉布提及东非国家的经济崛起。

吉布提共和国中央银行行长艾哈迈德·奥斯曼说，"吉布提与中国密切合作，双方计划成立新的自由贸易区，这将使吉布提逐渐发展为重要的区域贸易中心。"

长久以来，吉布提港都是东非地区具有重要战略位置的港口。今天，吉布提正努力成为连接东非和东半球的重要枢纽。

近日，吉布提港口和自贸区管理局与丝绸之路电商信息技术有限公司签署了合作建立丝绸之路吉布提贸易中转站的协议。这一举措对吉布提共和国实现其经济愿景大有裨益。

吉布提政府在一份声明中指出，"在'一带一路'倡议下，成立丝绸之路吉布提贸易中转站将对东非的支付、清算等事务十分有利。吉布提将成立合资公司，推动商业运作及其商业政策的制定。"丝绸之路吉布提贸易中转站的成立将使吉布提成为丝路贸易线上必不可少的一员，与中国结为更加密切的贸易伙伴。

吉布提央行行长艾哈迈德·奥斯曼在接受《非洲银行家》杂志的采访时，谈到了吉布提的发展前景。在回答"吉布提如何从'一带一

路'中受益"的问题时，他说，吉布提地处全球最繁忙的两条船运航线上，占据不可替代的重要战略位置。它是东西方国家开展商贸、安全、反恐、打击海盗等一系列合作的重要交汇地。中国与吉布提有着相同的发展愿景，因为"一带一路"倡议也以联通亚欧、促进沿线国家经济增长和贸易投资繁荣为目的。

吉布提已经开始实施与中国签订的几个主要基础设施建设项目，包括建设现代电气铁路和埃塞俄比亚－吉布提高速公路、两个国际机场和一个多用途港口。2016 年 1 月 18 日，双方签订了战略性协议，内容包括建立新的大型自由贸易区、转船装运枢纽和成立结算中心等。

在中国的帮助下，吉布提正逐渐发展为非洲的物流枢纽。像新加坡一样，吉布提面积虽小，但却在主要航线上占据重要位置。吉布提正努力建设重要港口，为成为新兴区域商贸中心奠定基础。

吉布提中央银行和世界领先数据公司 IZP 技术有限公司签订了成立清算所的协议，此举将助力吉布提成为国际金融中心和商业枢纽。该清算所为实时商业交易提供便利，企业将不再依靠国外代理银行，交易成本明显降低。这对进出口双方来说都是非常好的消息，因为双方转账交易将更为快捷、可靠、安全。中央银行和商业银行会通过提前融资确保付款，之后也将无须使用保兑信用证，相关成本也会降低。总而言之，所有在吉布提开展业务的公司，无论是吉布提公司，还是中国、东非公司，都将享受更为高效、成本更低的交易服务。

当问及"从监管的角度如何看待该自由贸易区与吉布提其他自贸区，特别是和那些外国公司有何区别"时，奥斯曼指出，吉布提拥有坚实的监管框架和稳定的货币，并承诺制定打击腐败的行动方案，提高透明度。现有的自由贸易区——吉布提自由贸易区于 2004 年成立，这对吉布提来说是具有里程碑意义的事件。

作为东非南非共同市场和中东、亚洲、欧洲及北美洲国际物流中心，吉布提自由贸易区有益于全球贸易的发展和吉布提及东非国家的经济崛起。

自成立以来，吉布提自由贸易区见证了市场需求的激增。新的自由贸易区高兰巴多（Khor Ambado），作为吉布提第二个自由贸易区，将更好地满足吉布提当前和未来的发展需求。与首个自贸区相同,新自贸区也将免收企业所得税,提供良好的免税环境,保证100%的外资所有权、雇员或外籍工作人员零限制、100%的资本和利润收回、本地和区域市场直接准入,并最大限度地简化审批手续。

同时,各家公司也可以得到吉布提国家投资促进局的帮助,这是一家促进吉布提创业和为企业提供一站式服务的机构。

当问及"允许中国银行在吉布提国内运营将会给银行业带来何种变化,以及吉布提对中国银行有何限制"时,奥斯曼说,吉布提银行业吸引着世界各地的投资者。随着新银行的进驻,金融业在2006年至2016年发生了巨大变化。10年间,广义货币增长了167.3%,储蓄额增长了186.9%,贷款增加了498.6%。这主要因为2006年只有两家银行,今天已经增加到了10家。此外,吉布提现在拥有19家外汇局、3家小额信贷机构和一项经济发展基金。而在2006年,吉布提国内仅有3家外汇局。2015年,银行业营业额占吉布提国内生产总值的13%。

目前,吉布提国内有9家外国银行,中国银行的加入是壮大吉布提金融业的新契机。同时,中国所有银行在吉布提乃至整个东非将获得重要的投资机会。除建立结算中心外,吉布提也重视金融基础设施的现代化建设,例如,制定国家支付方案,建立信贷信息系统。过去,吉布提一直沿用现金交易系统,但今天先进的银行卡系统已经取而代之。吉布提还建立了用于中小企业和租赁的保障基金。所有这些举措都将使吉布提金融业更具包容性。

从限制的角度讲,和其他银行一样,中国的银行也必须遵守吉布提的银行管理制度。在吉布提,银行法对信贷房屋的正式登记有严格要求。另外,吉布提要求外国银行定期提交业绩和年度内部报告,还对外国银行的诚信进行检查、监督,并与国外中央银行签署了合作协议,以更好地监督国外中央银行在吉布提的外国分行。同时,吉布提中央银行还会继续加大对商业银行的监管。

当问及"何种企业将被吸引进驻自贸区"时,奥斯曼说,新自贸区旨在将吉布提打造为东非重要的交通和物流中心,它将成为拉动未来吉布提经济增长的引擎。高兰巴多将是吉布提最大的工业自由贸易区,占地 3500 公顷，商品可以在码头、机库和工厂间自由流动。自贸区将致力于工商业发展，包括加工业、空中和海上运输、商业、地区分销、小型商品交易、国际性展区建造、国际邮轮码头建设、居民区以及娱乐设施建设、宾馆和旅游中心建设等。

自贸区建成的前 10 年里，计划主要吸引以下产业：化肥分拨与混配、服装生产、食品加工、制药、光伏太阳能组装、钢铁与金属制品、建筑材料、产品加工、包装制造业和天然气服务等。从中长期目标来看，吉布提计划重点发展高附加值汽车分销业务。如非洲之角的汽车需求量与日俱增，吉布提可以瞄准汽车改装、安装和出厂预检等。

新自贸区旨在吸引和促进出口导向型工业投资，拉动吉布提的出口，提高其国际竞争力，创造就业机会，10 年间预计增加就业岗位 34 万个，提高劳动力技能，促进吉布提科技发展。

管道计划

中国并不是唯——个计划与吉布提开展大规模工程项目合作的国家。在最近的一次访问中，美国助理国务卿安东尼·布林肯（Antony Blinken）宣布了一项连接埃塞俄比亚和吉布提的输油管道建设项目，项目内容还包括建设新的石油存储设施。工程将于 6 月启动，投资方为美国黑犀牛公司。

同时，吉布提政府和美国国际开发署签署了一项 100 万美元的协议，用以支持妇女、年轻人和弱势群体的发展。在布林肯访问吉布提期间，吉布提第一家使用美国教学大纲的国际英语学校开始招生，这也恰好是一年一度的美国 - 吉布提论坛召开的时间。

布林肯指出，"吉布提与美国在能源与经济发展方面保持伙伴关系，这种关系在非洲国家中屈指可数。"根据吉布提总统新闻办公室发布的消息，美国每年为吉布提带来超过 1 亿美元的收入，而且美国也是吉布提人的最大雇主。1700 多名吉布提人在莱蒙尼尔军营工作，这是美国位于非洲的唯——个永久性军事基地。

吉布提自由贸易区与招商局国际信息技术有限公司密切合作，打造一个多用途的陆港区。新自贸区将由加工区、工业区、免税区和"跨国区"四部分组成，实现与周边国家更加紧密的联通。

　　吉布提与中国合作建设新自贸区的第一份协议签订于 2015 年 3 月。2016 年 1 月 18 日的备忘录启动了合作第一阶段的工作，包括建设一个占地 5 平方千米以出口为主的工业开发区，2016 年年底启动占地 1.5 平方千米的先锋项目。该项目将提供 5000 个直接就业机会和约 1.5 万个间接就业机会。

《国家报》（Al‑Watan）

沙特完善丝绸之路经济带

原文标题：المملكة تستكمل الحزام الإقتصادي لطريق الحرير

原文来源：Al‑Watan，2016 年 4 月 26 日

观点摘要："丝绸之路"的建设为促进阿拉伯国家与中国的经济合作做出了重要贡献。面临安全危机的中东国家需要与中国增强合作，海湾国家也需要通过"一带一路"发展自身经济。

地处"丝绸之路经济带"的许多中东国家面临着不同形式的危机，但他们希望能通过中国复兴丝绸之路的宏大计划带动本国经济和亚非欧贸易的发展。沙特已经对"丝绸之路经济带"的基础设施项目做出规划。根据咨询公司麦肯锡的数据，沙特的贸易和投资额在过去 10 年中翻了四番，预计 2020 年前将继续成倍增长。

"丝绸之路"一词最早出自德国地理学家费迪南·冯·李希霍芬1877 年出版的《中国——我的旅行成果》一书。而丝绸之路历史可以追溯到公元前 3000 年左右，它是从南亚到土耳其安塔基亚和周边地区的由商队穿行而成的一系列商路网络。

古丝绸之路对中国、埃及、印度和罗马等古代文明的繁荣有很大贡献。它以中国北方的商业中心为原点向南北分别延伸。北线穿过东欧、克罗地亚、黑海和马尔马拉海地区，南线则穿过土耳其、霍拉桑、美索不达米亚、两河流域国家、库尔德斯坦、安那托利亚和叙利亚，经台德木尔和安塔基亚到达地中海，或通过大马士革和沙姆地区到达埃及和北非。

人们最初通过丝绸之路运输丝绸制品，丝绸由此开始从中国流向世界其他地方。丝绸之路不仅带动了沿线国家商品的交换，也促进了知识、思想、文化和信仰的传播。

60多个国家加入"一带一路"

2013年9月，中国国家主席习近平提出建设旨在深化全球经济合作的"丝绸之路经济带"。同年10月，习近平又呼吁建设"21世纪海上丝绸之路"，促进国际交流和贸易合作。自此"一带一路"倡议逐步走进国际视野。该倡议涉及65个国家，预计投入约470亿美元。60多个国家已经表示支持并同意加入这一连接亚欧非三大洲的项目。该倡议将使中国与阿拉伯国家的贸易额从目前的240亿美元增加到600亿美元，并使贸易额在10年内超过2.5万亿美元。丝绸之路分为陆上丝绸之路和海上丝绸之路。陆上丝绸之路由3条主线构成：第一条线路通过中亚和俄罗斯连接欧洲；第二条线路从中国开始，经中亚和西亚到达海湾地区，再延伸至地中海；第三条线路始于中国，途径东南亚、南亚和印度洋。海上丝绸之路有两条线路：一条线路从中国沿海港口出发，通过南海到达印度洋直至欧洲海岸；另一条线路连接中国沿海港口和南太平洋。

北瓦恩德城和萨勒曼桥

面临安全危机的伊拉克、叙利亚、黎巴嫩、以色列和伊朗曾是古丝绸之路的驿站，现在有望再次赶上这趟发展列车。北瓦恩德城将成为丝绸之路的重要枢纽，连接亚非大陆的萨勒曼国王大桥也将发挥极为重要的作用。2012年2月20日，沙特颁布法令，通过阿卜杜拉国王项目——新建一座经济蓬勃的城市，开发位于塔里夫省以东25千米以采矿业为主的北瓦恩德城，使沙特经济结构更加多样化。沙特重视采矿和加工产业的发展，并已制订矿业和冶炼战略发展计划。众所周知，沙特拥有非常丰富的矿产资源，其磷酸盐年产量约达1160万吨，仅塔拉米德的磷酸盐储量就达5.34亿吨左右；到2020年，沙特的天然气日产量将达3.68亿立方米。总长50千米、建设用时7年的萨勒曼国王大桥将联通位于亚洲的沙特和位于非洲的埃及，大桥的桥体包括汽车和卡车通道以及造价 40 亿美元的货运列车通道。该桥的建成有助于人员和货物的流通，预计每年将给沙特带来 2000 亿美元的贸易收入。

迎来发展新机遇

为复兴古丝绸之路，中国提出了"一带一路"倡议。在此背景下，中国将建设公路、铁路、油气管道网、电力网、互联网以及各种海上基础设施，以促进中国与欧洲和非洲大陆的互联互通。英国著名媒体《金融时报》指出，在很多国家看来，中国的"一带一路"是继马歇尔计划后最庞大的经济蓝图。有专家认为，新丝绸之路将使一些城市的作用更加凸显，如利雅得、阿布扎比、迪拜、北京、孟买、清迈、东京、多哈、吉隆坡、新加坡、中国香港和上海等，而伊朗、黎巴嫩、叙利亚和伊拉克等曾在古丝绸之路上发挥重要枢纽作用的国家则会因为社会动荡而难续辉煌。

核心角色

中国从沙特进口的石油总量日益攀升，因此沙特将在该倡议中发挥关键性作用，利雅得被认为是新丝绸之路的重要支点。能源将成为丝绸之路国家经济交往的核心内容，一方面因为沙特是重要的石油供应国；另一方面，沙特在"一带一路"沿线国家中具有得天独厚的地理位置。

推动贸易

埃及宣布支持"一带一路"倡议，认为该倡议有助于促进贸易发展，吸引外国投资，并能对目前在建的苏伊士运河等超大型项目起到支持作用。埃及正在加快建设与物流、船舶服务、海运、粮食储备和运输等密切相关的项目，最大限度地利用"一带一路"和苏伊士运河建设振兴国家经济，发展与世界各国的贸易。

其他国家

对"一带一路"感兴趣的不只卡塔尔、沙特、阿联酋和埃及这四个国家，大多数阿拉伯海湾国家都试图加强与中国的联系。科威特计划投资 1300 亿美元在北部沿海地区建设名为"丝绸之城"的新区域，使其成为新丝绸之路上连接中国和欧洲的重要战略枢纽，以此达到与"一带一路"相对接的目的。

《阿富汗每日瞭望报》（Daily Outlook Afghanistan）

中国重申支持阿富汗

原文标题：China has Reiterated its Support for Afghanistan

原文来源：Daily Outlook Afghanistan，2016 年 5 月 10 日

观点摘要：北约从阿富汗撤军以后，中国积极支持阿富汗。中国是亚洲强国之一，能够在阿富汗重建、发展与和平进程中发挥积极作用，而且中国似乎也愿意发挥这种作用。

在中国和阿富汗两国联合召开的主题为"一带一路"的研讨会上，中国再次重申支持阿富汗。中国驻阿富汗大使姚敬和阿富汗高级官员参加了此次研讨会。有消息称，在"一带一路"背景下，两国可能很快签署安全和经济合作协议。

"一带一路"倡议得到越来越多欧亚与东南亚国家的支持与认可，在他们看来，"一带一路"倡议可以促进地区经济发展。阿富汗连接着中亚与南亚，其通道作用对"一带一路"建设意义重大，阿富汗自身也将从这一倡议中收获颇丰。

阿富汗外交部副部长卡尔扎伊在研讨会上说："'一带一路'的成功将使亚洲历史上大放异彩的经济通道再次开放。阿富汗作为古丝绸之路的重要枢纽，始终将地区间的互联互通与发展贸易投资关系作为外交工作的重点。"

中国驻阿富汗大使姚敬呼吁两国加强大型经济和基础设施建设项目合作，并表示两国很快将共同修建铁路。姚敬大使说："我认为，在以后的访问中，两国领导人将会就经济、安全、政治和重要国际议题的合作

深入交换意见。双方很可能会在'一带一路'倡议下签署谅解备忘录。"

一方面，中阿关系目前处在一个历史性的重要时刻，北约撤军后，中国在阿富汗和平进程中可能起到建设性作用。中国似乎已经表明做好了支持阿富汗的准备。阿富汗总统阿什拉夫·加尼·艾哈迈德扎伊相信，中国将支持阿富汗应对其面临的一系列挑战。他曾多次表示，希望中国积极支持阿富汗和平进程，并强调称"持久的和平对阿富汗、中国乃至整个地区都是有益的"。

另一方面，中国积极帮助阿富汗稳定经济、发展商贸，实现财政自给自足。中国不是阿富汗最大的援助国，但中国的援助是真诚的，而且不附带任何政治条件。20 世纪 50 ~ 60 年代，虽然中国自身经济落后，但仍慷慨解囊，与阿富汗人民一起努力，共克时艰，完成了阿富汗帕尔旺灌溉工程和坎大哈医院建设项目。直到今天，这些设施仍在造福当地人民。近年来，中国积极支持阿富汗和平重建，提供了超过 16 亿元的资金，通过双边和多边合作，培训专业人士 1000 多名，提供了 10 多批商品和物资，建设了朱赫利亚特医院、喀布尔大学中文系教学楼和招待所、国家科学技术教育中心、总统府多功能中心等重要项目。这些项目的建成和投入使用促进了阿富汗经济发展，改善了阿富汗人民的生活水平，中国赢得阿富汗社会各界的高度赞誉。阿富汗总统加尼访华期间，中国承诺在 2017 年底前向阿富汗提供 20 亿元的援助，截至 2020 年，为阿富汗培训各类专业人才 3000 名。中国明确表示，在阿富汗经历政治和经济困难的关键时刻，中方将不离不弃。值得注意的是，中国冶金集团宣布将投资 35 亿美元开发阿富汗艾纳克铜矿资源，这对阿富汗经济发展将做出重要贡献。

除提供经济和政治援助外，中国也在其他领域，如教育和能力建设等方面给予阿富汗大力支持。在加尼总统访华期间，中国承诺在未来 5 年为阿富汗学生提供 500 项奖学金。

前阿富汗大使艾哈迈德·巴欣说："中国对阿富汗的和平进程、国家重建，以及其他领域的发展发挥了不可替代的重要作用。今天的中国已是全世界经济实力最强大的国家之一，中国对世界经济的贡献对中国人民自己来说也同样重要。"

《每日金融时报》（**Daily Financial Times**）

中国投资 4 万亿美元推动"一带一路"建设

原文标题： China Reinforces "One Belt，One Road" Silk Route with ＄ 4 Trillion Investment Push

原文来源： Daily Financial Times，2016 年 7 月 28 日

观点摘要： 国际和地区问题专家齐聚一堂的全球媒体论坛为世界各地的媒体机构提供了平台，与会人员借助该平台就"一带一路"倡议展开对话、交流，共议机遇与挑战。

本周在北京召开的国际记者大型会议上，中国作为世界第二大经济体和最大投资者，强调要信守其联通倡议的承诺。

人民日报社主办的为期三天的"一带一路"全球媒体论坛，将于周一拉开序幕。该论坛汇集了来自 101 个国家包括斯里兰卡每日金融时报社记者在内的 200 多名记者。

中国预计对"一带一路"项目投资 4 万亿美元。习近平主席于 2013 年首次提出的这一倡议，随后在"一带一路"沿线国家的各个基础设施建设项目中投入了 140 多亿美元。据悉，斯里兰卡是中国计划投资的国家之一。

一些官员称，中国对"一带一路"建设的投资已经在世界各地创造了 6 万个工作岗位。

鉴于斯里兰卡的战略位置，中国加大了对其重要基础设施的资金支持和投资力度，如在汉班托塔建造高速公路、港口和机场。中国国有企业已经投入超过 5 亿美元，用以在科伦坡港建设一个现代终端国际集装

箱码头。

新一届斯里兰卡政府团结一心，已同意与中国在新的商业模式下通过联合经营的方式，在斯里兰卡南部发展海运、航运。新的商业模式包括将部分债务转换为股权。

在这次会议的特别致辞中，习主席表示，丝绸之路是世界人民的共同财富。为弘扬丝绸之路精神，中国提出了"一带一路"倡议，并将通过广泛协商共同推进这一倡议，实现"五通"。他指出，通过"一带一路"倡议中国可以发现新的合作模式，探索多边合作平台，推进关键领域的发展规划，建设绿色、健康、智慧、和平的丝绸之路。

中国已与 30 多个国家签署合作协议，与 20 多个国家签署工业生产合作协议，并已在"一带一路"沿线 17 个国家建立了 46 个海外合作区。

人民日报社社长杨振武甚至将"一带一路"描述为世界最大的全球经济复苏计划，该计划标志着中国对全球治理与和平的贡献。

中国全国人民代表大会常务委员会副委员长兼秘书长王晨表示，70 多个国家、地区和国际组织已经积极参与"一带一路"建设。

联合国经济和社会事务部副秘书长吴红波称，"一带一路"倡议举足轻重，将为《联合国 2030 年议程》的实施做出重大贡献。他补充道："促进双方合作、推动共同发展、推崇和平合作、开放包容、强调相互理解和信任的'一带一路'精神，符合《联合国 2030 年议程》的基本价值观。"他说，"一带一路"倡议倡导的政策沟通、设施联通、贸易畅通、资金融通和民心相通与联合国 17 个可持续发展目标密不可分。

《金融快报》（Financial Express）

"一带一路"国家知识产权合作
指导性文件即将出台

原文标题： Building IP – Friendly Belt and Road：Guidance Document under Preparation

原文来源： Financial Express，2016 年 8 月 7 日

观点摘要： "一带一路"沿线国家需要加强技术合作，制定通行的知识产权保护规则，因为通信和互联互通是推动该倡议发展的关键。

　　一份促进"一带一路"沿线国家知识产权合作的指导性文件可能将于 2016 年下半年出台。该文件旨在继承古代丝绸之路的传统、促进丝路发展、推动沿线国家知识产权合作。

　　7 月 21 日至 22 日，"一带一路"知识产权高级别会议在北京举行，会议发布了《加强'一带一路'国家知识产权领域合作的共同倡议》。此次会议由世界知识产权组织和中国国家知识产权局、国家工商行政管理总局、国家版权局、商务部，以及北京市政府共同主办。会议记录显示，该文件从法律制度、专业服务、权利保护、公众意识、人员培训以及信息共享和使用等方面对"一带一路"沿线国家开展知识产权合作提出明确建议。

　　文件旨在帮助"一带一路"沿线国家建立有利于知识产权合作的生态系统，改进相关法律制度，营造有利于创新和可持续发展的环境。文件还充分考虑到"一带一路"沿线国家在发展水平、文化、创新能

力和法律制度上的差异，体现了多极化、经济全球化、文化多样化以及信息技术发展的未来趋势。

参与"一带一路"倡议的国家大多为新兴经济体，他们鼓励通过创新促进经济发展，此举将成为区域乃至世界经济增长的关键。知识产权在国际贸易以及"一带一路"沿线国家发展中的作用越来越突出，因此将该文件纳入"一带一路"倡议合情合理。

中国政府长期与"一带一路"沿线国家开展知识产权合作。中国国家知识产权局局长申长雨最近表示，该局已与"一带一路"65 个核心参与国中的 28 个国家签署了双边合作协议。中国与蒙古和俄罗斯知识产权领域的同行建立了三边合作机制。同时，国家知识产权局与包括海湾阿拉伯国家合作委员会、东南亚国家联盟和维谢格拉德集团在内的区域组织建立了合作伙伴关系。维谢格拉德集团由捷克共和国、匈牙利、波兰和斯洛伐克四个中欧国家构成。

此外，知识产权领域的国际合作非常广泛，涉及专利申请处理、国际培训、数据交换和文件共享。申长雨表示，这一举措已经取得显著进展，在"一带一路"参与国中广受好评。

此次会议聚集了来自 50 个"一带一路"国家和国际组织的知识产权领导人，以及中国商界和学术界代表。与会者就如何改善区域合作，建立"一个更优惠、更包容、更平衡的国际知识产权制度"展开热烈讨论。本次活动提供了有效的沟通渠道，有助于为入驻"一带一路"沿线国家的企业营造良好的知识产权环境。

中国政府发布的数据显示，中国企业 2015 年在"一带一路"沿线 49 个国家的直接投资额达 148.2 亿美元，比 2014 年增长了 18.2%，占中国投资者海外直接投资总额的 12.6%。

近年来，中国与"一带一路"沿线国家不断加强创新交流。参与"一带一路"的国家明显增加，这表明了相关国家对中国市场和知识产权保护的坚定信心。2015 年，中国国家知识产权局获得来自 41 个参与"一带一路"国家的 3100 多项专利申请。在这些国家中，新加坡的专利申请数量高居首位，紧随其后的依次是以色列、印度、俄罗斯和沙特阿拉伯；申请数量最少的 19 个国家每年专利申请不足 10 项。值得注意的是，中国也向"一带一路"沿线 15 个国家提交了涉及信息技术、电信和电力设备制造、机械制造、医疗保健等近 3290 项专利申请。这些专利涉及的十大行业都是"中国制造 2025"政策提出的优先发展行业。这表明，中国企业的全球化步伐正在加快。

云计算、大数据和 5G/4G 网络等方面的国际电信技术标准基础专利，以及涉及电信行业关键技术的其他核心专利是"一带一路"国家要攻克的技术重点。

在推动交通等基础设施建设合作的同时，中国正大力推进全球智能城市建设。此外，中国正在各领域配置知识产权资源，其中包括以 IT 为基础的传输网络。

"一带一路"沿线国家需要加强技术合作，制定通行的知识产权保护规则，因为通信和互联互通是推动该倡议发展的关键。

《德黑兰时报》(Tehran Times)

伊朗对"一带一路"至关重要

原文标题: Iran is a "Vital Link" on Silk Road

原文来源: Tehran Times,2016 年 9 月 12 日

观点摘要: "一带一路"有望进一步推动中伊贸易合作,并将伊朗打造为连接中欧的重要枢纽。这将不仅为伊朗带来实实在在的经济收益,也将帮助伊朗与东亚、中亚和欧洲建立更紧密的联系。

华盛顿美国发展中心(the Center for American Progress)高级研究员乔达摩·阿迪卡里(Gautam Adhikari)告诉《德黑兰时报》,伊朗是中国"一带一路"建设的关键环节。

2013 年,习近平主席提出"一带一路"的建设构想,计划投资亚洲、非洲和欧洲的铁路、电力等基础设施。

身为世界银行(World Bank)资深顾问的阿迪卡里表示,伊朗因其优越的地理位置,以及具备向中国提供石油和天然气的巨大潜力,在"一带一路"建设中必然占据重要地位。

当问及中国"一带一路"倡议的动机时,阿迪卡里说,中国希望与亚洲、欧洲、中东以及非洲建立密切联系。"一带一路"中的"一带"是指陆上"丝绸之路经济带",它有三条线路。第一条线路是从中国出发,经中亚、俄罗斯到达欧洲;第二条线路经中亚、西亚至波斯湾、地中海;第三条路线可达东南亚、南亚、印度洋。"一路"指"21世纪海上丝绸之路",有两条路线,一条是从中国沿海港口经南海到达

印度洋，再延伸至欧洲；另外一条是从中国沿海港口经南海到达南太平洋。"一带一路"旨在提升中国的国际影响力，它还将为中国的过剩产品寻求市场，如利用与他国合作的大型基础设施建设项目出口钢铁。

中国积极邀请亚非欧国家参与"一带一路"，并与它们结为经济合作伙伴。若进展顺利，全面推行该倡议将极大提升中国的全球影响力，从而打破西方国家主导的世界秩序。然而，尽管大多数亚洲国家公开表示，希望从"一带一路"建设中分"一杯羹"，印度、越南等亚洲国家却对"一带一路"保持警惕并持怀疑态度。有趣的是，日本和韩国两大经济体并未纳入"一带一路"倡议。受美国国内局势的影响，跨太平洋伙伴关系前途未卜，因此中国必须考虑"一带一路"倡议可能带来的地区影响力。

巴基斯坦已经从"一带一路"中受益。中国提出与巴基斯坦合作建设"经济走廊"，并为对方提供了资金等多方面的支持。这对邻国伊朗和印度有着重要意义。

当问到伊朗在这一项目中的重要性时，阿迪卡里表示，伊朗是"丝绸之路经济带"的重要环节。它拥有独特的战略位置，并能够为中国提供石油和天然气，这充分证明了伊朗在"一带一路"建设中的重要地位。目前，连接中国东海岸与德黑兰的铁路交通线已经开通。此前，从上海到阿巴斯港，海运需要 45 天。现在，货运时间已经缩短至两周。

伊朗核协议签署后，美国取消了对伊朗的部分制裁，这似乎促进了中伊两国的经济合作。欧盟国家仍对加强与伊朗的经济合作保持谨慎态度。中伊双边贸易额已从 2003 年的 40 亿美元增长到了 2013 年的 500 多亿美元。

当问及欧盟怎样看待中国为复兴"丝绸之路"所做的努力时，阿迪卡里认为，欧盟对"一带一路"建设的态度具有两面性。一方面，欧盟希望从中亚和中国的经济合作中获益。另一方面，欧盟又心存忐忑，担心中国的经济实力和国际影响力将大大提升。很多人担心，这将对当今全球制度体系和西方主宰了 70 年的世界秩序构成威胁。

谈及"一带一路"是否会改善伊朗与欧盟的关系时，阿迪卡里说，中国计划修建通往伊朗的高铁。当然,这将进一步推动中伊贸易合作,也有助于将伊朗打造为连接中欧的重要枢纽。但需要注意的是,这也只是一种可能。我们需要耐心观察"一带一路"倡议如何付诸实践。至于它将给美国、欧洲、中亚以及"一带一路"沿线地区带来怎样的紧张与焦虑,则不应妄加评论。

《今日观点》（Raialyoum）

巴勒斯坦应抓住"一带一路"的历史机遇

原文标题： **الصين.. هل يستطيع الفلسطينيون اللحاق بقطار "طريق الحرير الصيني" ام ان القطار فاتهم في ظل الحضور الباهت في**

原文来源：Raialyoum，2016 年 9 月 13 日

观点摘要：巴勒斯坦应尽快搭乘"一带一路"列车，不应再次错失良机。

　　国际社会对"一带一路"倡议的反应不一。有人认为，它是推动世界经济发展的规模最大的项目，将有望改变世界经济版图。也有人认为，它是东西方势力争夺欧亚大陆主导权的第一场较量。目前中国已成功化解多数反对声音。例如印度起初对该倡议有所保留，并宣布和美国一起针对该倡议提出"战略愿景"计划。但印度总理莫迪访问中国以后，印度消除了对"一带一路"的偏见，并承诺要支持中印两国的合作项目。此举表明，印度政府对"一带一路"倡议产生了重大态度转变。

　　中国在与邻国保持良好关系的同时，消除了印度尼西亚和马来西亚对"一带一路"的反对与怀疑，并使两国认识到该倡议的核心是促进合作共赢，而非中国独享其利。受美国影响，印尼政府对"一带一路"倡议举棋不定；事实上，印尼赞成制定本地区贸易规则，以免中国掌握制定规则的主动权。七国峰会期间，美国敦促参会国组建针对中国的基础设施发展银行。

　　阿拉伯国家，尤其是海湾地区的阿拉伯国家争相回应丝绸之路倡

议。为推动"丝绸之路经济带"的发展，中国与阿拉伯国家签署了多项合作协议，中国与沙特的协议最引人瞩目。中国与卡塔尔达成协议，将建立信息交流中心，并在多哈成立人民币结算中心，努力使多哈在金融领域成为丝路沿线的核心城市。

阿联酋力图与中国建立战略伙伴关系，并说服中国在海湾地区保持军事力量，为国际航运提供安全保障。统计数据显示，中国 60% 的进口能源来自海湾国家。美伊达成核协议后，美国和海湾的阿拉伯国家互信程度降低。海湾国家普遍认为，中国在海湾地区的军事存在能够维护该地区的安全。阿联酋也希望借助"一带一路"最大限度地发挥其在海空运输领域的优势。

"一带一路"对阿拉伯世界局势及巴勒斯坦问题的影响

"一带一路"倡议可以促进各国贸易发展，促使各国领导人着眼于建立自由贸易区、统一关税、组建国际组织，以使该倡议像世界贸易组织（WTO）和国际劳工组织（ILO）一样发挥积极作用。该倡议投资规模巨大，加之西方世界持续的金融危机，它的出现将使世界投资重心从西方向东方转移。"一带一路"建设的发展将有助于减少沿线国家争端，增强中国在该地区的软实力和影响力。另外，该倡议可能促使中国在阿拉伯地区施加一定的政治和军事影响力，制止可能威胁中国商业利益的争端和冲突，推动中国工商业实现 11% 的年增长率。中国可能会对破坏其商贸活动的行为进行军事干预，这将打破美国在该地区的军事垄断。可以说，中美将在该地区进行综合实力的较量。

中国与巴勒斯坦

尽管巴勒斯坦已经就该倡议做出回应，但合作细节仍未提上日程。绝大多数巴勒斯坦官员对"一带一路"知之甚少，这将影响巴中关系的发展。

巴勒斯坦缺乏远见

一直以来，巴勒斯坦习惯以受害者自居，面对机会踌躇不前。中国已声明不会改变对巴勒斯坦问题的态度，支持巴勒斯坦人民的正义立场和权利，支持以 1967 年边界为依据在东耶路撒冷建立一个完全主权的巴勒斯坦国。但政治经验告诉我们，没有永远的朋友，只有永远的利益，今天的敌人也许就是明天的朋友。巴勒斯坦问题仅仅依靠阿巴斯总统的个人努力不足以赢得人心，解决这一问题需要人们团结协作，共同努力。希望阿巴斯总统和我们的大学能够带领巴勒斯坦尽快搭乘丝绸之路列车，不要错失良机。巴勒斯坦人民已经失去了印度、希腊、巴拿马、墨西哥为巴勒斯坦创造的机会，所以这一次绝不能再无视中国抛来的橄榄枝。

吉尔吉斯斯坦之声官方网站 CK（СловоКыргызстана：http：//slovo. kg）

吉尔吉斯斯坦与中国的"一带一路"倡议

原文标题： НАЙДЕТСЯ ЛИ КЫРГЫЗСТАНУ МЕСТО В КИТАЙСКОЙ 《ШЕЛКОВОЙ СТРАТЕГИИ》?

原文来源： CK（СловоКыргызстана：http：//slovo. kg），2016 年 9 月 30 日

观点摘要： 推动"一带一路"建设，为吉尔吉斯斯坦的发展提供了新机遇。中国和吉尔吉斯斯坦应着力研究两国合作的新概念、新理念，但合作的基础是两国永远是友善、坦诚的邻居。

2013 年 9 月和 10 月，中华人民共和国主席习近平在访问哈萨克斯坦和东南亚国家时相继提出共建"丝绸之路经济带"和"21 世纪海上丝绸之路"的倡议。三年来，该倡议作为加深中国、中亚国家与俄罗斯相互联系的新契机，引起各国政治家和专家的关注。

高瞻远瞩的倡议

众所周知，丝绸之路不仅仅是贸易之路，也是发展科技和丰富沿线民族文化、传统和习俗之路。该倡议的实质并非建立具体的贸易—经济网或组织—政策机制，而是努力提供促进共同发展和互惠合作的大平台，将中国飞速发展的经济和所有"一带一路"伙伴国的利益联系起来。

该倡议有以下 5 点要素：

1. 就经济发展战略中出现的各类问题积极交换意见，研究经济一

体化发展的措施与方案。

2. 建设贯通欧亚大陆的统一交通基础设施。

3. 清除障碍，加强贸易联系，提高货运速度。

4. 促进资金融通。

5. 进一步加强各国人文交流。

毫无疑问，在"一带一路"众多项目的实施过程中，项目参与者能够获得新的原料市场、有力的金融支持、先进的技术以及充足的国外投资。最重要的是，能够借该倡议降低对美元和欧元的依赖。

经济实力保障了中国在"一带一路"建设中的领导地位。中国能够发挥非常重要的金融支持作用，已经建立的丝路基金和亚投行将为"一带一路"建设提供资金支持。未来5年，中国的境外投资额将超过5000亿美元。当然，该倡议的宗旨不是取得具体的政治经济利益，而是在政治、经济和文化领域与"一带一路"国家建立紧密的国际联系。

目前，已有70多个国家、地区组织和国际组织积极支持和参与"一带一路"，30多个国家与中国政府签署了相关协议。中国已与17个国家在中国境外建立了46个合作区，创造了6万多个就业岗位。

战略性环节

在中吉双边关系持续发展的25年里，双方合作领域不断拓宽，合作成果越来越丰富。2013年，两国关系再上新台阶——建立了战略合作伙伴关系。毫无疑问，两国真诚友好的关系符合中国和吉尔吉斯斯坦人民的根本利益。

事实上，中国从2000年开始就在包括吉尔吉斯斯坦在内的中亚地区推行积极的经济政策，"一带一路"倡议的提出将促进已有经济政策的进一步落实和发展。

吉尔吉斯斯坦是古丝绸之路沿线国家。中吉两国人民的友谊有两千多年的历史。公元前138年，汉武帝派使节出使吉尔吉斯斯坦，开辟了中国通往中亚的道路，促成了两国的贸易往来。丝绸之路在两国经济发展中作用巨大。

吉尔吉斯斯坦第一副总理阿布尔加济耶夫（Мухамметкалый Абулга

зиев）在"2016 伊塞克湖"经济论坛上发表讲话时说："据历史记载，这些古老的贸易路线将辽阔的欧亚大陆上的各个民族连接和联系起来。"

2012 年，吉尔吉斯斯坦总统阿塔姆巴耶夫（A. Атамбаев）访华时说："今天我们成为复兴丝绸之路的见证者。几个世纪以来，吉尔吉斯斯坦和中国、东西方……通过丝路在经济、文化、政治、外交方面建立了紧密联系。和古代一样，新丝绸之路依旧始于中国。可喜的是，该计划体现了中国政府在一系列大规模经济和社会改革中所采取政策的高效性和指向性，也体现了全体中国人民的智慧，这种智慧已经让今天的中国走向世界舞台的中心。"

2016 年夏季达沃斯论坛在天津召开，中国总理李克强表示，中国努力扩大与吉尔吉斯斯坦的合作，并指出实现一系列计划的重要性。中国是吉尔吉斯斯坦最大的投资国。吉尔吉斯斯坦部分专家认为，吉尔吉斯斯坦参与"一带一路"倡议的过程中机遇与挑战并存。5 月 22 日，中国外交部长王毅访问吉尔吉斯斯坦时说，中吉两国建立了战略伙伴关系，任何事物也阻挡不了我们的合作。而且，中国绝不会干涉别国内政。当然，"一带一路"倡议与吉尔吉斯斯坦的民族利益有重叠也有冲突。但显而易见，我们以认真、公正和专业的眼光审视该倡议，会发现所有合作计划不仅可以求同存异，还可以相互促进，和谐发展。

正如上合组织前秘书长、吉尔吉斯斯坦前驻华大使伊马纳利耶夫（Муратбек Иманалиев）所言，"一带一路"倡议为两国发展提供了新机遇，但是中国和吉尔吉斯斯坦合作的基础永远不变，两国永远是友善、坦诚的邻居。

北美洲

附录

《欧亚评论》(**Eurasia Review**)

中东与中国的"一带一路"

原文标题：Middle East and China's "Belt and Road"：Xi Jinping's 2016 State Visits to Saudi Arabia，Egypt and Iran

原文来源：Eurasia Review，2016 年 1 月 30 日

观点摘要：中国提出"一带一路"倡议，中东国家作为中国关键的区域伙伴，地位至关重要。中国国家主席习近平的中东之行体现了他去年所描述的"新型"国际关系。这种关系基于互惠互利与务实合作，而非美国式外交的"零和博弈"。

　　新年伊始，习近平主席赴中东进行国事访问，足见中国对这一地区的重视。中国提出"一带一路"倡议，中东国家作为其关键区域伙伴，地位至关重要。习近平的中东之行体现了他去年所描述的"新型"国际关系。这种关系基于互惠互利与务实合作，而非美国式外交的"零和博弈"。

　　哥伦比亚大学教授哈米德·达巴什（Hamid Dabashi）强调了西方国家与中国的区别：西方国家努力从政治上征服世界，再从经济上统治它；但中国的做法恰恰相反，中国首先勾画出世界的经济布局，并在此基础上构建他们认为合理的政治秩序。

　　在阿拉伯国家联盟（简称"阿盟"）发表演讲时，习近平主席宣布将为巴勒斯坦、叙利亚、也门等国人民提供 2.8 亿元人民币的人道主义援助。同时，他也宣布将为一些经济项目提供可观资金，包括 200 亿美元的共同投资基金和 350 亿美元的商业和优惠贷款。他还邀请阿拉伯国

家参与中国"一带一路"全球发展框架下的大型基础设施建设项目，并建议这些国家通过自身基础设施现代化和提升工业生产力的方式加快国家经济发展。促进经济增长，人才是关键，习主席宣布，中国政府将为中东国家的学生和工人分别提供 1 万项奖学金和 1 万个培训机会。

"一带一路"倡议

习近平主席的中东之行表明，通过"一带一路"倡议，中国将深化与沙特、埃及、伊朗的合作。此次签署的协议多达 52 项，涉及基础设施建设和能源等多个领域。中国与沙特和伊朗的双边关系已经升级为全面战略伙伴关系；中国与埃及也都同意在已有的全面战略伙伴关系的基础上深化双边合作。

习近平主席与沙特国王萨勒曼·本·阿勒沙特（Salman bin Abdulaziz Al Saud）一致认为，两国应在"一带一路"发展框架下加强多领域，特别是能源等关键领域的合作。目前，沙特是中国最大的原油供应国。习主席访问沙特期间，沙特阿拉伯国家石油公司与中国石油化工集团公司签订了价值近 15 亿美元的战略合作协议。另外，习近平也出席了沙特阿美中国石化延布炼厂（Yasref）的投产启动仪式，该合资企业（延布炼厂）总投资约达 100 亿美元。

2016 年，在中埃建交 60 周年之际，习近平主席访问埃及。早在 2014 年两国已将双边关系升级为全面战略伙伴关系，同年，中埃双边贸易额达到 116.2 亿美元。访问期间，习近平提议两国携手并进，促进埃及基础设施建设和工业产能发展，将埃及打造为"一带一路"的重要支点。习近平承诺，将为埃及"苏伊士运河走廊"等大型项目提供政府支持和资金帮助，并称会继续鼓励中方企业投资埃及大型项目。中国电力技术装备有限公司参与建设埃及最大输电线路工程，即尼罗河三角洲长达 1210 千米的输电线路工程就是一例。埃及总统塞西明确表示，埃方愿将其发展计划与"一带一路"项目相对接，并希望获得亚投行的资金支持。访埃期间，两国共签署 21 项协议，总金额高达 150 亿美元。蓬勃发展的苏伊士经贸合作区是中埃务实合作的又一例证。

习近平访问伊朗期间，伊朗总统哈桑·鲁哈尼（Hassan Rouhani）

再次强调，习近平主席是国际社会对伊制裁解除后第一个访问伊朗的外国领导人。的确，中国在促成伊核协议，取消对伊制裁方面贡献重大。在西方孤立伊朗的日子里，中国慷慨施以援手，为伊朗提供了众多经济合作机遇。因此很多分析人士认为，习主席的伊朗之行可以进一步加强中国在伊朗市场的重要作用。过去 6 年间，中国是伊朗最大的贸易伙伴，两国双边贸易额早在 2014 年就已达 500 亿美元，双方还计划在未来 10 年将这一数字改写为 6000 多亿美元。鲁哈尼总统表示，伊朗愿在"一带一路"框架下继续加强同中国的合作，尤其在能源和基础设施建设等关键领域。伊朗精神领袖阿里·哈梅内伊（Ayatollah Ali Khamenei）称，伊朗处于"一带一路"关键地带，伊朗政府愿与中国就"一带一路"重大项目开展合作。习近平访问伊朗期间，两国共签署协议 17 项。在基础设施建设方面，习近平宣布将资助伊朗建设一条总长 900 千米、联通德黑兰和马什哈德的高铁线路。"一带一路"框架下的这一基建项目有望最终联通德黑兰和中国的乌鲁木齐。在安全领域，中国承诺支持伊朗由上合组织观察国升级为其正式成员。上合组织加强与伊朗等地区重要国家的合作有利于通过共同努力应对伊斯兰国等区域威胁，确保中国及其"一带一路"伙伴国的长治久安。

中伊两国的务实合作也体现在能源领域。双方签署了价值 100 亿美元的合作协议，其中包括恰巴哈尔港两座 10 亿瓦特的核电站建设项目、多座 100 兆瓦的发电厂建设项目、阿拉克重水反应堆改造项目，以及相关核能研究项目。中国还将通过"一带一路"建造一条从伊朗到巴基斯坦的天然气管道，这一计划搁置许久，如今又将重新启动。该管道建成后，伊朗的油气就可以源源不断地输送到中国，从而降低中国对马六甲海峡和南海的依赖。然而，在伊朗段管道即将完工之际，巴基斯坦迫于美国的制裁压力拖延了管道铺设，伊朗政府因此打算采取法律手段。及时解决争议、完成管道铺设将给伊朗和巴基斯坦双方带来丰厚的经济回报。

中巴经济走廊造福中亚

原文标题：CPEC：The Real Game Changer for Central Asia
原文来源：Eurasia Review，2016 年 6 月 28 日
观点摘要：在中亚修建公路、隧道、铁路、输电线、炼油厂的中国已经
成为中亚地区基础设施建设和经济发展的主要推动者。在建
设位于吉尔吉斯斯坦和塔吉克斯坦的两条重要公路上，中国
也都发挥了极为重要的作用。

巴基斯坦扼守连接南亚和东亚的重要地理位置，是所在地区的商业
枢纽。这一重要地位早已有之，今天随着中巴经济走廊的建设，南亚和
东亚的互联互通将再上新台阶。从区域联通的角度看，巴基斯坦优越的
地理位置将使其作用更加凸显。

现代经济发展主要得益于对贸易和交通活动至关重要的良好的基础
设施。多年来，中国积极投资中亚地区的农业、电信和油气、铀、黄
金、铜等自然资源，这些投资极大促进了中亚的出口，拉动了中亚经济
的繁荣。然而，如果中亚各国阻挠贸易或面临贸易和出口限制，丰富的
自然资源则很难为其综合国力的提升和民生改善做出贡献。

在中亚修建公路、隧道、铁路、输电线、炼油厂的中国已经成为中
亚地区基础设施建设和经济发展的主要推动者。在建设位于吉尔吉斯斯
坦和塔吉克斯坦的两条重要公路上，中国也都发挥了极为重要的作用。

中巴经济走廊北接"丝绸之路经济带"，南连"21 世纪海上丝绸之
路"，是贯通南北丝路的关键枢纽。项目规划的公路网络连接起中国的
新疆维吾尔自治区和巴基斯坦西南部的深水港瓜达尔。作为"一带一
路"的重要组成部分，中巴经济走廊拥有巨大经济潜力，将为整个地

区提供无限商机。意识到走廊对中亚地区意义重大后，土库曼斯坦总统别尔德穆哈梅多夫（Gurbanguly Berdymukhamedov）于 2016 年 3 月访问巴基斯坦，旨在与巴基斯坦加强双边关系，促进双方在贸易、能源共享和旅游等多个领域的合作。为充分挖掘机遇，土库曼斯坦决定尽快与中巴经济走廊联通，并在中亚两个极富地区战略和经济意义的国家之间实现航空、公路和铁路联通。

"丝绸之路经济带"通过连接波斯湾和地中海地区，使中国与中亚、俄罗斯、欧洲联通；也使中亚、西亚与东南亚、南亚、印度洋相连接。而"21 世纪海上丝绸之路"则通过南海使中国沿海城市与欧洲相连，也与印度洋和南太平洋相接。它已成为一条国际贸易线路。巴基斯坦的瓜达尔港、卡希姆港、卡拉奇港是"丝绸之路经济带"和"21 世纪海上丝绸之路"的交汇处。

瓜达尔港建成投入使用后，将成为内陆国家阿富汗、乌兹别克斯坦、塔吉克斯坦通向世界的中心，更值得一提的是，它将促进这些国家与斯里兰卡、孟加拉国、伊朗、伊拉克的货物运输。中巴经济走廊将拉动贸易、创造商机，并最终带来区域经济的大繁荣，造福亚洲 30 多亿人民。

"一带一路"：中国的经济与战略目标

原文标题： One Belt, One Road Initiative Signals China's Economic and Strategic Objectives

原文来源： Eurasia Review，2016 年 6 月 28 日

观点摘要： 中国确有战略意图，中国政府正在努力实施"一带一路"，实施的系统性和高效性令人刮目相看。中国正重新夺回经济和商业话语权，重现古丝绸之路的风采。

在中国经济增长放缓和寻找新的经济增长动力的背景下，中国提出了区域合作的"一带一路"倡议。"一带一路"涉及陆上和海上丝绸之路沿线 65 个国家，体现了中国的经济和战略目标。亚投行行长金立群在 2016 年新领军者年会（又称夏季达沃斯论坛）上指出，"'一带一路'不仅具有经济意义，还具有战略和地缘政治意义，其最终目的是促进全人类的和平与繁荣。"

美国政治学家、欧亚集团总裁伊恩·布雷默（Ian Bremmer）说："中国提出该倡议的一个主要目的是解决国内产能过剩问题。""'一带一路'有中国领导层的支持，其重心在于发展丝路沿线国家的基础设施，促进这些国家与中国的商贸往来。基础设施是丝路沿线国家所急需的。"但他同时指出，"'一带一路'的战略目的显而易见。中国提出'走出去'，努力打造供应链，并会全力保护它。"对中国而言，"与我无关"的时代已经一去不复返了。"稳定"是中国领导层最关注的，而且"稳定"也是全世界各国人民的期盼。最初，成熟的投资项目寥寥无几，"一带一路"建设实际成效甚微。布雷默提醒道："未来十年，'一带一路'的经济回报可能并不乐观。"

总部设在卢森堡的欧亚资源集团总裁本厄迪克特·索博特卡（Benedikt Sobotka）认为，从目前来看，尽管开发行之有效且利润丰厚的项目较为困难，但"一带一路"的很多项目确已成型，如港口、工厂等其他基础设施建设项目。索博特卡指出，中国确有战略目的，中国政府正在努力实施"一带一路"，实施的系统性和高效性令人刮目相看。

对天津泰达建设集团有限公司董事长张秉军来说，"一带一路"已经成为现实。天津泰达建设集团正与埃及政府合作，在苏伊士运河附近建设工业发展园。张秉军提到，如今许多中国企业都在国际市场上积极寻求发展机遇。他说："'一带一路'是由中国企业的需求驱动的，中国领导人是在深入分析了中国和世界经济形势后提出这一倡议的，他们对沿线国家及其互补性有全面了解。"

金立群重申，中国深知自己所肩负的责任。和"一带一路"一样，亚投行也是由中国发起的，它将为本地区的基建项目融资做出积极贡献。任何项目，无论是否在亚洲，只要对亚洲发展有益，就会受到亚投行的欢迎。金立群再次强调，所有融资项目都必须得到持续的资金支持，并确保为当地人民所接受，且不破坏环境。他说，尽管有人对亚投行和"一带一路"提出种种质疑，但中国追求互惠互利的目标和开放透明的承诺不会变。中国是倡议者、支持者、推动者，但"独木不成林"，仅靠中国的力量很难成就伟业。中国提出该倡议，但却不会强人所难。"一带一路"是应运而生、应需而生的。

中国转向中东和伊朗

原文标题： China Pivots to Middle East and Iran

原文来源： Eurasia Review，2016 年 7 月 8 日

观点摘要： 中国正在重塑自己核能供应者而非消费者的形象，并在多个领域紧抓机遇。中国和伊朗在核能领域的合作水到渠成，中国也积极寻求与埃及签署核反应堆合作建设谅解备忘录，2015 年中国又与约旦达成加强核能合作的协议并开始与土耳其合作建设核电站。

极具争议的伊朗核协议签署后，发达国家承诺解除对伊朗的大部分制裁，此举使中国成为主要受惠国。伊朗核问题使西方国家头疼不已，该协议可以说是由中国极力促成的。一直以来，中国都在伊朗核能源市场上积极寻求发展机遇，增加在伊朗的投资，努力扩大中国的影响力。在中国看来，伊朗就是中东的支点。

据预测，到 2030 年，中国将成为全球最大的能源消费国，因此伊朗的能源对中国意义重大。到 2035 年，中国的石油进口据估计将由每日 600 万桶增加到每日 1300 万桶。伊朗已探明的石油储备量居全球第四，天然气储量居全球第二。因此，对中国而言，伊朗可以成为可靠的能源供应国。

西方国家也努力与拥有 7700 万人口的伊朗改善关系，但不少国家仍担心会违反制裁措施。尽管伊朗已经签署了核协议，但欧洲国家发现仍难与伊朗达成合作。例如，欧洲银行不愿为与伊朗达成的交易提供资金。这为中国与伊朗发展合作关系提供了机遇。自 1979 年伊朗核僵局和西方对伊朗实施制裁开始，伊朗与中国一直保持着贸易往来。正如伊

朗总统哈桑·鲁哈尼所言："在那些最困难的日子里，中国始终对伊朗不离不弃。"为加强经济联系，2016 年 1 月，中国国家主席习近平与伊朗总统鲁哈尼宣布，将合作开展一系列总金额达 6000 亿美元的和平利用核能计划。核能合作是这一计划的核心内容。

中国对伊朗的浓厚兴趣不仅与其丰富的能源储量有关，更因为伊朗紧靠里海和波斯湾，对中国来说具有极不寻常的地缘战略意义。实施"一带一路"，伊朗不可或缺。

海湾阿拉伯国家合作委员会（简称"海合会"）国家与美国交往甚密，中国很难与这些国家深化合作。伊朗则不同，中伊友好关系历史悠久，而且伊朗对美国芥蒂已深，因此伊朗始终是中国在波斯湾最重要的盟友。正如分析家杰夫里·佩恩（Jeffry S Payne）所言："缺少了伊朗的枢纽作用，陆上丝绸之路很难有效连接起东西方。"

伊朗原子能委员会主席阿里·阿克巴尔·萨利希（Ali Akbar Sale-hi）2016 年初宣布，伊朗计划接受中国帮助，建设两座核电站。萨利希和中国国家原子能机构主任许达哲共同表达了双方就阿拉克重水反应堆改造及在经济、研究和工业领域的核能合作意向。阿拉克重水反应堆在伊朗核问题谈判期间饱受诟病，也有分析人士指出，伊朗人可能会利用钚来制造核武器。伊核协议要求伊朗在美中两国的协助下改造阿拉克重水反应堆。据报道，伊朗已完成移除反应堆内核的最后阶段工作，并在空心孔穴中填塞了水泥。

中国已经与伊朗在加工、建筑和交通运输领域开展了多项合作。虽然中国抢占了先机，但在核合作领域仍面临与他国的激烈竞争。其对手日本早已对伊朗和中东各国的原油虎视眈眈。另外，俄罗斯也同意帮助伊朗在布什尔港新建核反应堆，并发展其福尔多浓缩工厂。伊朗现已加入中国发起的亚投行，中俄也在努力推动伊朗成为上海合作组织正式成员。

中国提出"一带一路"倡议，旨在建设连接中国与中亚、欧洲的制造业和交通网络，中东市场对实现这一倡议具有举足轻重的作用。除伊朗以外，中国还将与沙特开展核能合作，同时也积极与其他海合会国家建立联系。中国借助"一带一路"为沿线国家提供经济发展机遇的举措或将缓解沙特和伊朗之间的矛盾。但对此，中国必须审慎权衡。2016 年 1 月，中国国家主席习近平出访中东，沙特和伊朗两国均在访问之列，此举很可能是为防止落下偏袒某一国的话柄。

中国正在重塑自己核能供应者而非核消费者的形象。例如，2015年，中国与约旦达成加强核能合作的协议；与此同时，中国也开始与土耳其合作建设核电站。

伊朗核协议

中伊核能合作水到渠成，因为从 1979 年伊朗伊斯兰革命开始，两国就保持着密切的战略合作关系。中国看中的是投资机遇，而伊朗对中国的支持心存感激，期待借此走出核僵局导致的经济困境。2015 年 7月，美俄英法中德 6 个世界大国与伊朗就伊核问题达成历史性协议，并于 2016 年 1 月开始执行。

阻止伊朗核武器计划的马拉松式谈判充满艰辛，但西方国家或许不曾想到，在接下来的合作中，它们并不是这些谈判的最大受益者。尽管协议中有明确规定，但伊朗与中国、俄罗斯等国构建的合作网络以及伊朗越来越多地融入国际社会的事实将使西方很难再对伊朗实施进一步的制裁。美国虽为成功阻止伊朗进行核武器试验而兴奋，但最后的赢家却是中国。

《福布斯》（Forbes）

"一带一路"是否会联通无望？

原文标题：Will China's "One Belt, One Road" Become a "Bridge to No-where"?

原文来源：Forbes，2016 年 1 月 6 日

观点摘要：虽然中国称"一带一路"将为参与国带来机遇和实惠，其真正目的却是帮助众多中国国有企业开辟新的市场，输出过剩产能，从而解决政府关闭工厂和下岗职工再就业的难题。

2013 年，中国国家主席习近平首次正式提出"一带一路"倡议，2015 年中国领导层对所谓复兴古丝绸之路的倡议进行了大力宣传。中国绘制了美好的发展蓝图，"一带一路"似乎是要编织一张贸易投资大网，促进由中国牵头的覆盖东亚、中亚、南亚、中东和非洲新兴市场构成的跨国经济区的大发展。

然而，2016 年上半年中国经济的大幅下行趋势越来越清晰地表明，世界第二大经济体将发生长期切实的经济大转变而非暂时的周期性变化。这种看似突变的经济趋势不仅给中国公民泼了冷水，而且使有些国家对中国领导人调控经济的能力失去信心。也许，中国是在自讨苦吃。

媒体文章大多关注中国官方发布的数据及其每月的变化，遗憾的是，这些分析人士的经济视角往往缺乏远见。纵观数据，中国经济低迷黯淡，但其深层次的问题是过去几十年积累而成的结果。

当今中国产能严重过剩、贸易日渐萎缩、通货紧缩压力加大，而这些正是中国大力宣传"一带一路"和亚投行的原因。虽然中国称此举将为参与"一带一路"的新兴市场国家带来机遇和实惠，但其真正目的却是帮助众多中国国有企业开辟新的市场，输出过剩产能。

中国采取了货币宽松政策（自 2014 年以来 6 次减息并降低了银行准备金率），批准了数量众多的基础设施投资项目，尽管如此，中国的工业生产仍显疲软，仅增长了 5% ~ 6%。随着中国房地产市场黄金时代的终结，国内钢铁需求大幅下降，钢铁产业因此遭受重创。即使有水资源、农业、社会保障性住房等政府基础设施刺激计划，中国的经济表现也依然堪忧。近期，中国国家审计署披露的数据显示，约 142 亿元的项目投资款闲置，足见此类投资吸收能力有限。

2017，新丝路上新变化

原文标题：5 Upheavals to Expect along The New Silk Road In 2017

原文来源：Forbes，2016 年 12 月 28 日

观点摘要：2017 年，"新丝绸之路"将更趋制度化，基础设施建设规模将进一步扩大，欧洲国家的参与热情也将更加高涨，新贸易线路的开通将联通陆上丝绸之路与海上丝绸之路，众多国际发展计划也将与"一带一路"协同发展。

"新丝绸之路"将经济强国中国、俄罗斯、伊朗、印度和欧洲更加紧密地联系在一起，形成可能改变全球实力的地缘经济集团。自 2013 年中国提出"一带一路"倡议以来，中国的努力和巨额的资金承诺为"一带一路"注入了活力，哈萨克斯坦、阿塞拜疆、格鲁吉亚、白俄罗斯、波兰等国都已启动大型基础设施项目。

2016 年是"一带一路"的丰收年。这一年，中国远洋运输公司（COSCO）购得希腊比雷埃夫斯港（Piraeus Port）67% 的股份；中国牵头成立的亚投行与其他国际投资银行合作，为首批"一带一路"项目提供了资金；欧盟 - 中国联通平台启动；中东欧 - 中国（16 + 1）投资合作基金成立；科伦坡金融城大型项目重新启动；中巴经济走廊建设取得积极进展。中国公司在海外的并购投资计划实现新突破，与亚洲以外的国家共签署协议 242 项，价值 1710 亿美元。中国国家主席习近平对"一带一路"沿线的核心国家，如塞尔维亚、波兰、柬埔寨、孟加拉国访问的过程中，又签署了价值几十亿美元的贸易协议，并与这些国家确定了未来合作的政治框架。

2016 年泛欧亚经济网的发展势不可挡。2017 年，"一带一路"建

设可能取得如下进展。

1. 更趋制度化

德国墨卡托中国研究中心前研究员莫里茨·鲁德华（Moritz Rudolf）指出，该倡议的发展障碍是多点并发、层次不清、机构重叠。因此，2017 年，"一带一路"倡议的着力点将是推动该倡议的制度化建设。

"一带一路"倡议暂时缺乏完备的制度，这让欧洲决策者感到困惑，有人甚至不清楚"一带一路"究竟是什么。未来，中国将建立和完善相关制度，在现有双边贸易协议的基础上，争取在欧洲获得更多支持。鲁德华还指出，中国很快将组织召开"一带一路"国家领导人会议。

2. 基础设施建设规模扩大

2016 年，"一带一路"沿线国家大兴土木，加强基础设施建设。2017 年，基础设施建设项目数量也将继续增长。随着多项合作协议的落实，很多国家都期待与中国签订的合作备忘录，如哈萨克斯坦霍尔果斯经济特区建设项目，能够落在实处。

美国智库——国际战略研究中心（CSIS）最近发布了"2017 年 17 个值得关注的丝绸之路项目"清单。该中心研究员乔纳森·希尔曼（Jonathan Hillman）认为，"2017 年，'一带一路'建设将取得新进展，在创造机遇的同时也将遇到许多困难。"

我们应该密切关注"一带一路"基础设施建设项目的新进展，如 2016 年才开始动工的阿塞拜疆巴库新港，计划于 2017 年开工建设的阿纳克利亚深水港，巴库-第比利斯-卡尔斯铁路线，波兰的特雷斯波尔市的新陆港和城市配套设施项目，还有正在测试阶段的中巴经济走廊。

孟加拉国的孟加拉复兴援助委员会（BRAC）治理与发展研究院前研究员沙希德·伊斯兰（Shahidul Islam）说："'一带一路'在南亚的发展可谓喜忧参半，有些项目进展顺利，有些项目却困难重重。由于中巴两国精诚合作，齐心协力，中巴经济走廊建设将持续推进。"

斯里兰卡参与的"一带一路"项目在 2017 年可能向好的方向发展，但也可能遇到重大阻碍。斯里兰卡是观察中国的一面最好的"镜子"，借此我们可以了解中国如何在一些举棋不定、瞻前顾后的国家实施长期的大型基础设施项目。2017 年 1 月，中国企业有望取得斯里兰卡汉班托塔深水港和马特拉国际机场 80% 的股权份额，极具争议的科伦坡金融城建设明年可能会取得重大进展。

3. 欧洲参与度上升

2017 年，除波兰和白俄罗斯边境的跨欧亚物流枢纽——希腊的比雷埃夫斯港项目将取得进展外，更多欧洲高端产品将通过铁路运输源源不断地进入中国市场。

2016 年，欧洲几大物流公司尽力推动中欧铁路交通建设，2017 年该项目将初见成效。"一带一路"首次提出时，很多人认为中国不过是借该倡议将其廉价产品售往欧洲市场。但如今，欧洲的货运代理商、生产商、制造商、决策者都开始清醒地意识到，"一带一路"建设的贸易走廊能够为欧洲提供大量商机，使欧洲的高附加值产品得以进入繁荣的中国市场，乃至更广阔的亚洲市场。

4. 开辟贸易新线路，实现陆上和海上丝绸之路的互联互通

俄罗斯最近宣布，俄针对许多欧盟农产品的禁运将延续到 2017 年，因此，2017 年将见证多种变通方案的实施。其中最重要就是加强"一带一路"南部走廊的作用，通过土耳其和南高加索联通中国与欧洲，完全绕过俄罗斯。

荷兰智库——国际关系研究中心的弗兰斯 - 保罗·范德波特（Frans - Paul van der Putten）说，"从欧洲将农产品通过铁路运往中国受到俄罗斯的阻碍，而且这条线路的运输时间会在波兰的马瓦谢维切因转换车厢而延长，因此途径土耳其和黑海的欧中铁路运输次数很可能会增加。"

土耳其、格鲁吉亚和阿塞拜疆一直忙于增强自身的交通运输能力。阿塞拜疆的巴库新港（Baku）、格鲁吉亚的波季港（Poti）、哈萨克斯坦的阿克套港（Aktau）、土库曼斯坦的土库曼巴什港（Turkmenbashi）等项目在 2016 年取得重大进展，预计 2017 年将是"一带一路"对全球供应链产生重大影响的一年。如果巴库 - 第比利斯 - 卡尔斯铁路线将于 2017 年投入运营，这一影响将更为突出。

2017 年，陆上和海上丝绸之路将走向融合。陆路与海路的连接点将成为整个贸易网络中最重要的物流节点。

厦门地处中国东南沿海，是世界上最繁忙的集装箱运输口岸之一。已经开通的中欧班列连接厦门和波兰的罗兹。近日，巴基斯坦的瓜达尔港正式开航，与一条陆上新兴贸易走廊直接连接，最终到达中国。伊朗的阿巴斯港也有望在 2017 年发展为连接陆海丝绸之路的关键节点。中国收购的希腊比雷埃夫斯港是"21 世纪海上丝绸之路"的西部终点，在此，"一带一路"的海上航线与欧洲的铁路和高速公路网正式联通。

5. 俄罗斯、日本、印度的国际发展计划与"一带一路"协同发展

虽然很多国家都推出了各自的发展计划，如印度提出了"东向行动"计划（Act East）、"联通中亚"计划（Connect Central Asia）；俄罗斯牵头成立了"欧亚经济联盟"；日本为亚洲基础设施投入巨资。提出以上计划的最初目的或许是为应对中国在欧亚大陆与日俱增的影响力，但最终，无论这些国家是否承认，看似各自为政、相互竞争的各种计划实际上都是同一个大项目的组成部分。

无论谁来连点成线，建设中的欧亚大陆基础设施终会使每一个参与者受益。"一带一路"是一张大网，一张相互联通、四通八达的大网。其与生俱来的协同合作本质才是 2017 年最值得关注的亮点。

《华尔街日报》(The Wall Street Journal)

面对一个更加开放的中国，美欧应加强合作

原文标题： A United Front for a More Open China

原文来源： The Wall Street Journal，2016 年 12 月 29 日

观点摘要： 在中国扩大海外投资规模、积极调整经济政策的新背景下，美国新一届政府与欧洲国家合作才是明智之举。

对中国强劲的贸易和投资发展势头越来越不满是当前民粹主义思潮在美国和欧洲蔓延的原因之一。中国加入全球经济体系，为越来越一体化的全球市场带来海量劳动力，而这也正是让西方国家头疼的地方。

近年来，中国倾向于限制进口和外来直接投资的措施与政策使西方国家颇感不悦。没有此类限制政策，更多欧美公司和工人将从对华出口贸易中受益。

中国加入世贸组织之初，美国和欧洲国家认为中国经济将更加市场化，对此，他们几乎确信无疑。但最终，面对中国的重商主义政策，欧美国家却倍感无力。欧美各利益攸关方为此感到挫折、沮丧，这种感受从其领导人的竞选演讲中可见一斑。

美国总统特朗普提出要对中国实施严厉措施，如称中国为货币操纵国，对中国商品全面征收 45% 的进口关税。作为总统，特朗普可能并不会监督这些具体措施的执行，但他很可能将对中美的贸易与投资采取某些措施。

在调整对华政策问题上，美国新一届政府与欧洲国家相互配合与协调才是明智之举。经济学家普遍认为，中国通过干预手段使人民币定价保持在较高水平，因此欧洲国家不会称中国为货币操纵国。高额关税违反世贸组织规则，如果美国对中国商品征收高额关税，欧洲国家很可能会站在中国一边。

中国企业在美欧的投资势头越来越迅猛，这种投资也是美欧双方最具合作潜力的领域。中国国有企业在保护性政策的庇护下赚得盆满钵满，如今又开始收购海外公司。但西方公司却无法在中国进行类似收购，因为中国对现代服务业、能源、农业、高科技产业领域的投资有严格限制。

在美国新政府思考与中国的未来关系时，以下事实必须引起美国的足够重视。

1. 欧盟是中国的第二大贸易伙伴，过去几年中，中国在欧盟国家大举投资。如果美中打起贸易战，中国很可能会转向与其关系密切的欧洲国家，例如，参加中国–中东欧（16＋1）合作经贸论坛的16个欧洲国家。

2. 很长时间以来，中国将欧盟视为主要消费市场，现在中国又通过"一带一路"倡议升级中国与欧盟的经济联系。"一带一路"是一张巨大的区域项目网，涵盖公路、铁路、石油和天然气管道建设，旨在通过中亚、俄罗斯和高加索地区将中国与西欧相连接。其海上线路途径东南亚、非洲和中东，最后与南欧相连。

3. 伴随"一带一路"而来的，是中国新创建的金融机构——亚投行。该行现有除美国以外的60多个成员国，英国、德国、法国和波兰等欧洲主要国家都是亚投行的创始成员国。

中国和欧盟重点讨论的问题涉及中国的市场经济地位、自由贸易协定和双边投资条约。

作为蓬勃发展的世界大国，当前中国的贸易范围远超2001年入世之初。中国已不仅是贸易大国，而且拥有很多资源和盟国，美国的传统盟友也在其列。

中国希望通过并购、收购和全新的投资项目继续在海外开辟天地；另外，中国近年来也在不遗余力地推动其国有企业"走出去"。西方品牌，特别是信息和通信技术已经成为中国的投资目标，这在德国和美国引起热议。

欧洲可以学习美国，创建一个类似美国外国投资委员会（Cfius）的机构，通过严格的审查程序，确保外国投资不会危及国家安全，对经济造成负面影响。欧洲国家通过与美国合作为西欧的企业在中国赢得互惠协议远胜于对中国商品收取高额关税，因为此举可能引发贸易战。

《洛杉矶时报》（The Los Angeles Times）

中国大胆出招加强与欧洲贸易

原文标题： China's Bold Gambit to Cement Trade with Europe

原文来源： The Los Angeles Times，2016 年 5 月 1 日

观点摘要： 2000 年后的今天，中国认为应该建设更加现代的<u>丝绸之路</u>。中国领导人想构建 21 世纪版的"马可波罗之行"路线，从铁路开始，逐渐扩展到公路、油气管道和其他基础设施。

　　货运码头老板贝恩德·普滕斯（Bernd Putens）在莱茵河畔的办公室就能切身感受到中国新丝绸之路的活力与繁荣。

　　42 集装箱的货物在杜伊斯堡多式联运码头卸下时，叉车的哐啷声响彻普滕斯所在的办公楼。装满电子产品和其他消费品的集装箱从中国长沙出发，由火车运抵德国，回程时将载满路虎和其他欧洲产品。

　　这是中国领导人试图扩大本国经济和政治影响力的一次大胆尝试。

　　4 年前，中德之间还没有定期的铁路班次。但事实上，这条铁路线业已存在，不过 1 万多千米的距离要比从洛杉矶到波士顿的一个来回还要远。火车从中国出发，途径哈萨克斯坦、俄罗斯、白俄罗斯、波兰，期间列车必须调整轨距，因此这一行程既耗时又费力。虽然火车速度远超轮船，但运输成本也更高。因此，这条铁路线只适合运输高价值产品或保质期较短的货物。

　　2000 年前，商人们开始通过古丝绸之路运输宝石、贵金属、布料和香料等商品，它将远东和非洲、地中海地区以及中东连接起来。2000 年后的今天，中国认为应该建设更加现代的丝绸之路。中国领导人想构建 21 世纪版的"马可波罗之行"路线，从铁路开始，逐渐扩展到公路、油气管道和其他基础设施。

在国内经济增长速度放缓的背景下，中国加强与欧洲、中东和中亚的联系，将目标锁定为开发新市场，深化中国在亚洲、中东和欧洲的影响力。这一目标是中国领导人提出的"一带一路"倡议（"丝绸之路经济带"和"21世纪海上丝绸之路"）的核心目标。

两年来，中国国家主席习近平在其频繁的国事访问中一直在阐述"一带一路"倡议，同时也在国内设计融资计划，鼓励国有和私营企业积极参与。

一些观察家将中国气势磅礴的"一带一路"倡议和美国二战后重建欧洲的"马歇尔计划"相提并论。众所周知，"马歇尔计划"改变了贸易格局，重建了很多长期合作关系，说它改变了世界毫不为过。"一带一路"的成本预计超过"马歇尔计划"，美国当年的支出今天约合1000亿美元。

华盛顿的战略与国际研究中心（CSIS）研究员克里斯托弗·约翰逊（Christopher K. Johnson）近期在一篇分析"一带一路"的文章中指出："中国政府通过该倡议向国际社会表明，中国正迈向全球经济舞台的中心，综合实力不断增强，国际影响力逐年提升。"杜伊斯堡-埃森大学研究东亚经济的马尔库斯·陶伯（Markus Taube）表示，该倡议将加强中国在欧洲的经济和外交力量，并在政治和外交上形成与美国相抗衡的局面。此外，他也指出，中国提出这一战略是不难理解的。但也有人持怀疑态度，称中国"一带一路"的华丽辞藻掩盖了诸如资金投入、项目所在地以及受益方等重要问题。新加坡东南亚研究所高级研究员伊恩·斯托瑞（Ian Storey）说："'一带一路'的确引起广泛关注，但没有人知道它究竟要做些什么。"

中国政府设立了400亿美元的丝路基金，以促进"一带一路"的私人投资，并鼓励国有银行贷款给大多由中国公司建设的海外发电厂、港口、油气管道和铁路等项目。中国银行宣布，2015～2019年，计划为"一带一路"项目提供1200亿美元的资金支持。

2016年1月，由中国牵头的亚投行正式运营。在"一带一路"框架下，这一跨国机构预计将资助价值数百亿美元的项目。

渴望获得政府可观财政支持的中国公司积极响应，争先恐后地搭乘

"一带一路"快车。

尽管大型基础设施项目几年后才能初见成效，但"一带一路"战略带来的涟漪效应在杜伊斯堡等地已可见一斑。

中国国家主席习近平 2014 年到访德国，参观了杜伊斯堡港，并对联通两国的铁路项目做了很好的宣传。从此，中国对中德货物运输的兴趣开始激增。今天，杜伊斯堡每天都有一班来自中国的列车，它们从重庆、武汉、长沙出发。另外，每周也有从武汉和郑州抵达汉堡的列车。普滕斯说："如今，似乎中国的每个城市都想开通到德国的列车。"

德国并不是唯一一个欢迎中国列车的国家。2016 年 2 月，联通中国与伊朗的第一班列车途径哈萨克斯坦和土库曼斯坦，在行驶了 9400 多千米后最终抵达伊朗首都德黑兰。39 节列车车厢满载价值 60 万美元的服装、鞋子和箱包。

中国还开通了从义乌到马德里的列车。2014 年圣诞节前，满载圣诞装饰品、工艺品及其他饰品共 82 节车厢的列车从中国出发，顺利抵达西班牙。2015 年，这趟列车又装载橄榄油回到义乌。

虽然抵达伊朗的火车从中国东部的浙江省始发，但中国官员相信，内陆西部城市如乌鲁木齐距离伊朗比距离上海更近，可能会从这段连接中国与中亚的铁路中受益更大。从这个意义上讲，中国的"一带一路"旨在解决国内经济发展的区域失衡问题，推动远落后于东部沿海城市的西部地区实现经济快速增长。

尽管到达伊朗和西班牙的首趟中国列车受到了当地的热烈欢迎，但这些线路是否会发展为充满活力的交通线，并能极大促进贸易往来目前仍是一个未知数。

伊朗运输公司高管霍玛耶·贾哈尼（Homayoun Jahani）参与了此趟列车运营的相关工作。他说："从中国出发到德黑兰全程 14 天的旅程证明，火车是一种可靠的交通工具。目前，我们已经开始筹备开往布什尔港市的列车方案。"但是，伊朗阿联酋商会的马苏德·丹斯曼德（Masoud Daneshmand）认为："它还远不是一条充满生机的铁路线。"

杜伊斯堡港发言人朱利安·伯克尔（Julian Boecker）说，自 2011 年第一班来自重庆的试运行列车抵达杜伊斯堡后，运营就变得越来越顺畅。原先需要 18 天的单程路线，现在平均仅需 11 至 13 天。普滕斯说，杜伊斯堡的通关时间已由两天缩短为两小时。

伯克尔说："在合作过程中，尤其是在调整轨距方面，我们积累了丰富的经验，铁路运营效率也明显提高。"欧洲和中国有着相同的轨距，但原苏联国家的轨距更宽，所以在一些地方必须做出调整。

随着中国货物的大量涌入，德国现在遇到的问题是，很难凑到足够的货物运往中国。来自中国的空集装箱堆积如山。就在港口管理人员准备租用一个约 2 万平方米的空地来囤放 2000 多个集装箱时，中国船舶公司给出了解决良方。

一些集装箱确实满载而归。即将运往中国的集装箱载满了路虎、保时捷、奥迪等汽车，还有来自福特和大众汽车工厂的零部件，以及钢卷、专用设备和奶粉等商品。普滕斯说，他的中国同行最近又提出要冷藏欧洲葡萄酒并运往中国。

尽管货运量持续走高，但 2015 年从中国到杜伊斯堡的铁路货运量在其港口货运总量中占比仍不足 1%。港口发言人伯克尔说，货运量虽小，但不可否认其重大意义。

目前德国面临的挑战是，在进出口货物量之间寻求更好的平衡，并确保该线路能在没有政府支持的情况下正常运营。伯克尔说："确保这条线路的生存和繁荣符合德中双方的经济利益。"

杜伊斯堡－埃森大学的陶伯教授表示，与最初的铁路贸易量相比，该铁路线创造的经济发展机遇，及其带来的政治影响力意义更为重大。他说，如果铁路线是骨架，那么沿线的工业区就是非常重要的血肉。他认为，中国之所以提出"一带一路"，是因为中国国内劳动力价格上涨，中国希望将其制造业向哈萨克斯坦、乌兹别克斯坦以及其他中亚国家转移。他还说，中国也能借助这一战略增强其经济和外交影响力。

龙洲经讯（Gavekal Dragonomics）专家汤姆·米勒（Tom Miller）表示，发展连接中亚的运输线可以使中国更为便捷地获得包括石油在内的当地的自然资源，实现能源供应多样化，同时开辟通往不同地区的运输线路对中国的安全也是一种保障。

就在列车抵达德黑兰的前几周，中国国家主席习近平访问伊朗，他也是 14 年来第一个访问伊朗的中国领导人。习近平就司法、商业和民事等问题与伊朗签订协议，并承诺将促进两国贸易发展，即在未来 10 年使双方贸易总额从 2014 年的 520 亿美元增加至 6000 亿美元。

中国也与巴基斯坦和哈萨克斯坦签订了引人注目的重大协议。

米勒指出，除了确保获取石油和其他资源外，中国还想利用"一带一路"促进他国与其西部省份的贸易发展，以带动中国西部地区经济增长。中国也希望为其过剩的钢铁、水泥、重型设备、铁路车辆等找到新的消费者。

中国经济增速放缓，2015 年增速降至 6.9%，创几十年来新低。北京齐纳百思（China Policy）咨询公司主任大卫·凯利（David Kelly）表示，"一带一路"愿景过于宏大，短期内很难给中国带来经济效益。在未来很多年里，"一带一路"都不会带来可观的投资收益。

凯利指出，此前在实施"走出去"战略的过程中，中方企业在非洲和南美洲等地获取自然资源时遭遇了一定的阻力。但这一次，人们对"一带一路"似乎更有耐心。他预测，"一带一路"的很多投资项目都会取得成功，因为许多方案越来越理性。

《基督教科学箴言报》（Christian Science Monitor）

中国大力复兴古丝绸之路

原文标题：Why is China Trying to Revive Ancient Silk Road?

原文来源：Christian Science Monitor，2016 年 2 月 16 日

观点摘要：中国的"一带一路"倡议引来各种批评。有评论家指出，复兴古丝绸之路是旨在扩大中国自身影响力的"地缘政治工具"。对此，中国坚决予以驳斥。也有人称，中国复兴古丝绸之路的举措引发各国的地缘政治焦虑，使其担心未来会过度依赖中国。

据报道，首趟从中国始发沿"新丝绸之路"行驶的货运列车，于本周一抵达伊朗首都德黑兰，这是"一带一路"建设的一座里程碑。

据《卫报》报道，2 月 15 日，伊朗道路和城市发展部副部长、国家铁路公司董事长穆赫·普尔赛义德·阿加伊（Mohsen Pour Seyed Aghaei）在德黑兰火车站举行的欢迎仪式上说："丝路列车不到 14 天就抵达了伊朗，这是前所未有的。"穆赫表示，首辆中国货运专列见证了"一带一路"沿线国家携手复兴古丝绸之路的决心。

2013 年，中国国家主席习近平提出旨在促进共同发展、互联互通和友好合作的"一带一路"倡议，中国现已投资超过 400 亿美元。

该倡议也引来多方批评。有人认为，该倡议是中国旨在扩大自身影响力的"地缘政治工具"。对此，中国坚决予以驳斥。《纽约时报》曾撰文指出，中国复兴古丝绸之路的举措引发各国焦虑，使其担心未来过度依赖中国。

习近平主席 2013 年访问哈萨克斯坦时提出创新合作模式，共同建设"丝绸之路经济带"，现在"一带一路"已成为中国国家主席勾勒的

国际经济战略的核心。

许多分析人士一致认为，"一带一路"倡议将极大促进沿线国家的经济往来；然而，也有人认为该倡议可行性不大，因为"一带一路"沿线多个国家或地区政局动荡。

《卫报》认为："一带一路"倡议也可能促进新疆的长期稳定。报纸援引一位中国官员的话说，新疆维吾尔自治区将成为"丝绸之路经济带"建设的最大受益者。在此背景下，新疆维吾尔自治区将扩大开放，发展贸易和旅游业。

美国全国广播公司财经频道（CNBC）

"一带一路"为中国国企创造新机遇

原文标题： China's Belt and Road Project will Ease SOE Slowdown

原文来源： CNBC，2016 年 7 月 3 日

观点摘要： 多数"一带一路"项目会围绕交通和能源展开，所以中国国有企业将继续大展宏图。它们还将获得来自中国的金融机构和新成立的聚焦亚洲基础设施的多边贷款机构的支持。

据统计，已有超过 70 个国家和国际组织参与了中国的"一带一路"投资项目。中国复兴古丝绸之路的新举措所涉及的货物量和相关服务约占全球货物总量和相关服务的二分之一，超过一半的全球人口将被联系在一起。

小荷才露尖尖角

2016 年 6 月 22 日，中国国家主席习近平在乌兹别克斯坦最高会议立法院演讲时指出，"一带一路"建设已经初步完成规划和布局，正在向落地生根、深耕细作、持久发展的阶段迈进。

"一带一路"创造了中国贸易繁荣的新局面。2015 年，中国对"一带一路"49 个国家的直接投资增长了 18.2%，达 148 亿美元，所签订的商业合同总价值达 926 亿美元。更引人注目的是，中国与"一带一路"国家双边贸易总额超过 1 万亿美元，占中国全国对外贸易总额的 25.1%。

"一带一路"倡议为中国的制造商和服务商打开了产品销路，扩大了商品市场。"一带一路"投资项目已经成为中国经济的一部分。的确，在中国全力提高生产力、大步迈向小康社会的过程中，"一带一

路"有助于中国保持高水平的经济增长。由于产能过剩，钢铁、建筑等行业深陷困境，"一带一路"框架下的各类投资项目所创造的收益将极大缓解类似行业造成的亏损。

毋庸置疑，产业结构调整和深层次的现代化过程将影响大型国有企业。尽管在过去的 20 年间，中国国有企业对国民经济的贡献有所缩减，但在中国的非金融类外商直接投资中，国有企业可占到三分之二，其贸易额仍然可观。

国有企业不仅在"一带一路"项目中占据主导地位，同时也是中国对外投资的主力军。2015 年发布的数据显示，中国国有企业在欧洲和美国的投资额分别约达 230 亿美元和 150 亿美元。

中国国有企业的上好表现归功于其强大的适应能力。如今，它们已不再参与低附加值产品的生产和能源、矿物资源的开采，而是将注意力转移到高速铁路、电力输送和核电领域。在探索新业务的过程中，不少国有企业甚至还在通信和空间技术领域取得重大突破。

因为多数"一带一路"项目会围绕交通和能源领域展开，所以国有企业将继续大展宏图。它们还可获得来自中国的金融机构和新成立的关注亚洲基础设施建设的多边贷款机构的支持。

立足亚洲

仅在乌兹别克斯坦，就有约 600 家中国公司以合资方式参与了 70 个"一带一路"基础设施和能源项目的建设，项目资金部分来源于中国 65 亿美元的直接投资和银行贷款。中国中铁隧道集团承建了全长 19.2 千米的卡姆奇克隧道。中国国家主席习近平和乌兹别克斯坦总统卡里莫夫在塔什干共同出席了该隧道通车的视频连线活动。目前正在建设过程中的 31 项中乌合作项目总价值约达 155 亿美元。过去 10 年间，两国经济联系更加紧密，双边贸易额已经从 2005 年的 6.7 亿美元攀升到 2015 年的 35 亿美元。

中国与其他"一带一路"沿线的中亚国家，如哈萨克斯坦、土库曼斯坦、吉尔吉斯斯坦，签订的基础设施和能源项目合同总价值接近 450 亿美元。

　　"一带一路"与欧亚经济联盟（该联盟由俄罗斯、白俄罗斯、哈萨克斯坦、亚美尼亚、吉尔吉斯斯坦组成）的同类项目的对接也将为"一带一路"注入新的活力。巴基斯坦、伊朗、印度也都参与了"一带一路"的能源、道路、铁路或港口建设项目。在这些"一带一路"建设最活跃的领域，中国公司能够有效利用国内制造业发展放缓带来的过剩产能，减轻国内产业结构调整和现代化造成的压力。然而，随着国际竞争的加剧，中国经济也将面临巨大的技术和劳动力市场挑战。

　　居民消费水平的进一步提升同样给中国带来了机遇与挑战。2016年第一季度，中国的居民消费支出对国内生产总值增长的贡献率高达84.7%，与去年同期的66.4%相比有较大提升。

　　耐用和非耐用消费品的多样化与发展必须满足这一迅猛增长的个人消费需求。同时，服务业也必须提供丰富的文化、休闲、娱乐产品，以满足富裕的中产阶级的消费需求。据估计，此类消费者已经占中国总人口的40%左右。

　　收入所得仍是消费需求的有力支撑。中国的城市失业率稳定在4%左右，低于5%的失业率目标。城乡居民可支配收入分别增长了7.5%和9.2%。最重要的是，社会保障网和医保覆盖范围的不断扩大给居民的可支配收入创造了更大空间。

　　中国提出宏伟的"一带一路"投资计划，以进一步扩大开放，为国内经济发展提供稳定的能源和原材料，同时也能更有效地融入全球市场，获得最新技术。在中国产业结构调整和现代化建设的过程中，教育、科研和社会福利也大踏步地发展。

　　因此，仅凭小数点的变化就对中国经济做出判断是毫无意义的。以这种思维轻下结论，你会和某些投资专家一样，惊叹中国竟是嘉年华邮轮"最强劲的消费市场"，是耐克"领先的成长市场"。

《国家利益杂志》（**National Interest**）

宏大的"一带一路"倡议席卷中亚

原文标题：China's Huge "One Belt, One Road" Initiative is Sweeping Central Asia

原文来源：National Interest，2016 年 7 月 27

观点摘要：中国公司大力投资中亚地区的道路、桥梁、隧道，以促进贸易发展，增强地区经济影响力。2013 年，中国和中亚五国的贸易额已高达 500 亿美元。

中国政府正在将资金引向国外，以解决国内煤炭、水泥、太阳能电池板等行业的产能过剩问题，以及获得丰厚的经济回报。美国决策者应密切关注这一动向。

名为"一带一路"的中国规模最为宏大的对外经济发展倡议旨在复兴古丝绸之路。为此，中国已投入大量资金。该倡议启动伊始，中国就从其充裕的外汇储备中拨出 400 亿美元，投入项目建设。

此后，"一带一路"开始吸引国外投资者。新加坡经济发展局已经同意和中国建设银行合作，出资 220 亿美元投资"一带一路"项目。国际养老基金、保险公司、主权基金、众多私募股权基金纷纷投资"一带一路"项目，以寻求可观的经济回报。如今，中国的基础设施建设项目已遍布全球。

中国公司大力投资中亚地区的道路、桥梁、隧道，以促进贸易发展，使中国成为中亚地区的主导性经济力量。2013 年，中国和中亚五国（哈萨克斯坦、吉尔吉斯斯坦、塔吉克斯坦、土库曼斯坦和乌兹别克斯坦）的贸易额达到 500 亿美元，与俄罗斯——曾经的地区头号经济强国的贸易额仅为 300 亿美元。

中国也使中亚的能源经济重新洗牌。哈萨克斯坦四分之一的石油流向中国，土库曼斯坦超过一半的天然气出口中国。近期，中国又与乌兹别克斯坦签署了价值 150 亿美元的铀和天然气交易合同。

与此同时，中国先进的高铁也走出了国门。中国高速铁路运营里程已超过 2 万千米，位居世界之首。目前，中国计划建设连接东南亚所有国家的高速铁路网。

南美洲也将得到中国的资金支持。中国国家主席习近平承诺未来10 年在南美投资 2500 亿美元，其中部分资金用于建设穿越巴西热带雨林和安第斯山脉的高铁。更有甚者，中国商业大亨王靖宣布将投资 500 亿美元建设穿越尼加拉瓜湖全长 278 千米的尼加拉瓜运河，以挑战巴拿马运河的地位。2015 年，中国新华社报道称，中国已经在非洲完成了一百多个项目，其中包括 2233 千米长的铁路和 3350 千米长的公路项目。2016 年 1 月，中国宣布将帮助非洲修建联通 54 个非洲国家的一系列铁路、桥梁和公路交通网。

欧洲是中国最大的贸易伙伴，为打入近年来活力不足但潜力巨大的欧洲市场，中国投资升级了希腊的比雷埃夫斯港，并斥资 30 亿美元修建了从贝尔格雷德通往布达佩斯的高速铁路。另一张铁路、公路和管道网将从中国的主要城市西安出发，一路向西，通往比利时。中国已经修建完成全长 1.3 万千米联通义乌与西班牙首都马德里的货运铁路线。中国也在加利福尼亚高铁项目的竞争中居于领先地位。中国金融机构和由中国牵头成立的金融机构同样发挥了非常重要的作用。亚投行现已拥有57 个成员，1000 亿美元的法定资本中大部分来自中国。2015 年，中国进出口银行提供贷款 800 多亿美元，而亚行的同期贷款额仅为 270 亿美元。

为使巴基斯坦的瓜达尔港与中国西北相联通，中国还计划投入 460 亿美元建设由一系列管道、铁路、公路、桥梁项目构成的中巴经济走廊。这一举措不仅将为中国开辟一条通往中东的能源供给线，同时也能减轻中国对海路的依赖。

伊朗首都德黑兰对中国的基础设施建设项目大加赞赏，并希望能够借此成为中欧之间的主要贸易枢纽。2016 年早些时候，第一班来自中国东部的货运列车途径哈萨克斯坦和土库曼斯坦，历时 14 天到达欧洲，比海运节省了 11 天。中国和伊朗的贸易额由 2013 年的 40 亿美元增长到 2014 年的 520 亿美元，伊朗希望未来 10 年中两国贸易额能增至 6000 多亿美元。

然而，中国的全球投资也引发了地缘政治紧张，如俄罗斯在中亚长达两个世纪的领导地位正在被中国取代，为此深感不悦。中国还铺设了中国 – 哈萨克斯坦原油管道。中国铺设的中国 – 中亚天然气管道在很大程度上减轻了土库曼斯坦对俄罗斯的依赖。

联合国开发计划署与中国就"一带一路"倡议展开合作

原文标题：UNDP，China to Cooperate on Belt，Road Initiative

原文来源：Targeted News Service，2016 年 9 月 19 日

观点摘要：联合国开发计划署（UNDP）与中国政府签署共建"一带一路"的谅解备忘录，以加强双方就"一带一路"倡议的沟通合作，并推动 2030 年可持续发展议程的落实。

中国国务院总理李克强于 2016 年 9 月 18 日到达纽约联合国总部，并出席第 71 届联合国大会。19 日，联合国开发计划署与中国政府签署《中华人民共和国政府与联合国开发计划署关于共同推进丝绸之路经济带和 21 世纪海上丝绸之路建设的谅解备忘录》（以下简称谅解备忘录）。

联合国开发计划署署长海伦·克拉克（Helen Clark）与中国国家发展和改革委员会主任徐绍史签署了该谅解备忘录。作为重要的战略合作框架，该文件旨在加强双方就"一带一路"倡议的沟通合作，并推动 2030 年可持续发展议程的落实。

2013 年，中国国家主席习近平对中亚和东南亚国家进行了国事访问，期间，习近平主席提出共建"丝绸之路经济带"和"21 世纪海上丝绸之路"的"一带一路"倡议。该倡议聚焦互联互通，旨在实现贸易畅通、资金融通和民心相通。

克拉克指出："'一带一路'倡议是经济增长和区域合作的强大平台，该倡议所覆盖的 40 多亿人口主要来自发展中国家。"她说："'一带一路'倡议也将成为落实可持续发展目标的催化剂和加速器，持续

发挥重要作用。"

在谅解备忘录的签署仪式上，国家发改委主任徐绍史说："这是中国政府与国际组织签署的第一份共建'一带一路'的谅解备忘录，也是国际组织参与'一带一路'建设的一次创新。"

海伦·克拉克表示："我们期待与中国政府共同努力，调动一切资源并加强利益相关方的沟通与合作。通过精诚合作，创造有利环境，为消除贫困、促进环境可持续发展、推动社会包容发展做出贡献。"

《多伦多星报》（Toronto Star）

加拿大正积极考虑加入亚投行

原文标题：Trudeau's Real Achievement in China More Than Optics

原文来源：Toronto Star，2016 年 9 月 13 日

观点摘要：加拿大总理特鲁多本次访问中国，正式表明加拿大正积极考虑加入亚投行。

    加拿大总理贾斯廷·特鲁多（Justin Trudeau）在上海上演了一段精彩的"太极拳表演"。然而比起表演，特鲁多的决定才是本次访华的最大亮点。加入亚投行的提议长期以来遭到加拿大哈珀政府的掣肘。特鲁多本次访问中国，终于正式表明加拿大正积极考虑加入亚投行。

    中国现在是世界第二大经济体，其国内生产总值已达到美国国内生产总值的三分之二。若以购买力平价计算，中国已然是世界第一大经济体。在过去的三年里，中国国家主席习近平展现出前所未有的魄力和国际视野，提出了宏伟的"一带一路"倡议。

    该倡议规模史无前例，有望推动全球经济增长。起初，"一带一路"立足亚洲，现已拓展至中东、非洲、欧洲。从范围上讲，该倡议的确是覆盖全球的创举。诺贝尔经济学奖得主约瑟夫·斯蒂格利茨（Joseph Stiglitz）表示，"一带一路"倡议的提出表明全球经济力量已经发生了根本性改变。

    很多评论家认为，中国的倡议得到积极响应的部分原因在于，世界银行、亚洲开发银行、国际货币基金组织等现有机构或缺乏足够的发展资源，或过度规避风险，总之，未能积极发掘发展潜力。

对于包括加拿大在内的西方国家来说，关键问题是，应该如何评估这些规模巨大、极具创新意识却又不无野心的全球经济措施。唯有做出理性评估，才能确定我们该如何加入其中，并能在多大程度上获益。

有人指出，国家间的通力合作才是关键。著名智库布鲁金斯学会（Brookings Institution）指出，如果国家间缺乏合作，特别是中美两国缺乏合作，就可能形成束手束脚的区域发展集团，限制贸易活动的顺利开展。

2015 年 6 月，中国主导成立的亚投行正式成立，总部设在北京。其创始国包括 37 个亚洲国家和 20 个西方国家，法定资本达 1000 亿美元。美国和加拿大拒绝加入。

美国称，贷款申请方可能面临的环境、劳动力和人权要求是他们拒绝加入的原因。另外，美国也担心在某些项目上亚投行会明显倾向于中国。但事实上，亚投行有近 60 个创始成员国，中国很难利用它来满足自己的政治或经济目的。

《温哥华太阳报》（The Vancouver Sun）

中国的区域发展战略为加拿大企业创造良机

原文标题： China's Regional Development Strategy Holds Opportunities for Canadian Companies

原文来源： The Vancouver Sun，2016 年 3 月 20 日

观点摘要： 包括加拿大在内的西方国家始终没有真正意识到"一带一路"的潜力，这意味着大批商人、投资者或许已经错失良机。

2013 年，中国提出了宏伟的"一带一路"倡议，旨在推动区域经济发展。自倡议提出以来，包括加拿大在内的西方国家始终没有真正意识到"一带一路"的潜力，这意味着大批商人、投资者或许已经错失良机。

中国政府一再强调，加拿大可以作为投资者或合作伙伴，在提供绿色科技和可持续发展等领域大展宏图。然而，加拿大拒绝加入中国牵头成立的亚投行。很多观察家表示，此举极大限制了加拿大的发展。

环太咨询董事、亚太基金会荣誉会员休·史蒂芬斯（Huge Stephens）表示，若加拿大既不参与亚投行，也无贡献，又如何在别人激战正酣时独占鳌头？他还指出，加拿大必须行动起来。事实上，拒绝加入亚投行的行为十分不合时宜。加拿大与中国还未签订自由贸易协定，随着"一带一路"倡议的发展，"一带一路"沿线国家将极有可能与中国签订自由贸易协定，从而更快打入中国市场。

当然，"一带一路"也并非毫无阻碍。史蒂芬斯指出，"一带一路"的很多项目仍未启动或在建设过程中遭遇障碍，仅有少数已经完工，如中国西部省份新疆维吾尔自治区至哈萨克斯坦的一条铁路。"一带一

路"倡议已经成型，但很多细节需要完善。

史蒂芬斯说："'一带一路'的定义还很模糊。的确，宏伟的蓝图已经勾画完成——北上蒙古、中亚，西至非洲，南抵缅甸、巴基斯坦等国。至于这个倡议到底意味着什么，或许仍待继续观察。"

北京大学国际政治经济研究中心主任王勇表示，加拿大公司应该加入东南亚或中亚的相关项目中，但路要一步步走。王勇还指出，"一带一路"倡议的特别之处在于，这是由中国政府提出的倡议，因此政府的支持和加入是关键。对中国而言，加拿大一直是西方世界值得信赖的伙伴。加拿大政府如果瞻前顾后，犹豫不决，加拿大的发展进程势必放缓；拒绝加入亚投行也势必会影响加拿大企业的发展。因此，加拿大不仅应将加入亚投行提上日程，也应尽早与中国签订自由贸易协定。

加中贸易理事会网（**Canada China Business Council**）

"一带一路"：一个前所未有的机会

原文标题：One Belt，One Road，One Unprecedented Opportunity

原文来源：Canada China Business Council，2016 年 9 月

观点摘要：旨在促进亚欧大陆基础设施建设和经济发展的"一带一路"倡议不仅为中国带来了前所未有的机遇，同时也为全世界各个国家打开了机遇之门。

　　2013 年中国提出"一带一路"倡议时，加拿大赫氏集团（Hatch）执行总裁或许还有些困惑不解。今时今日，赫氏集团负责基础设施业务的全球总经理马丁·道波（Martin Doble）已经清楚地认识到"一带一路"的意义与价值。"一带一路"不仅为中国带来了前所未有的机遇，同时也为全世界各个国家打开了机遇之门。

　　在中国，"一带一路"聚焦大规模基础设施建设，如公路、机场、铁路、电信和通信设备等。中国广阔的西部地区得以开发，巨大的经济潜力得以释放，现代化程度越来越高。然而，为实现经济持续增长，中国势必会鼓励并促进项目发展走出国门。

　　赫氏集团在中国有着长达 20 年的发展历史，业务覆盖中国各地，拥有大批值得信赖的供货商，这使赫氏集团足以满足全球的采购需求。在帮助中国企业进一步增能增效和提升技术的过程中，赫氏集团迎来了更为广阔的发展机遇。

　　道波指出，就技术的精细化和使用程度而言，大多数中国企业都具备实现跨越式发展所需的能力和视野。然而要实现资金流动、产业发展，真正获得可持续发展，就应进一步提高效率，特别是在环境方面的效率。中国已具备能力和视野，而加拿大则可以提供实现中国经济更加

高效、可持续发展所急需的策略、技能、管理经验和先进技术。

打开思路

庞巴迪运输（Bombardier Transportation）、赫氏集团以及其他加拿大商业巨头已经做好了帮助中国实施基础设施项目的准备。加拿大出口发展公司驻中国上海总领事馆商务领事丹尼斯（Denis L'Heureux）表示，加拿大企业应该进一步打开思路，"放眼于公共服务，如医疗保健、教育、主题公园。事实上，所有和城市化相关的领域都大有可为。这些机会已经成熟，并将伴随'一带一路'在中国蓬勃发展。"

丹尼斯举了医疗保健企业"七棵橡树"的例子。"七棵橡树"起家于加拿大温尼伯市，现已在中国北方开办了一家心脏病预防诊所。他说："现在中国急需这类服务，'一带一路'会使中国中部和北部地区快速城市化，而城市化进程又将使中产阶级发展壮大，众所周知，中产阶级需要这种能够提升生活质量的优质服务。"

道波表示，"一带一路"建设不仅会促进货物流通，提高国民生产总值，更重要的是，会创造一个围绕供应链展开的多用户环境。这就需要在标准、运输、生存空间、通信等各方面的互联互通。

经济学人集团上海企业网主管玛丽·博伊德（Mary Boyd）说，如今外国各大公司都审时度势，紧抓"一带一路"倡议创造的商机，那些人口众多的"一带一路"沿线新兴市场，如越南、印度尼西亚、缅甸等尤其得到追捧。"一些在中国口碑好、业务繁忙的企业现在渐渐转入这些国家，我们要密切追踪它们的发展速度和扩张战略，以确定它们是否有乐观的发展空间。"

向"钱"看

中国利用多种金融杠杆为"一带一路"项目提供资金，并努力吸引多个国家积极参与"一带一路"。除了设立400亿美元的丝路基金外，中国还是2015年7月成立的金砖国家开发银行的创始成员之一。在该行1000亿美元的储备基金中，410亿美元来自中国，这一贡献远超其他几国。

为确保"一带一路"建设资金充足，中国还投资 1000 亿美元牵头成立了亚投行，此举可能改变国际金融的基本格局。亚投行一再申明，其运作程序、管理水准、采购标准均堪称世界一流。美国一再游说西方国家拒绝亚投行投来的"橄榄枝"，但仍有超过 60 个国家已经加入亚投行。加拿大继续持观望态度，很多观察人士也因此担忧加拿大企业可能会受到负面影响。

博伊德说："以世界银行为例，加拿大的执行董事在该行工作的过程中，不仅能参与对银行的管理和监督，还能了解相关项目和采购重点，并将信息传递给加拿大企业。"她指出，亚投行对"一带一路"具有重要战略意义，联邦政府应尽快认识到这一点，否则"我们的企业就会孤军奋战"。博伊德还强调，加拿大一直是亚行的正式成员，也希望加拿大能像在世贸组织、20 国集团、亚太经合组织中一样，积极参与亚投行的运作，使加拿大公司能够更好地把握机遇。

博伊德还表示，无论加拿大企业是否已经开始在中国开展业务，还是仍在考虑，都必须思考如何通过有效的供应链管理充分利用本地区的优势。要做到这一点，就必须深刻理解中国与东盟、澳大利亚、新西兰、韩国等区域合作伙伴之间的各种协议。他说："我们必须清楚，自由贸易、双边及多边协定这些促进商贸发展的基本框架是不断发展的。除了要具备航运基础设施外，我们还需要完备的供应链管理体系。"

丹尼斯说："中国对全球经济的影响力会与日俱增，'一带一路'只是这种影响力的表现形式之一。现在是中国力量初现之时，任何国家在制订发展计划的过程中都应有一个关于中国的计划，因为 10 年后，中国对全球经济的影响将让你别无选择。"

欧　洲

《金融时报》（Financial Times）

"一带一路"建设的资金从何而来

原文标题： How the Silk Road Plans Will Be Financed

原文来源： Financial Times，2016 年 5 月 10 日

观点摘要： "一带一路"基础设施的长期收益高达 6% ~ 8%，这吸引了越来越多的国际机构，一些政府机构也迫切希望参与其中。

中国人常说，"要致富，先修路"，中国当前修建联通欧亚的大型交通线路正好体现了这一理念。中国修建公路、铁路和其他基础设施，为本国商品争取欧亚市场。亚投行行长金立群表示："中国经验表明，投资基础设施建设有利于经济社会全面发展，能够帮助人们脱贫致富。"

但是 8900 亿美元的投资额尚无着落，"一带一路"收益缓慢、施工延期、"一带一路"涉及的 64 个国家普遍存在政治动荡等问题。金立群称，亚投行计划逐步加大对"一带一路"的资金支持，2016 年基础设施的投资额为 15 亿到 20 亿美元，2017 年投资额为 30 亿到 50 亿美元，2018 年将达到 100 亿美元。

分析人士指出，中国政策性银行的双边贷款仍将是"一带一路"的主要资金来源。伦敦智库——英国皇家联合军种研究院研究员萨拉·莱恩（Sarah Lain）说："中国很可能会充分利用政策性银行等常规双边机制，通过中国进出口银行和国家开发银行为'一带一路'项目提供资金。"

中国进出口银行致力于促进对外贸易投资，仅 2015 年就发放贷款

超过 800 亿美元，相形之下，亚行仅贷出 271 亿美元。据官方媒体新华社报道，中国进出口银行为"一带一路"49 个国家超过 1000 多个项目提供资金。投资研究公司龙洲经讯（Gavekal Dragonomics）分析师汤姆·米勒（Tom Miller）指出，中国政策性银行融资的项目并非都出自商业目的。

中国计划为一条贯穿巴基斯坦的"经济走廊"提供 460 亿美元的资金，这一走廊联通濒临阿拉伯海的瓜达尔港与中国西北地区。从某种程度上讲，其目的是为中国寻找一条从中东进口石油的替代性路线，以防南海紧张局势影响能源供应。米勒表示，中国官员私下估计，他们在巴基斯坦的投资将损失 80%，在缅甸及中亚的投资将分别损失 50% 和 30%。

虽然预测损失巨大，中国几大银行仍信心百倍，并开始寻求与国际私人投资者和银行联合，共同为"一带一路"项目融资。伦敦投资银行格里森皮克（Grisons Peak）的董事长兼首席执行官亨利·蒂尔曼（Henry Tillman）说："我们看到，参与'一带一路'项目的中资机构正转向国际养老基金、保险公司、主权财富基金、私人股本基金以及其他机构，寻求联合融资。"

他表示，"一带一路"基础设施的长期收益高达 6% ~ 8%，这吸引了越来越多的国际机构，甚至一些政府部门。新加坡国际企业发展局（前贸促局）已同意与中国建设银行合作，为"一带一路"项目提供资金，计划融资约 220 亿美元。

新丝绸之路令印度不安

原文标题： India Watches Anxiously as Chinese Influence Grows

原文来源： Financial Times，2016 年 5 月 10 日

观点摘要： 根据"一带一路"倡议，中国将修建横穿中亚和环东南亚
的铁路、公路、油气管道和港口，这让印度惶恐不安。

　　"一带一路"倡议让人联想起传奇祥和的商队、商船和充满异域风
情的商品，根据该倡议中国将修建横穿中亚和环东南亚的铁路、公路、
油气管道和港口，这让印度惶恐不安。

　　中印两国在 3488 千米的边界线问题上仍然纠纷不断，中国倡议的
新丝绸之路将会对印度构成战略和经济威胁，还是会带来更多机遇，印
度政策分析人士观点不一。多数人认为，印度必须慎重对待中国的
"一带一路"，因为中国要在印属争议领土上启动大型项目；然而，印
度却苦于囊中羞涩，难以提出与之相抗衡的宏大计划。

　　英国国防和安全智库——皇家联合军种研究院高级研究员沙善·乔
希（Shashank Joshi）表示："印度政府言辞谨慎，对'一带一路'并没
有提出明确的反对意见，而是持观望态度。如果'一带一路'的进展
并不如其所愿，印度自然不会予以支持。印度没有公开敌视'一带一
路'，毕竟该计划是许多亚洲较小邻国引入大量中国资本的良机，而这
一切都是印度无法提供的。"

　　新德里政策研究中心战略研究教授布拉马·切拉尼（Brahma Chel-
laney）认为中国提出美其名曰"新丝路"的倡议实际上是对其"珠
链"战略的重新包装，其意图在于包围印度。"珠链战略"认为，中国
投资南亚的港口是其在海外建立海军基地的前兆。例如，中国在斯里兰

卡的汉班托特建设了一个大型港口，世界大部分原油贸易都要经过斯里兰卡附近的航道，印度认为斯里兰卡对其国防具有举足轻重的作用。

2014年，中国海军潜艇抵达斯里兰卡的科伦坡港，有人因此担忧该港将用于军事而非经贸目的。同时中国也在筹划在孟加拉国和缅甸投资港口，这让外界担心这些港口将具有双重用途。切拉尼称，"'新丝路'只是中国战略追求的新名称而已，是一种改头换面的新包装，中国梦想称霸亚洲，因此'新丝路'极其关键，它绝不仅仅是一个简单的贸易倡议，其战略意图显而易见。"

投资额高达460亿美元的中巴经济走廊让印度最为担心。巴基斯坦是印度的邻国、宿敌而且拥有核武器。按计划，货物将从中国西部地区运往巴基斯坦的瓜达尔港，该港在阿拉伯海沉寂多年，现由中国海外港口控股有限公司经营，瓜达尔港口是中亚和海湾地区的中转站。

中巴经济走廊部分项目经过巴控克什米尔地区，印巴两国在该地区的纠纷延续数十年，至今悬而未决。印度分析人士表示，接受这条经济走廊相当于承认巴控克什米尔地区的主权归属，而印度自己对克什米尔的主权主张尚未解决，因此这对印度来说是无法接受的。

最近在瓜达尔召开的一次会议中，巴基斯坦陆军参谋长拉希勒·谢里夫（General Raheel Sharif）上将指责印度企图破坏中巴经济走廊建设。他说："我们的邻国印度公开反对这一项目，但是我们不会允许任何人在巴基斯坦的任何地方制造障碍或引起动荡。"尽管印度可能对中国的宏大计划心存防备，但分析人士指出，印度对"一带一路"应持谨慎态度，适当接受部分项目。

印度加入了中国牵头的亚投行，该行将为众多"一带一路"基础设施项目提供资金，这使印度在"一带一路"建设问题上拥有一定话语权。新德里观察者研究基金会的萨米尔·萨兰（Samir Saran）称，"针对中国建设的'带'和'路'，我们能否另辟蹊径，使印度融入更大的全球市场，而不是断然拒绝中国的倡议？我们能否利用中国的机构为我们服务呢？"

中国寻求"一带一路"项目境外投资者

原文标题： China Seeks Foreign Investors for One Belt，One Road Push

原文来源： Financial Times，2016 年 5 月 25 日

观点摘要： 中国公司没有足够的资金和经验落实"一带一路"所有项目，在中亚、中东和北非地区尤其如此，欧洲公司有更丰富的经验、更先进的技术和良好的社会关系，因此双方合作才更利于投资建设。

中国政府鼓励外国公司与中国企业在第三方国家共同投资"一带一路"项目，此举有助于中国在经济增长放缓的情况下保住国内制造业岗位的同时，加大投资力度。中国在第三方国家进行铁路、电力和水坝等项目的建设有望给这些国家由西方投资建立的工厂带来生机，这些工厂最初的建设目的就是为中国国内的广阔市场提供产品。

中国国家主席习近平提出的"一带一路"倡议旨在促进中国企业在境外贸易伙伴国的投资，以解决国内产能过剩问题。中国企业通过合作在第三方国家积极投资将为境外投资者参与"一带一路"提供机遇。习近平主席的地缘政治远见与李克强总理提出的"国际产能合作"这一更加微观的经济策略互为一体。

中－英商业理事会于周三发布了一份关于英国与中国公司在"一带一路"国家进行项目合作和共同投资的报告。来自该理事会的杰尔斯·布莱克伯恩（Giles Blackburne）说，"中国在第三方国家的投资建设项目主要基于这些国家与中国建立的长期良好关系，以及目前的关系现状。"

在地理上，"一带"主要指历史上古丝绸之路穿越的欧亚地区，而

"一路"指"海上丝绸之路"，即古代中国与东南亚、南亚、阿拉伯和非洲地区进行贸易的海上航线。近来，李克强总理在与法国和比利时国家领导人会晤时，提出在第三方国家进行共同投资的建议，习近平也欢迎英国公司积极参与其中。

对中国和许多大型境外投资者而言，"一带一路"倡议的吸引力在于，它能够解决诸多行业积累的制约发展的产能过剩问题。中国政府并不希望国有企业或大型私营企业倒闭。与此同时，外国投资商已在中国投入巨大财力和人力发展集成供应链，他们希望找到新的投资领域，而不是将工厂迁建别处。

例如，法国电力设备供应巨头阿尔斯通公司近期重建了北京附近的一座涡轮机厂。该厂始建于20世纪90年代，主要为中国的三峡大坝工程提供水轮机等设备。目前，工厂计划向中国水电合作伙伴提供设备，因为这些合作商在第三方国家参与了水坝项目的竞标。卡内基－清华全球政策中心中国外交政策专家赵克金说："中国公司没有足够的资金和经验实施'一带一路'所有项目，在中亚、中东和北非地区尤其如此，欧洲公司有更丰富的经验、更先进的技术和良好的社会关系，中国公司有资金优势，双方合作可以优势互补，利于投资建设。"

然而，中国大型国有企业与西方跨国公司以及项目建设国家之间的商业合作并非一帆风顺。每个大型项目都面临不同的劳工和安全标准，以及需要量身定制融资方案等各种挑战。英国工程和设计公司阿特金斯亚洲负责人克里斯·博德松（Chris Birdsong）说，阿特金斯公司与中国大型国有工程公司经过4年的磨合与共事后才建立了有效的工作关系，双方在中东和其他地方都有过合作。

中国建筑公司海外再谋发展

原文标题： Construction Companies Stage Second Act Overseas

原文来源： Financial Times，2016 年 6 月 21 日

观点摘要： "一带一路"将使中国公司的海外业务快速拓展，从而带来更多资金支持。显而易见，中国的建筑公司和建筑设备公司在"一带一路"项目地区非常活跃。

中国的建筑公司在近 20 年里参与的基础设施建设项目比以往任何时候都多，建设速度也更快。如今，它们得到了世界上最具实力的发展型金融机构的支持，在海外翻开发展新篇章。

中国交通建设股份有限公司（简称中交股份）在 2016 年《财富》（*Fortune*）杂志评选的全球 2000 强公司中排第 151 位，其发展目标体现了中国建筑业巨头全球化发展的远大志向。

该公司财务总监傅俊元告诉记者，"中交股份的最终目标是实现海外业务收入占总收入的一半。"尽管傅总监没有给出实现上述目标的具体时间，也没有透露公司海外业务占现有总业务的比例，但他说中交股份的国际订单比国内订单多得多。

中交股份现有来自全球 130 个国家的 11.2 万名员工。非洲是该公司投资建设的热点地区。傅总监说，2016 年第一季度中交股份在肯尼亚签署了至少 3 个建设项目，总价值 54 亿元。此外，中交股份还于 2016 年第一季度取得了恢复建设斯里兰卡一港口城市的项目，该项目投资 14 亿美元，曾一度因备受争议而中断。

同样，中国铁路集团总公司（简称"中铁"）也积极拓展海外业务，以弥补国内需求疲软造成的业务量缩减。公司董事长李长进先生说，公司将努力在

2020 年前使海外业务收入占总收入的 10%，明显高于 2015 年的 5%。

中铁目前在全球 68 个国家开展了 405 项建设工程，其中包括总长 427 千米的中国 – 老挝跨国铁路项目和总长 329 千米的埃塞俄比亚国家铁路建设项目。李董事长近期告诉记者："虽然公司目前海外业务量较小，但这也说明我们还有巨大的发展空间。"中铁即将承建的南美两洋铁路是目前最大的一个项目，该铁路将把巴西东岸的大西洋和秘鲁西岸的太平洋连接起来。

倘若没有世界上最具实力的发展型金融机构的支持，该公司承建如此巨大的项目难于登天。这些金融机构给项目提供资金，支持中国企业的项目建设顺利进行。

波士顿大学和中国社会科学院的一项研究显示，2014 年，中国两家政策性银行（中国国家开发银行和中国进出口银行）已向海外贷款累计约 6840 亿美元，仅低于西方国家支持的 6 家发展型金融机构 7000 亿美元的海外总贷款。

随着中国启动"一带一路"建设项目，这些巨额资金将发挥重大作用。"一带一路"涵盖了在 60 多个国家实施的基础设施建设项目，预计未来 10 年项目所需的投资额约为 9000 亿美元。波士顿咨询公司（BCG）新加坡高级合作人克里斯托弗·纳特西姆（Christoph Netlesheim）说："'一带一路'将加速中国公司在海外扩展业务，从而带来更多资金支持。显而易见，中国的建筑公司和建筑设备公司在'一带一路'地区非常活跃。"

曾为全球 1.5 万家建筑设备商提供过分析数据的瑞银信息分析公司（the UBS Evidence Lab）说，中国建筑设备公司如三一重工股份有限公司、中联重科和徐工集团都在积极实施海外业务拓展计划。分析显示，中国建筑设备公司目前在海外占有的市场份额为 7%，到 2025 年这一数字很可能会增至 15%。

瑞银公司分析师史蒂夫·费舍尔（Steven Fisher）说："中国建筑设备公司正在采取行动，进一步开拓西方市场，如果全力以赴、紧抓良机，将会抢占更大的市场份额。较低的成本是中国公司最大的竞争优势，与其他国外设备公司相比，中国公司能够在西方市场上提供比高端品牌相同配置产品低 15% 至 40% 的价格。"

中国敦促巴基斯坦军方在丝绸之路的
基础设施建设项目中发挥主导作用

原文标题： China Urges Pakistan to Give Army Lead Role in Silk Road Project

原文来源： Financial Times，2016 年 7 月 22 日

观点摘要： 中国认为，巴基斯坦军队是中巴经济走廊建设中的核心因素，并将巴军队的参与视为该项目成功的保障。

投资 460 亿美元从中国境内延伸至南亚的中巴经济走廊，建设进度缓慢，中国政府努力使巴基斯坦军队在走廊建设过程中发挥重要作用。中国如此急于得到巴军方的支持，说明习近平主席提出的旨在提高中国在丝绸之路沿线国家和地区影响力、帮助中国出口过剩工业产能的"一带一路"倡议遇到了难题。

2015 年，习近平主席对巴基斯坦进行国事访问，期间重点关注投资额达 460 亿美元，由一系列公路、铁路、电力和油气管道建设构成的中巴经济走廊项目，这也是巴基斯坦这个拥有核武器的南亚国家最大的外国投资项目。中巴经济走廊建设进展缓慢，双方需要商讨如何将提议变为具体的工程项目。关于政府和军方谁该掌握经济走廊所有权一事，巴基斯坦国内存在较大争议，这也是建设进度受到影响的关键。

巴基斯坦军方一直参与其国内土木、机械和电力工程建设，有大型基础设施建设的丰富经验。分析人士称，巴基斯坦在中巴经济走廊沿线部署了军队，对工程建设进行监督和管理。但是一些政治家提醒，军方参与工程建设会使他们更多介入平民事务，从而在政策制定中获得更大话语权。此外，中巴经济走廊途径许多局势动荡地带，安全隐患也是制

约该项目建设的因素之一。一支由巴基斯坦军队领导的 1.5 万人的安保队伍已部署到位，以确保中方人员人身安全。

"新丝绸之路"最终将把中国西部的新疆维吾尔自治区与中方援建的巴基斯坦城市瓜达尔连接起来，大幅缩短从中国到中东的陆上交通时间。但巴基斯坦国内也有人担心，经济走廊绕开了巴国贫困地区，最大受益者将是旁遮普省（巴基斯坦总理谢里夫的家乡）和一些金融及工业核心区。

一位巴基斯坦政府官员称："巴基斯坦就中巴经济走廊线路问题发生争执，这可能会使中国感到担忧。巴基斯坦政界分歧较多，而中国人并不习惯与他人发生争执，特别是在如此重大的项目上。"也有人认为，工程建设进度缓慢的原因是中巴经济走廊工期过长。伊斯兰堡一位资深外交官员说："这些建设项目需要多年才能竣工，工期超过巴基斯坦任何一届政府的任期，而中国当然想确保这些项目能如期完成。"

中国重视建造一条通往印度洋的安全通道，以减少对马六甲海峡这一"远东海上锁钥"的严重依赖。巴基斯坦原资深外交家、内政与安全事务评论员扎发尔·希勒里（Zaffar Hilaly）说："中国认为巴基斯坦军队是中巴经济走廊建设中的核心因素，并将巴军队的参与视为该项目成功的保障。"

中国货车沿丝绸之路抵达伊朗

原文标题：China's Silk Road Revival Steams ahead as Cargo Train Arrives in Iran

原文来源：The Guardian，2016 年 2 月 15 日

观点摘要：伊朗在中东战略位置显要，其周边有 15 个国家，并在北部和西南沿海拥有多条海上通道。正因如此，伊朗在中国的"一带一路"倡议中占有特殊地位。

　　一辆长途货运列车沿古丝绸之路从中国驶抵伊朗，这是一条横跨亚洲的商路，连接东方和欧洲乃至地中海。这辆载有 32 个集装箱的货运列车从中国东部省份浙江出发，途径哈萨克斯坦和土库曼斯坦，历时 14 天，全程 10399 千米，于周一抵达伊朗首都德黑兰。列车的运输时间比海运（从上海到阿巴斯港再到德黑兰）至少缩短了 30 天。

　　伊朗官方称，此举最终目标在于将铁路线延伸至欧洲，其中伊朗处于关键地位。这趟列车从浙江的贸易中心义乌启程，平均每天行驶 700 多千米。伊朗半官方机构梅赫尔通讯社援引国家铁路公司董事长穆赫·普尔赛义德·阿加伊（Mohsen Pour Seyed Aghaei）的话说："丝绸之路沿线国家都致力于复兴这条古商路。这趟沿丝绸之路行驶的列车不到 14 天就能抵达伊朗，这是前所未有的。"他说，这趟货运列车速度远超公路运输，彰显了"钢铁"丝路的巨大优势。

　　中国是伊朗最大的贸易伙伴。在国际社会对伊朗采取经济制裁期间，两国仍保持了商业往来，这一制裁直到 2015 年伊朗达成里程碑式的核协议后，才于 2016 年 1 月得以解除。中国国家主席习近平成为对伊朗制裁解除后首位出访该国的外国领导人。两国签署了未来 10 年实

现贸易额 6000 亿美元的协议。

  陆路和海路是中国"一带一路"战略的组成部分。2016 年 1 月，伊朗货船佩拉瑞号（Perarin）将 978 个来自"海上丝绸之路"沿线国家的集装箱运抵中国南部省份广西。伊朗国家新闻电视台称，"伊朗在中东战略位置显要，其周边有 15 个国家，并在北部和西南沿海拥有多条海上通道。正因为伊朗拥有连接中东和亚欧的多条运输线路，中国才看好其在'一带一路'倡议中的特殊角色。"

前澳贸易部长受雇于中国公司

原文标题：Andrew Robb's Work for Chinese Company Backed

原文来源：The Guardian，2016 年 10 月 31 日

观点摘要：中国提出"一带一路"，计划在亚洲投巨资发展基础设施，而澳大利亚企业在基础设施建设方面独具优势，既然如此，澳大利亚企业为什么不加入其中呢？

澳大利亚前贸易和投资部部长安德鲁·罗布（Andrew Robb）上周率团访问北京，并发表演讲支持"一带一路"。澳大利亚贸易和投资部长史蒂文·乔博（Steven Ciobo）对其前任的这一行为表示赞赏。尽管澳大利亚贸易促进机构——澳大利亚贸易委员会记录人员也参加了会议，但乔博声称这是一个"民间代表团"。罗布于两个月前受聘成为中国岚桥集团高级经济顾问，去年岚桥集团获得澳大利亚达尔文港 99 年的租赁权。

中国提出"一带一路"倡议，希望借此加大基础设施投资和促进贸易发展，从而加强欧亚和澳大拉西亚①（Australasia）各经济体之间的联系。乔博盛赞前任部长罗布（Robb）和克雷格·艾默生（Craig Emerson）能够共同努力，把握中国等亚洲国家创造的机遇，为澳大利亚企业拓展业务。他说，这一切很好地维护了澳大利亚的国家利益。

岚桥董事长叶成此前称，投资澳大利亚北部的达尔文港可使中国进入印度洋、南太平洋、印度尼西亚和巴布亚新几内亚市场。

此次罗布任职岚桥集团可能违反部长声明。声明称，部长不得在退

---

① 澳大拉西亚一般指大洋洲地区，包括澳大利亚、新西兰及邻近的太平洋岛屿。

休一年半内代表某个国家对政府进行游说。而罗布 2016 年 7 月才刚刚退休。

周二，乔博在接受天空新闻（Sky News）的采访时称，本代表团由澳大利亚和中国的企业代表构成，"绝非官方代表团"。他说："此次访问由澳大利亚中国工商业委员会组织，随行人员既有自由党人，也有工党人士，都是以私人名义进行的访问。澳贸委记录人员随团访问无可厚非，因为他们参加所有在中国举行的大大小小的商界和政府领导人的会议。"

刊登于《澳大利亚金融评论报》（Australian Financial Review）的一篇报告指出，参会人员还有维多利亚州政府官员、澳洲基建合作集团代表、澳大利亚商业理事会代表、必和必拓集团代表和几位澳大利亚大型银行和律师事务所的代表。乔博称，该民间代表团开会讨论了"一带一路"倡议，因为中国计划在亚洲投巨资发展基础设施，而澳大利亚企业在基础设施建设方面独具优势，既然如此，"我们的企业为什么不加入其中呢？"

乔博部长称，他上周在挪威会见了中国商业部副部长，对方明确表示，中国政府知晓罗布即将来华，以及他已不在澳大利亚政府任职一事。澳大利亚总理马尔科姆·特恩布尔（Malcolm Turnbull）周一说，在 9 月 2 日得到岚桥的聘任以前，罗布并未就此事和他讨论过。美国对澳大利亚将达尔文港租赁给中国一事表示担忧，特恩布尔却不以为然，他说，中国想投资澳大利亚基础设施早已"不是什么秘密"。

澳大利亚国防部秘书长丹尼斯·理查德森（Dennis Richardson）稍后表示，此事未与美国提前沟通实属失误。乔博指出，国防部和外国投资审查委员会签订了该租赁协议，但澳大利亚有使用其重要基础设施的权利。除禁止游说政府外，部长声明也规定，前任部长不得将任职期间掌握的机密信息用于谋取私利。工党助理财长安德鲁·利（Andrew Leigh）与绿党发言人李·里安农（Lee Rhiannon）要求特恩布尔解释政府如何确保罗布不将机密信息用于现在的工作。

澳大利亚外长朱莉·毕晓普（Julie Bishop）确信，罗布不会出卖国家机密或游说政府，并能更好地开始自己的新工作。周一她告诉澳大利亚广播电台："我们有部长行为准则，罗布说他非常清楚这一点，并会严守准则。这些准则对内阁成员退出政治舞台以后的生活提出了明确限制，但这并不意味着一位前贸易部长不能在退出议会后继续自己的职业生涯。"

《经济学人》（The Economist）

亚投行——基础设施投资之争

原文标题：The AIIB—the Infrastructure of Power
原文来源：The Economist，2016 年 6 月 30 日
观点摘要：成立亚投行绝非形势大好之时的愚蠢之举，它似乎更是临危受命，生逢其时。如今，全球资本撤出新兴市场，亚投行正好可以填补空白。

　　中国的全球影响力与日俱增，这使一些不得不让位的老牌国家颇感不安。与此同时，中国近期的金融波动也让很多投资者心神不宁。对这个庞大又脆弱的结合体，有人惶恐，有人担忧。亚投行的出现更是让这两种人忧心忡忡。亚投行于 2016 年 6 月 25 日在北京召开首届年会，并批准了首个价值 5.09 亿美元的项目。

　　亚投行的成立表明，中国渴望使其数额庞大但又饱受争议的官方海外借款制度化。除此之外，旨在复兴横跨欧亚大陆贸易通道的"一带一路"逐渐赢得越来越多国家的支持。借古丝绸之路之名，"一带一路"倡议希望与其慷慨相助的受惠国之间签订更多双边协议。亚投行则更具现代性和多边性，它被视为是 21 世纪中国对美国主导的世界银行和日本主导的亚行等贷款机构做出的回应。

　　亚投行体现了中国渴望绕过而非通过现有机制解决问题的决心。有人认为成立亚投行是一种挑衅，也有人视其为傲慢之举。在中国外汇储备迈向 4 万亿美元大关之时，亚投行应运而生。此后，人民币贬值、资本外流，在不到一年的时间里，中国外汇储备损失约 5000 亿美元，那么中国还能为塔吉克斯坦提供贷款吗？

　　事实上，我们既不用担心亚投行的出现，也无须为它的前景感到担

忧。中国在亚投行的融资额还不及其当前外汇储备的百分之一，亚投行1000亿美元的注册资本中有近70%都来自其他56个成员国；而且亚投行也将通过发售自己的债券来融资。成立亚投行不是形势大好之时的愚蠢之举，它似乎更像是临危受命，生逢其时。如今，全球资本撤出新兴市场，亚投行正好可以填补空白。另外，亚投行即将发售高评级债券，逐渐撤出的美元也可以因此得到安全资产的保护。

世界银行的借款项目涉及方方面面，与其不同的是，亚投行的借款项目紧紧围绕基础设施建设，并不在借款国家设立董事会或常设分支机构。另外，亚投行行动更迅速，在设立以来的短短6个月里，4个项目已获批，而世界银行等老牌多边借贷机构需要一到两年才能完成项目的最终审批。有人担心亚投行不按常规出牌，甚至会降低投资环境标准。但在亚投行首批4个项目中，3个都与其他银行联合融资，并完全按协议执行。亚投行投资2.17亿美元用于印度尼西亚154个城市的贫民区改造项目，该项目在世行一位专家的指导下，对可能出现的水土流失和地下水污染问题已经做好应对方案。同样，亚投行与欧洲复兴开发银行联合投资的塔吉克斯坦境内路段改善项目将巧妙、妥善地搬迁波斯博学大师阿维森纳的纪念碑。对亚投行保障措施的任何评估还须考虑另一问题：如果没有亚投行，中国很可能会在不受任何监督和审查的情况下实施双边贷款，现在之所以邀请其他成员国参与，也正是因为中国希望得到他国的认可和尊敬。

但如果中国愿意亚投行与现有贷款机构合作，又为何要另立门户呢？其中一个原因是，某些贷款机构迟迟不肯接纳中国。国际货币基金组织曾在2010年承诺给予新兴经济体更大话语权，但5年后美国国会批准通过这一决定时，按美元计算中国的经济已经增长了80%（日本经济缩水25%）。如果国际金融机构能为中国留有空间，中国仍可能绕道而行；如果不留空间，中国则注定要绕道而行。亚投行首个独资项目有望解决孟加拉国250万农村住户的用电问题，但类似的配电项目绝不只有这一个。

中国的项目，中国的规矩

原文标题：Our Bulldozers，Our Rules

原文来源：The Economist，2016 年 7 月 2 日

观点摘要：建筑工作已经展开，首批项目也已落地，"一带一路"已经开始挑战"欧亚两大洲分属两个平行贸易集团"的概念。

因为战争，曾将中国和中亚、中东、非洲，以及欧洲的商贾联系起来的庞大贸易网——丝绸之路一度被阻断，公元七世纪丝绸之路第一次复兴。中国国家主席习近平将古丝路时代视为黄金时代和中国治下的太平盛世，当时中国的华贵物品享誉全球；古丝绸之路不仅带来贸易增长，同时也是外交扩张的黄金通道。十九世纪，一位德国地理学家首次提出"丝绸之路"一词，中国饶有兴趣地采用了这一提法。今天，中国领导人希望复兴"丝绸之路"，再享荣光。

值得注意的是，曾经浩浩荡荡的商队和驼队被数量可观的大吊车和建工队所取代。2016 年 4 月，中国远洋海运集团有限公司收购了希腊第二大港口——比雷埃夫斯港 67% 的股权，在那里，中国公司又启动高铁工程，连通匈牙利，直抵德国。2016 年 7 月，中国为巴基斯坦设计的核反应堆三期工程正式动工，近期中国还宣布在巴基斯坦投资建设一条大型高速公路，并为塔尔沙漠的一个煤矿投资 20 亿美元。2016 年 1 月至 5 月，中国在海外签署的合同有一半以上都是与丝绸之路沿线国家签署的——这在中国现代历史上尚属首次。

与施工人员一起奔忙的还有政治家。2016 年 6 月，习近平主席访问了塞尔维亚和波兰，在到达乌兹别克斯坦前，他与到访的多个国家签署了合作项目。上周，俄罗斯总统普京在中国进行了简短访问，期间普

京、习近平和蒙古国领导人承诺将三方基础设施规划与新丝路项目相对接。同时，来自近 60 个国家的财政部长在北京出席亚投行首届年会。如同一列在喧嚣中驶出站台的蒸汽列车，中国这项最大的对外经济政策正在缓慢提速。

中国官方称这一政策为"一带一路"，对外则使用其英文首字母缩合词 OBOR，"一带"指举世闻名的陆上丝绸之路，"一路"指古代中国与欧洲之间的海上航线。让西方决策者颇费脑筋的是，"一带一路"没有固定的"形状"——没有官方成员名单，尽管大致算来有 60 个国家，而且带有这一标签的大多数项目已经开始动工建设。但不得不承认，"一带一路"意义非凡。

这一工程浩大无比。官方称投资高达 8900 亿美元的 900 个项目已经启动，其中包括一条从孟加拉湾途经缅甸到达中国西南部的天然气管道和一条连接北京和德国重要交通枢纽杜伊斯堡的铁路线。中国称，将在"一带一路"沿线各国累计投资 4 万亿美元，但未明确给出具体时间。中国政府断然拒绝将"一带一路"与马歇尔计划相提并论，他们认为二战后的马歇尔计划有利于美国及其盟友而将非盟友国家拒之门外，而"一带一路"是全面开放的。

"一带一路"对美国和传统的世界贸易秩序发起了挑战。在美国看来，世界上有欧洲和亚洲两大贸易集团。在两个集团中，美国都占据中心地位。依据传统模式提出的跨大西洋贸易与投资伙伴关系协定（TTIP）和跨太平洋伙伴关系协定（TPP）都充分体现了这一认识。但"一带一路"却打通了欧亚，将其视为一个大空间，在这个空间里，中心是中国而非美国。

2013 年，也即习近平出任国家主席一年后，在访问哈萨克斯坦期间他首次提出新丝绸之路计划。2014 年签署了第一批约 300 个以"一带一路"命名的合同，其中包括在巴基斯坦建设一个大型水电站的项目。过去两年间，相关机构纷纷成立。习近平主席还成立了一个监督"一带一路"项目建设的"领导小组"。

支持"一带一路"的金融框架已经成形。2015 年，央行为三家国有政策性银行注资 820 亿美元，用于"一带一路"项目建设。中国的主权财富基金为丝路基金融资 400 亿美元，注册资本达 1000 亿美元的亚投行也正式成立。在首届年会上，亚投行批准的贷款项目均流向了丝路沿线国家，如巴基斯坦、塔吉克斯坦和乌兹别克斯坦。

全中国已经动员起来。三分之二的中国省份将"一带一路"视为重点发展方向，例如，沿海的福建省省会福州已经鼓励企业到海上丝绸之路沿线国家和地区开展贸易，福州为此专门设立了自由贸易区，吸引来自东南亚国家的相关企业。许多大型国有企业都设立了"一带一路"办公室，希望能够为他们的项目争取到丰厚的资金。

中国对外直接投资大都流向了丝绸之路沿线国家。据官方估计，2015 年中国在"一带一路"沿线国家的对外直接投资增速比总对外直接投资快两倍。2015 年中国签订的海外工程合同中，有 44% 都是与"一带一路"国家签署的。2016 年仅前五个月，与"一带一路"国家签署的工程合同比例就高达 52%。

中国的投资方式也正在悄然改变。当今，中国企业负责管理其建设的"一带一路"基建项目；以往，中国只负责建设，管理权则移交项目所在国。理论上，这将使中国企业有兴趣长期参与丝路沿线国家的建设工作。然而，现实中的"一带一路"喜忧参半，尤以东南亚地区为甚。中国计划新建一条总长 3000 千米，从西南地区的昆明延伸至新加坡的高铁，但 2016 年 6 月，该铁路泰国段的谈判遭遇障碍。泰方称，他们将出资建设完成部分工程。类似事件不在少数。

同时，也有迹象表明，虽然划拨了巨额资金，但可行的项目并不多。丝路基金为投资海外基础设施而设立，但其最初的两笔投资都投在了中国公司在香港的首次公开募股上。

近期欧盟，特别是宣称与中国关系进入黄金时代的英国处境艰难。中国领导人或许会因此担心欧洲是否会支持"一带一路"，但是从长远来看，欧洲国家之间的竞争对中国有益无害。

"一带一路"也势必触动一些根深蒂固的官僚利益，利益的调整和重新分配困难重重。"一带一路"旨在拓展中国的商业机遇、降低经济对国内基础设施投资的依赖，以及输出少量钢铁、水泥等过剩产能。这些目标之间产生冲突在所难免。例如，中国应该优先考虑表现不佳的地方企业还是业绩平庸的国有企业？在减少国内基础设施投资的情况下，中国是否能帮助西部贫困省份加快发展？

"一带一路"已经向我们走来

尽管困难重重，挑战不断，但有理由相信新丝路的梦想终会实现。我们看到，亚洲基础设施需求旺盛；亚洲开发银行预测，截至 2020 年，亚洲每年所需基建投资额高达 7700 亿美元。因为需求强劲，发掘项目并不是大问题。世界银行中国局局长郝福满（Bert Hofman）指出，要从"一带一路"中受益，就应该与他国开展合作，并加强与中国的项目合作，单打独斗成本高昂，也会收效甚微。

另外，也要看到，中国需要"一带一路"。在中国国内，生活成本的上升和环保意识的日益增强使中国企业陷入两难。因此向具备相关基础设施的海外国家转移制造业不无道理。

当然，以上种种都并不意味着"一带一路"一定会马上取得很大成果，也无法保证所有对中国商业扩张行为持怀疑态度的国家会欢迎中国的计划。但是"一带一路"建设已经展开，首批项目也已落地。"一带一路"已经开始挑战"欧亚两大洲分属两个平行贸易集团"的概念。

TPP 夭折，几家欢喜几家忧

原文标题：Asia's Winners and Losers from Trump's TPP Dump

原文来源：BBC，2016 年 11 月 22 日

观点摘要：TPP 夭折，几家欢喜几家忧。美国盟友大跌眼镜，各生窘态，中国把握时机，成就梦想。

跨太平洋伙伴关系协定（TPP）夭折——特朗普宣布美国退出该协定，对此人们不该感到惊讶，因为尽管美国与其他 11 个国家签署的该协议涵盖了世界 40% 的经济体量，但是特朗普早在竞选时就曾明确表示反对 TPP。

虽然亚洲领导人对这一消息有足够的时间做好心理准备，但这并不意味着特朗普的决定不具有任何杀伤力。或许，这一决定会产生持久的经济和政治影响。

2016 年年初，新加坡总理李显龙在白宫发表讲话时就告诫与会者，应警惕美国退出 TPP 带来的不良后果。他说："如果最后在圣坛旁等待的人，没有等到新娘的出现，我想有人会伤心至极。这不仅让人从情感上难以接受，而且会在很长一段时间里造成切切实实的破坏。"

TPP 夭折的输家

新加坡

新加坡作为 TPP 创始成员国之一，是该协议的有力支持者。这个小小的岛国拥有该地区最大的港口，经济发展主要依靠贸易。新加坡期待从地区和全球贸易日益增长的海运和商贸服务中获益。

越南

彼得森国际经济研究所（Peterson Institute for International Economics，
PIIE）称，越南仍然是一个相对封闭的经济体，所以有望成为 TPP 的最
大受益者。TPP 将使越南的大米、海鲜、纺织品和其他低端产品获得零
关税准入。据估计，到 2025 年越南经济有望借助 TPP 增长 10 个百分点。

马来西亚

彼得森国际经济研究所还提到，2025 年前马来西亚经济将增长
5.5%，该国棕榈油将进入美国市场，但根据协议，马来西亚必须同意
提高劳工标准。

TPP 夭折的赢家

美国主宰下的 TPP 宣称：加入我们，大家共同致富，一起遵守国
际准则，实现共赢。如今，这一期望早已化为泡影，相反，最大的赢家
却是那些一开始就没有加入 TPP 的国家……

中国

正如我的同事卡里·格雷西（Carrie Gracie）所言，中国正在通过
区域贸易协定、区域全面经济伙伴关系协定以及耗资巨大、气势恢宏的
"一带一路"倡议走美国曾经走过的全球化发展道路。其他未加入 TPP
的国家，如泰国、菲律宾以及与中国关系密切的老挝、柬埔寨等国也都
将获益于区域全面经济伙伴关系协定和"一带一路"。中国现在正扮演
着几十年前美国借助其金融组织和国际机构在亚洲所扮演的角色。

有分析人士指出，中国正在亚洲展开新的"大博弈"（19 世纪大国
在中亚展开的激烈竞争），抓住一切可能抓住的机会，提高区域影响
力。特朗普退出 TPP 正好让中国得偿所愿。

"一带一路"新进展

原文标题：Belt And Road Insights

原文来源：Modaq. com，2016 年 9 月 22 日

观点摘要："一带一路"战略为中英两国合作提供了绝佳机遇，也使中
国与欧盟的战略合作取得新进展。

"一带一路"倡议是中国政府于 2013 年提出的旨在推动和促进丝
绸之路沿线国家经济合作的发展战略。我们重点关注"一带一路"的
环境和基础设施建设，希望能与读者一同了解最新进展。

香港基础设施融资便利办公室强化了香港融资中心的地位

为将香港打造为融资中心，为"一带一路"在印度、东南亚和中
东地区的基础设施项目提供资金支持，香港金融管理局与全球基础设施
中心、国际金融公司签署协议，成立了香港基础设施融资便利办公室。
这一新机构隶属于香港金融管理局，其高级管理人员也将来自金融管
理局。

香港基础设施融资便利办公室不参与具体项目交易，而是为其 40
个合作伙伴提供融资事宜讨论平台，其成员包括多边发展银行与机构、
公共部门投资者、项目开发者和运营商、商业银行、资产管理人和专业
服务公司等。美国的黑石集团、汇丰银行和中国中电集团都是其合作伙
伴。香港基础设施融资便利办公室的成立将强化香港融资中心的地位。

"一带一路"战略为中英两国合作提供了绝佳机遇

中英商会近期发布了《中英"一带一路"案例分析报告》，报告提

供了 21 个中英合作范例。两国企业界已开启强强合作模式，共同致力于总价值达 270 亿美元的"一带一路"合作建设项目。

报告指出，尽管中国公司在建设现代化基础设施方面积累了丰富的经验，能够充分发挥专长，服务于"一带一路"，但必须看到两国企业携手合作才能更好地实现互惠互利，因为在"一带一路"沿线极富挑战性的商业和地理环境下，毕竟英国企业的应对方案更具优势。

中国亿赞普集团将运营斯里兰卡的马塔拉机场

尽管还未到竞标意向书提交的最终时间，但中国信息技术公司亿赞普已经成为斯里兰卡马塔拉—拉贾帕斯卡（Mattala Rajapaksa）国际机场运营权的最大竞争者。

该机场每日仅有两趟航班，有待大力发展。目前机场收入微薄，而且需要偿还中国进出口银行 2 亿多美元的贷款，这对斯里兰卡本国经济造成不小的负担。

亿赞普集团致力于在"一带一路"沿线国家发展综合性服务平台网络，集团与招商局国际（中国招商局集团下属上市公司，China Merchant International）合作，建立了港口联盟平台，有意在斯里兰卡开发港口，全球 29 个港口和 55 个码头已经进入这一平台。

中国与欧盟战略合作取得新进展

为期两天的欧盟与中国领导人峰会于 7 月 13 日落下帷幕。欧盟理事会主席唐纳德·图斯克（Donald Tusk）说，欧盟与中国领导人相聚北京，"共同推进双边战略合作关系"。

欧盟有意将欧洲战略投资基金与"一带一路"战略相对接。欧盟投资基金准备利用原始资本释放 3490 亿美元的公共和私人资本，以支持基础设施建设。此外，中国有望向欧盟基础设施基金投入 22.1 亿美元。

中国将与欧盟签订双边投资协议备忘录，为将来的中欧自由贸易协议谈判提供便利。但是，中国与欧盟需要解决双方在中国贸易补贴、产能过剩和知识产权保护等方面存在的分歧。欧盟也表示愿在取得实质性进展前与中国建立互惠性投资关系。尽管仍存在一定阻碍，欧盟还是愿意与中国建立和发展贸易关系。欧盟理事会主席唐纳德·图斯克在写给中国总理李克强的信中强调，双方公开真诚的交谈"反映了欧盟与中国深入的战略伙伴关系，以及欧盟对双方关系的充分重视"。

《明镜周刊》（Der Spiegel）

新丝路改变世界

原文标题： Das Projekt Welteroberung

原文来源： Der Spiegel，2016 年第 35 期

观点摘要： 中国政府致力于修建联通中亚与欧洲的铁路、管道以及高速公路，希望以此复兴世界上最著名的贸易路线——丝绸之路。这一规模空前的战略或将改变世界格局。

现年 63 岁的中国国家主席习近平试图重现神话、复兴传奇——沿古代丝绸之路兴建一条"新丝绸之路"。近来，他的许多演讲都提及"一带一路"，这是一项巨大的工程，全球约 60 个国家，超过一半的人口都将参与其中。

一方面，中国想要拓展丝路沿线的贸易；另一方面，还要大力推动沿线国家的基础设施建设。为此，中国已经划拨 400 亿美元的资金。无论是从立陶宛到非洲之角，从斯里兰卡到以色列，还是从巴基斯坦到伊朗，沿途都将兴建铁路、管道和港口。其中两条铁路线，郑州—汉堡线与重庆—杜伊斯堡线均延伸至德国。

中国发起设立了亚投行，为这一规模宏大的项目提供资金支持。一直以来，美国在国际货币基金组织和世界银行等机构中并未给予中国充分的话语权，对此，中国早已颇为不满。2015 年 6 月，57 个国家不顾美国的反对签署了合作协定，法国、英国、德国也在其列。由此可见，中国的项目气势恢宏，没有哪个国家能够拒绝其诱惑。

然而，中国究竟为何提出"新丝绸之路"战略？是像中国官方宣

称的那样，仅仅为了推动远邦近邻的经济发展和联通世界？还是中国试图通过全球化拯救国内日渐下行的经济形势，为过剩产品寻找外销路径，并确保原油进口路线的畅通？又或者说，这是一个改变世界的计划，目的是打破西方强国的统治地位？

中国的近邻哈萨克斯坦在这一战略中扮演着重要角色。该国总统纳扎尔巴耶夫非常重视与中国发展"战略伙伴"关系。过去几年间，中国控制了该国近三分之一的矿产资源。俄罗斯有意与中国加强合作，希望中国的投资能够刺激俄罗斯国内衰退的经济。但因为在克里米亚问题上的分歧，俄罗斯对中国仍持怀疑态度。伊朗和土耳其则表示赞成，中国一直以来都是伊朗最大的出口贸易伙伴，而土耳其在国际政坛上一贯少朋寡友。在东欧，这一战略获得了意想不到的大力支持。曾与俄罗斯关系密切的白俄罗斯转而与中国展开密切的经济合作。中国已经与塞尔维亚和匈牙利达成一致，投资从贝尔格莱德到布达佩斯的铁路项目。在克罗地亚和波兰也有中国参股的水电站，中国还投资扩建了立陶宛的克莱佩达港。捷克总统泽曼表示："我希望，捷克能够成为中国进入欧盟的大门。"

中国各大国有企业来势汹汹，发起了针对丝路沿线项目的投资热潮，尤其是在高新技术领域。与此同时，在国内，中国政府一方面通过地方保护主义使其企业免遭来自外国企业的竞争压力，另一方面则为西方企业设置障碍。然而，对于这种双重标准的做法，欧盟目前并没有采取统一应对策略。不仅如此，欧盟对于"一带一路"战略也并未形成统一意见。

在欧盟内部，有人对东欧国家亲近远东经济体的行为表示担忧。在去年秋天的北京之行中，德国总理默克尔（Angela Dorothea Merkel）说："如果整个欧洲无法统一意见，那是我们自己的责任。"

一个海洋强国的雄心

原文标题：Ehrgeiz einer Seemacht

原文来源：Der Spiegel，2016 年第 36 期

观点摘要：中国希望通过"21 世纪海上丝绸之路"联通全世界所有的海洋，这一大胆的计划令印度和美国感到困扰，也使欧洲震惊不已。

3 年前，中国国家主席习近平宣布，中国不仅要复兴古代那条从中国西部途经中亚，一直延伸至近东和欧洲的陆上贸易路线，还要建设一条海上丝绸之路。这条通道上将遍布港口和海军基地，与运河、公路和铁路相连，由中国参与投资和建设。

海上丝绸之路与陆上丝绸之路有以下 3 点不同：第一，海上丝绸之路沿线国家数量更多，因而也就意味着更大的市场。而且中国政府至今没有明确指出海上丝绸之路的终点。中国外交部的一位高级官员说，巴拿马"的确距离遥远，但这并不是问题，澳大利亚也在我们的考虑范围之内"。2015 年，在巴拿马收购了一座港口的中国企业又与澳大利亚的达尔文港签订了长达 99 年的租赁合同。

第二，中国已经在通往西方的海路沿线投资数十亿美元，启动了大量工程。而从陆上丝绸之路的哈萨克斯坦到克罗地亚沿线，许多项目还停留在计划阶段。从马来西亚的关丹产业园到比利时的泽布吕赫（上海接管了当地港口的一个货栈），十多个项目已经投产。

第三，为便于同中亚以及东欧各国开展合作，中国努力争取俄罗斯和欧洲的支持。但与此同时，中国在西太平洋和近东地区日益扩大的影响力激怒了另外两个大国——印度和美国。

曾参与起草习近平2013年演讲稿的一位官员说："我们不是封建帝王，并不想统治世界。'海上丝绸之路'是一个和平的概念，一个合作的概念。谁参与，谁受益。"但事实果真如此吗？中国的海上丝绸之路倡议是否仅仅出于经济考量，而与政治无关？在一个如此宏大的计划中，政治与经济真能划清界限吗？

因为斯里兰卡爆发内战，美国、印度和欧盟从2008年起逐渐退出该国。与此同时，中国开始了对斯里兰卡基础设施项目的投资，目前，投资总额已超过50亿美元。中国还投资了马尔代夫的大量基础设施项目。从阿曼到沙特阿拉伯，到处都有中国企业承建的工程。在以色列，中国企业承建了该国3个最重要的基础设施项目。所有接受采访的驻外中国企业主都表示，中国人只关心经济，并没有政治目的。

距中国提出"21世纪海上丝绸之路"的倡议已经过去了3年时间，德国和欧洲从中能够有何借鉴？有一点显而易见，中国大力投资支持的国家基本都是沿海小国，它们各有各的困难，而这些困难只能求助于中国。例如，缅甸、孟加拉国和马尔代夫的基础设施极为薄弱；巴基斯坦的建筑行业发展滞后；而近东的许多国家和希腊的财政状况都甚为堪忧。

一个国家要成为世界强国，就必须重视地理战略。中国选择在印度撤出时支持斯里兰卡，这绝非巧合。而在以色列和沙特阿拉伯与他们的保护者美国产生隔阂时，中国开始在这两个国家扩大影响力，这一行为也很难说是巧合。

《南德意志报》（**Süddeutsche Zeitung**）

中国的新丝绸之路

原文标题： Chinas neue Seidenstraße

原文来源： Süddeutsche Zeitung，2016 年 8 月 16 日

观点摘要： 中国的国有企业集团大量投资海外港口，以此确保通往欧洲
大门的畅通。这对汉堡港来说可能并不是一个好消息。

    7 年前，有一件破天荒的大事——2009 年，中国最大的航运企业中国远洋运输集团（COSCO）租用了半个比雷埃夫斯港，租期长达 35 年。该项目足足花费了中国投资者 6.47 亿美元。当时，人们纷纷猜测，中国的国有企业在一个陷入危机的欧洲国家租下港口，目的究竟何在？难道中国试图通过资助穷困潦倒的希腊来扩大自己在欧洲的影响力？事实远非如此。

    比雷埃夫斯港仅仅只是开始。现在，远在汉堡的人们也察觉到了事态的发展。几年前，中国的国有企业就已经开始在整个地中海地区有计划地投资众多港口，这些港口构成了一张致密的网络。中国企业在意大利、埃及、以色列、土耳其和阿尔及利亚都进行了港口投资，包括热那亚港、那不勒斯港、亚历山大港、塞得港、海法港、阿什杜德港、昆波特码头和舍尔沙勒港。7 年前，中国投资希腊的港口对欧洲来说是喜讯，但今天看来，中国的投资行为将对欧洲构成威胁。

    中国的目的显而易见——利用港口网络保证来自中国的商品在最短时间内到达欧洲各大城市，这样可以大大降低运费，以确保中国商品的竞争优势。世界上没有任何一个国家像中国这样在出口贸易中做出如此巨大的投入，至少在港口数量方面确是如此。

许多计算机生产商将产品尽数运往比雷埃夫斯港

实际上，大量控制欧洲港口的理念是中国政府经济战略的重要组成部分。2013年秋，中国国家主席习近平提出了建设新丝绸之路的设想，也就是所谓的"一带一路"战略。欧洲和亚洲的许多地方都将形成交通和运输网络，虽然其中有些设想更像是天方夜谭（例如，北京至伦敦的高铁项目）。但关键是，中国决定通过实际行动投资建设多项耗资巨大的超级工程，包括兴建新港口或利用旧港口创造新产值（例如比雷埃夫斯港）。自从中国远洋运输集团入驻以来，许多计算机生产商纷纷将在中国装配完成的产品装船，尽数运往希腊。2012年，惠普公司是先行者，中国生产商中兴和华为紧随其后，在此期间，索尼公司也利用了这一希腊港口。今天，来自中国东部沿海的产品在短短一周内便可途经苏伊士运河运抵欧洲。

未来，比雷埃夫斯港还将在欧洲扮演更重要的角色。2014年底，中国、塞尔维亚和匈牙利三国领导人签署了一项合作协议，计划修建从布达佩斯到贝尔格莱德的铁路。2017年，这项工程就将竣工。届时，来自亚洲的商品运输时间将大大缩短。

在汉堡，人们也能预感到大事不妙。就在2016年5月，中国远洋运输集团的一家子公司在欧洲完成了另一项收购，取得了欧洲第一大港荷兰鹿特丹港35%的股份，而鹿特丹港正是汉堡港的老对头。

《欧洲时报》（Nouvelles d'Europe）

"一带一路"三岁，共赢果实初结

原文标题： "一带一路"三岁，共赢果实初结

原文来源： Nouvelles d'Europe，2016 年 9 月 30 日

观点摘要： "一带一路"从无到有，从点到面，从倡议到实践，从招致外界质疑到越来越多的国家加入其中；三年来，"一带一路"从无到有，从点到面，从倡议到实践，从招致外界质疑到越来越多国家加入"大合唱"，致力于重现古丝绸之路的繁华、再创文明交融的盛世。

"一带一路"建设三周年了！三年前，中国领导人习近平在出访哈萨克斯坦和印度尼西亚时，先后提出建设"丝绸之路经济带"和共建"21 世纪海上丝绸之路"的倡议。"一带一路"自此进入中国政治经济话语，并随着领导人高层访问团的宣传进入国际视野。

三年来，"一带一路"从无到有，从点到面，从倡议到实践，从招致外界质疑到越来越多的国家加入其中，致力于重现古丝绸之路的繁华、再创文明交融的盛世。

"一带一路"是什么？按照中国官方的规划，"一带一路"建设分为陆上路线和海上路线。陆上路线依托国际大通道，以沿线中心城市为支撑，以重点经贸产业园区为合作平台，共同打造新亚欧大陆桥、中蒙俄、中国–中亚–西亚、中巴、孟中印缅、中国–中南半岛等国际经济合作走廊；海上路线以重点港口为节点，共同建设通畅、安全、高效的运输通道。

　　形象地说，亚欧大陆的国家、城市、港口，从孤立分散的原子状态，变为抱团凝聚的分子状态。相互之间联结的强化，靠的是国家层面的政策沟通，经济层面的基础设施互联互通、贸易畅通、资金融通，以及社会层面的民心相通。"一带一路"是一个开放共赢的平台，中国只是发起者和实践者之一，所有感兴趣的周边沿线国家都可以参与其中，谁参与，谁实践，谁受惠。

　　"一带一路"成效如何？变则通，通则兴。从数据上看，中国与56个国家和区域合作组织发表了对接声明，上马的大型基础设施建设项目38项、重大能源项目40项，中国与沿线国家的货物贸易和直接投资成绩喜人，亚投行、金砖国家新开发银行批准了多个贷款项目，900多个"一带一路"项目进入储备库……这些数字的背后，是各国之间更有效的供需匹配，是生产要素在国际空间更有活力的流动，是沿线国家就业岗位的创造、社会民生的改善。

　　在哈萨克斯坦，"过去进展缓慢的基础设施建设，最近3年却得到飞速发展"，民众对来自中国的公务团、商务团很有好感；从中国出发，经过霍尔果斯口岸直抵欧洲的铁路线，把来自成都甚至浙江的货物一路运到欧洲；中国的民营企业买下英国皇家御用百货，养活了1.7万多名英国员工；中东欧的酒类、乳制品被卖到了中国；希腊比雷埃夫港完成收购……这些实实在在的"成就感"，及其产生的示范效应和放大效应，正是"一带一路"建设赢得越来越多掌声的原动力。

　　三年来，"一带一路"建设在外界质疑声中逐渐发展。可以肯定的是，这种质疑声在相当长的时间里仍会存在。在经济不太发达地区，"一带一路"是香饽饽，各国争着参与其中，借机搭乘中国经济发展的快车；但欧洲部分国家，对"一带一路"就不那么热心，一方面担忧"一带一路"的政治考量大于经济考量，另一方面不确定哪种资本合作模式才能保障自身利益最大化。"一带一路"沿线的小国家则担心"小蚂蚁"和"大象"合作是否会吃亏？

　　这表明，"一带一路"建设的政策沟通工作、对外阐释工作非常重要，中国政府务必一直重视这两项工作。

　　首先，中国要以诚相待、积极变通，借助支点国家影响其他国家乃至整个区域。对于小国家，中国要多从对方的需要出发，让对方相信合作是平等的，从而建立起对中国的信任；对于精于算计的国家，应多磋商，寻求双方都能接受的利益共赢模式，比如中法之间的"双方合作在第三方共同发展"的模式。在此基础上，发挥支点国家的示范效应，如中东欧的捷克、西欧的法国、中亚的哈萨克斯坦、南亚的巴基斯坦，并逐步达成与区域内其他国家的合作。

其次，重视华侨华人以及华媒，发挥其穿针引线的作用，讲好中国故事。有的华侨华人活跃在所在国的政治、商业和文化圈，可以结合该国发展需要，利用自身影响力推介中国"一带一路"有关项目；有的华侨华人熟悉当地的国情、法律、风俗，可以当好中国企业在海外投资的参谋和合作伙伴；华文媒体利用信息优势，紧跟"一带一路"研究，积极报道"一带一路"，起到信息传递和发布的作用。

最后，经济和文明共同发展，用文明的融合弥合信任赤字。国之交在于民相亲，融洽的民间氛围有助于防止民粹主义滋生，文化交流有利于降低合作项目因偶发因素而夭折的概率。最近几年，很多中国在海外投资的港口等基础设施建设项目，因为所在国政府更迭、民间情绪被煽动等流产。对此，中国既要增加风险管控意识，也要想办法做好形象公关。中企在沿线国家投资，应多承担社会责任，提升形象；中国应与沿线国家的民众多沟通，通过旅游、留学增进相互认知和友谊。"一带一路"的经济效益固然重要，文明融合的意义同样不能低估。

海外华侨华人期待"一带一路"战略与沿线国家分享中国发展机遇，共同繁荣，为世界经济走出危机、促进世界和平做出独特的贡献。

中法企业家聚首讨论"一带一路"

原文标题： 中法企业家聚首探讨"一带一路"拉法兰：为法国提供机遇

原文来源： Nouvelles d'Europe，2016 年 10 月 7 日

观点摘要： 法国展望与创新基金会、国际企业领袖俱乐部、中欧飞达咨询公司共同举办了中法企业家交流晚餐会。会上，中方向法方介绍了"一带一路"战略，旨在为中法企业家创造更多互相了解、交流、合作或共同投资的机会。

　　2016 年 10 月 5 日晚，法国展望与创新基金会（Fondation Prospective & Innovation）、国际企业领袖俱乐部（International Business Leaders Club）、中欧飞达咨询公司（FEIDA Consulting）共同举办了中法企业家交流晚餐会。40 多位中法企业家和创业家共聚一堂，他们来自金融、投资、医疗、互联网及高科技、农业、旅游、房地产、建筑等行业。法国前总理、法国展望与创新基金会主席拉法兰，中国驻法国大使馆经济商务参赞处朱剑逸参赞，中欧国家领导人会议数字经济专家顾问、中国著名经济学家、北京大学曹和平教授出席餐会并发表致辞。

　　拉法兰表示，法国和欧洲还没有完全意识到"一带一路"建设的重要性，这不仅是政治性的战略，也是一项金融战略。中国意识到，解决国内的产能过剩问题需要开拓更广阔的市场，而"一带一路"能够把中国与欧洲国家更紧急地连接起来。在当前全球化的背景下，很多国家却背道而驰，实行保护主义政策。但只有各个强国组成经济联盟的情况下，世界经济才能走出困境，迎来更好的未来。他认为，中国的"一带一路"战略则为法国提供了这个机遇。

朱剑逸参赞表示，中法经贸混委会第 24 次会议刚刚在巴黎成功举行，中国商务部部长高虎城、法国外交与国际发展部部长埃罗、法国经济和财政部部长米歇尔·萨班共同探讨了中法两国之间的重要议题，其中包括"一带一路"战略。中法两国刚刚开通了连接武汉和里昂两个重要城市的铁路线路，在"一带一路"的框架下，这条铁路线将不仅仅是一条交通路线，还将成为两国之间友谊的纽带。双方就落实两国领导人达成的经贸共识和成果，深化务实合作，扩大双向投资，推动地方间、第三方市场、养老及健康合作等议题深入交换意见。

曹和平教授还为法国企业家详细地介绍了"一带一路"战略。此次交流晚餐是在中国经济由制造业向消费、服务业转型，"一带一路"战略推动的背景下举行的，旨在为中法企业家创造更多互相了解、交流、合作或共同投资的机会。在此次法国逗留期间，国际企业领袖俱乐部近 20 位商业精英不但与法国展望与创新基金会的几家会员企业通过研讨会进一步探讨合作机会，而且参观施耐德公司、华为公司、爱德蒙·罗斯柴尔德私人银行和资产管理公司，学习这些企业在各自领域的先进经验，探索可能的合作机会。他们还在知名的巴黎 HEC 商校接受了一天关于金融创新和创新展望的培训。

国际企业领袖俱乐部秘书长朱海洋先生介绍："俱乐部自 2014 年在美国加州成立以来，目前约有 600 位成员，平均年龄 40 岁左右，年均企业营业额在 5000 万美元左右。先后与美国加州大学管理科技学院、上海交通大学合作创建了'国际工商管理 EMBA/DBA 教育项目'，与北京大学经济学院合作创建了'国际金融 EMBA/DBA 教育项目'。至今已经有 260 多名来自国内制造业和金融业的企业家参加了这两个国际高端教育项目。企业家们对此次法国之行印象深刻，对中法之间的合作机会非常感兴趣，例如在智能科技、节能与减排、清洁能源等领域。我们会在回国后继续跟进相关项目。"

"越来越多的中国企业家希望了解西方成熟市场的运作方式，挖掘与西方国家的各种合作机会，这种趋势将会在未来几年内持续发展。但中国企业家同时也需要可以真正帮助他们了解西方市场、企业与机遇的高质量媒介和平台。相信通过类似于今晚这样的交流活动，中法企业家会加深对彼此的了解，进一步促进中法商务的发展。"负责组织国际企业领袖俱乐部此次法国之行所有商务参观与交流的中欧飞达咨询公司创始人李春燕如是评论。

俄罗斯新闻社（Российское информационное агентство）

俄罗斯"东向"刚刚开始

原文标题： Поворот России на Восток только начинается.

原文来源： Российское информационное агентство，2016 年 5 月 31 日

观点摘要： 对俄罗斯及其伙伴国来说，欧亚大陆一体化是未来几十年的中心计划，要实现这一目标，就必须加速欧亚经济联盟建设与"丝绸之路经济带"建设的对接。欧亚经济联盟建设和"丝绸之路经济带"建设的对接是促进两个欧亚大国合作最富前景的计划。

在分析俄罗斯"东向"战略的背景、意义和实施中可能遇到的困难时，俄罗斯国立高等经济大学世界经济和世界政治系"欧洲与世界研究中心"主任博尔达切夫（Тимофей Бордачев）指出，俄罗斯必须做到战略上与中国靠近，并保持高度信任，除此之外，也要消除外部势力散播俄中不信任观点以及必须通过免签等制度促进两国人民互动。只有这样，才可能在欧亚大陆建立起以共同利益和价值观为基础的国际关系新结构，提高两国在世界舞台上的地位，促进欧亚大陆发展。在新结构日益形成的局势下，俄中两个欧亚大国的合作是最佳选择。

欧亚经济联盟建设和"丝绸之路经济带"建设的对接是促进两个欧亚大国合作最富前景的计划。这一对接旨在保障双方的发展计划能够协同进行，以及在欧亚交通物流体系的基础上探索共同发展的新领域，使中央欧亚大陆成为世界最大的合作区域。但要在大欧亚框架内推进新共同体的建立，两国就必须解决一系列共同问题，如地区极端主义、环

境污染、水资源匮乏、毒品交易，以及域外某些势力带来的负面影响。对俄罗斯及其伙伴国来说，欧亚大陆一体化是未来几十年的中心计划，要实现这一目标，就必须加速欧亚经济联盟建设与"丝绸之路经济带"建设的对接。

虽然"丝绸之路经济带"建设不能使交通和物流最优化，但是中国通过大量基础设施、贸易和服务项目给诸多国家创造了发展本国经济的机会。这些计划的成功还将提高区域稳定性和安全性，充分体现中国西部和中央欧亚大陆的潜力。

2015年5月8日，俄罗斯和中国发表了《中华人民共和国与俄罗斯联邦关于"丝绸之路经济带"建设和欧亚经济联盟建设对接合作的联合声明》，加入该声明的国家还有亚美尼亚、白俄罗斯、哈萨克斯坦和吉尔吉斯斯坦。俄中双方声明，有意建立一个有助于发展欧亚经济联盟和中国双边贸易的机制，并计划依托上海合作组织、亚投行和丝路基金开展合作。最重要的是，上合组织的发展与建制可能促进欧亚大陆共同体的形成，所以必须完善对接中的各方面工作并使之相互补充。

欧亚经济联盟与丝绸之路：世界新秩序

原文标题：ЕАЭС и Шелковый путь：новый мировой порядок

原文来源：http：//www. vestifinance. ru，2016 年 6 月 16 日

观点摘要：欧亚经济联盟和"丝绸之路经济带"对接计划对于欧亚大陆一体化的形成具有促进作用。区域化发展是对当代局势做出的积极回应，也是对国际互动新模式和建立新型世界经济结构的探索。

今天，在圣彼得堡举办了主题为"新经济现实临近之际"的第 20 届国际经济论坛。国际贸易和一体化研究中心主任、经济学博士弗拉季米尔·萨拉玛托夫（Владимир Саламатов），经济学博士安德烈·斯巴达（Андрей Спартак）和经济学副博士巴维尔·卡朵奇尼科夫（Павел Кадочников）提交了题为《欧亚大陆一体化中的经济带》的分析报告。报告共计 200 页，旨在探讨欧亚经济联盟和"丝绸之路经济带"建设的对接方案，以及筹划建立里斯本经远东至上海的沿线国家和地区的贸易经济伙伴关系，报告分析了欧亚大陆多边合作的新维度。

在接受俄罗斯电视台经济频道的采访时，萨拉玛托夫指出："这是第一部关于欧亚经济联盟和'丝绸之路经济带'对接计划愿景的全面分析报告。我们力求分析该计划的所有可能性和前景，这对提升俄罗斯和欧亚经济联盟各国经济水平以及整体促进欧亚大陆一体化发展具有重要意义。当前，世界各国正在推进已有和新近达成的贸易协议，如跨太平洋伙伴关系协定或跨大西洋贸易与投资伙伴关系协定。对欧亚经济联盟各国而言，国外市场中待遇均等的区域急剧缩小。这主要是因为，大国之间实施了大规模的互惠政策，从而在与协议外国家的价格竞争中获

得了实质性优势。所以在俄罗斯和欧亚经济联盟现有条件下，必须积极革新战略，改变世界贸易体系的未来布局。"萨拉玛托夫认为，新战略应考虑欧亚经济联盟与"丝绸之路经济带"的对接计划和欧亚经济联盟与中国的大规模经济贸易协议以及与东南亚国家联盟的深入合作。

在该战略背景下，报告着重分析了欧亚经济联盟与"丝绸之路经济带"建设的对接。报告首先概述了"一带一路"倡议的提出、主旨和规模，中国的发展现状以及欧亚经济联盟所面临的问题，并提出了应对措施。报告指出，"一带一路"是欧亚大陆一体化的催化剂。"一带一路"倡议的宗旨是推进亚洲、欧洲和非洲大陆及临海区域的相互联系，建立和巩固各国之间的伙伴关系。"丝绸之路经济带"建设将扩大俄罗斯和中国在投资、贸易、交通基础设施、石油天然气、通讯、民航等领域的合作。总之，俄罗斯企业正在进入"丝绸之路经济带"沿线各国市场。近几年，欧亚大陆已经成为经济一体化进程中飞速发展的中心。

区域化发展是对当代局势的回应，也是对国际互动新模式和建立新型世界经济结构的探索。

非 洲

《金字塔在线》(**Ahram Online**)

"一带一路"构建埃中合作新框架

原文标题：One Belt, One Road：a New Framework for Building an Egyptian – Chinese Partnership

原文来源：Ahram Online，2016 年 1 月 22 日

观点摘要：与西方国家在过去几十年里提出的倡议和项目不同的是，"一带一路"由发展中国家中国推动。它以现有双边和区域合作框架为基础，不限定地理区域，将贸易与发展紧密联系在一起；"一带一路"愿景符合亚太文化与传统，因此受到众多国家的拥护。

2013 年，中国国家主席习近平提出"一带一路"倡议，它无疑是人类历史上最大、最重要的战略之一。这一倡议和西方过去几十年在政治、经济或文化领域提出的战略有着显著差异。

"一带一路"要取得成功，中国和众多发展中国家的决策者就必须意识到创造条件的重要性。此外，"一带一路"沿线国家积极合作才能营造必要的地方和区域环境，进而克服困难，将倡议转化为实实在在的经济效益和发展成果。迎接这些挑战的重任当然就落在了中国及其区域合作伙伴的肩上，埃及在"一带一路"建设中也扮演着关键角色。

基于本人对埃中关系发展的认识，经过与中国研究中心和大学几位同行的交流，在此提出以下几点建议，希望能够帮助埃中两国决策者做出有利于两国关系发展的决定。确保"一带一路"倡议取得成功也有助于开启南南合作，翻开埃中关系的新篇章。

"一带一路"概况

如上所述，"一带一路"有着与西方在过去几十年提出的计划或项目完全不同的特点。西方的计划或无疾而终，或在全球经济和金融交易的收入再分配中有明显偏袒发达国家的倾向。"一带一路"则具备以下特点：

第一，"一带一路"倡议的基本概念超越了传统、狭隘的区域合作项目的地理范畴。这意味着，它的建立不是基于绝对的地理和地缘政治，并不限于特定的地理区域。事实上，从一开始，这一倡议就建立在广泛的地域范围基础上，接纳了在政治、经济、文化上明显不同的众多国家，也纳入了包括东亚、东南亚、南亚、中亚、中东、北非和南欧在内的多个地理区域。地域范围广阔这一特点十分重要，因为"一带一路"旨在帮助尽可能多的发展中国家。此外，将南欧纳入倡议之中，也有利于消除西方国家将"一带一路"视为中国针对西方的误解。

第二，"一带一路"倡议建立在加强贸易与发展关系的基础上，这与发展中国家扩大区域贸易的经验相一致。20世纪下半叶，发展中国家，特别是中东、非洲、南亚国家，提出了很多促进区域一体化和贸易自由化的项目。然而，因为种种原因，这些项目并未达到预期目标，特别是在扩大伙伴经济体之间的区域贸易方面。毫无疑问，生产和提供可以在这些经济体之间交换的产品和服务能够确保自由化进程，但贸易自由化并没有伴随这些经济体的结构调整而实现。因此，区域性倡议未能实现发展中国家旨在发展跨区域贸易的目标，原因在于缺乏有效的政策和可行的项目支撑。"一带一路"至关重要，不仅仅因为它努力消除金融障碍，降低成本，以促进和发展区域与国家间贸易，更因为它聚焦发展，建设基础设施，并为这些项目提供必要的资金支持。除贸易外，"一带一路"还涵盖一系列发展项目，发展中国家有望从中获取经济利益。

第三，推动该倡议的是一个具有强大经济实力的发展中国家。西方国家提出的诸多规划、倡议旨在加强西方对世界秩序和发展中国家市场的主导地位，确保发展中国家对主要资本主义经济体的依赖，而"一带一路"消除了发展中国家的此类疑虑。西方的倡议和项目，如西方国家有关"新中东""大中东"或"泛中东"的倡议以及海湾合作委员会的"欧洲自由贸易区"并没有为发展中国家带来任何实惠。中国的"一带一路"在很短时间内就得到了 60 多个国家的积极响应，这表明全球许多发展中国家加入该倡议的主动性较强。中国还设立了丝路基金，为铁路、跨境公路和港口等基础设施项目提供资金支持。新疆 – 马德里铁路线开通后，中国与西班牙的陆上贸易运输时间将由 45 天缩短至 21 天；中巴经济走廊和孟中印缅走廊也是"一带一路"项目的一部分。

第四，"一带一路"倡议以上海合作组织、欧亚经济共同体、东盟以及其他与该倡议相关的现有区域合作框架为基础。除了丝路基金和亚投行等几家已经创立的机构外，"一带一路"倡议不要求设立新的跨区域机构或实体。这一点非常重要，如此一来，该倡议就不会受到太多行政审批限制，管理上也会更加灵活。不设立大的区域性管理机构可以防止各地区对"一带一路"产生诸如"该倡议是中国加强在这些地区的影响力或主导地位的平台"等误解。

第五，"一带一路"的设计理念正如亚太经合组织、环印联盟（IO-RARC）和东盟发展计划一样，符合亚太文化和传统。

"一带一路"成功的必备条件

尽管以上提到的"一带一路"的主要特征至关重要，但也必须注意到它所面临的各种挑战。或者说，必须注意到能确保其成功，并使参与各方互惠互利的基本前提。

第一个条件是，伙伴国家的政府和人民要树立坚定和明确的信念，即"一带一路"倡议从根本上说并不是一个贸易项目，并不以扩大中国的对外贸易和保证中国在这些地区的市场上占据主导、提升中国在贸易中的有利地位为目标。

尽管"一带一路"倡议旨在促进发展，但发展目标的实现离不开强有力的政策保障。唯有如此，才能消除疑虑，平衡"一带一路"的发展议程，使其发展特征更加凸显，同时也有利于降低经济和贸易交易成本，使参与国在贸易收入分配上更加公平。增加所有贸易参与方的收益才是我们应该关注的重点，因为此举将使所有参与国，特别是能够保障各国在与中国的贸易中获得的收入能够得到更加公平的分配。

第二个条件是，如此规模宏大的倡议应与扩大和提升中国的软实力密切相关，在中亚和中东地区尤应如此，因为中亚国家可能担心"一带一路"倡议及其项目不过是中国与俄罗斯以及西方国家在该地区争夺影响力的工具罢了。

尽管"9·11"事件后西方国家的实力有所衰退，后续政策也多有不力，但它们在中亚的影响力和软实力仍在中国之上。"阿拉伯之春"加剧了西方颓势，证明西方旨在使用软措施或经济手段，或正如我们在伊拉克和阿富汗看到的，采取直接军事行动或空降西方民主的计划是失败的。这也就意味着，"一带一路"应该恪守中国政策，提升并加强中国在"一带一路"惠及地区的软实力。

这可能是"一带一路"各个发展项目成功的关键。古丝绸之路不仅是文明与文化交流的枢纽，也是重要的贸易路线，其本质决定了中国提升软实力的重要性，"一带一路"同样如此。

提升中国软实力需要中国向友好的发展中国家，特别是该地区非常重要的一些国家提供更多无条件的发展援助。此外，还需要通过科技、文化交流加强文化联系，帮助发展中国家根据本国环境改善自身发展模式等。

第三个条件是打击恐怖主义。当前南亚、中亚和中东地区普遍活跃着一些极端恐怖组织，在此背景下，打击恐怖主义尤为紧迫。不消除这些给地区稳定带来威胁的组织，通过"一带一路"实现真正的可持续发展就无从谈起。

打击和消灭恐怖主义需要采取与西方完全不同的方式。"9·11"事件后，西方认为，通过军事干预和入侵来重建南亚和阿富汗、伊拉克等中东国家的战略是消灭该地区恐怖主义组织、实现民主的理想手段。在他们看来，失败、脆弱的国家和极权体制是恐怖主义产生的主要原因。然而，这一方式并不能实现国家重建、推动民主或根除恐怖主义组织，这些目标恰恰成为西方进行军事干预和入侵的理由。

　　相反，军事占领使基地组织扩大了活动范围，他们不再集中于阿富汗和巴基斯坦西北边境，而是在伊拉克、阿拉伯半岛和北非建立分支机构，并成立了更加危险的组织——伊斯兰国。因此，西方打击恐怖主义的手段不能真正根除恐怖主义；对中国而言，开阔视野，另辟蹊径，与南亚和中东地区主要国家特别是埃及积极合作，发挥实质性作用才是正途。

　　上述"一带一路"的特点和必备条件是埃中发展伙伴关系的重要基础，也是这一重要倡议的一部分。一方面，埃及是中东地区的重量级大国，地位不容忽视；另一方面，埃及经济蓬勃发展，地理位置得天独厚，可以为苏伊士运河和"一带一路"倡议的相互补充提供良机。同时，埃及可以为"一带一路"的顺利实施提供必要的前提条件。

　　总而言之，埃中两国增进相互理解不仅有助于打击恐怖主义、创造必要的安全环境、确保中东局势稳定，同时它也将提升中国的区域软实力和全球影响力。

重构丝绸之路

原文标题：Reconfiguring the Silk Road
原文来源：Al – Ahram Weekly，2016 年 11 月 17 日
观点摘要：中国在商业和外交领域与中东和北非地区的联系日渐紧密，
　　　　　　鼓励当地政府向东寻找新的合作伙伴。

　　得益于经济的持续增长，中国在过去几十年中在全球舞台上占据重
要地位，其出口额从 2006 年的 9700 亿美元增加到了 2015 年 11 月的
1.9 万亿美元。中国已成为中东和北非地区，尤其是海合会成员国的主
要贸易伙伴。

　　伴随中国政府实施经济增长的外部战略，中国在商业和外交领域与
中东和北非地区的联系日益紧密。近期中国对伊朗的能源投资不断加大，
流向中东和北非地区的中国商品和增值服务也呈明显上升趋势，这无疑
表明，从摩洛哥到伊拉克的这片广阔地域，中国的影响力在不断扩大。

　　随着中国在该地区地位的增长，一些中东和北非国家也对此纷纷做
出回应，向东方寻求新的合作伙伴。中国外交常用"友好""战略"
"全面战略"等词汇来描述与其他国家的关系，这些表达方式也显示了
中国对其合作伙伴的战略、经济和政治定位。

　　"友好"伙伴关系反映的是良好的政治关系，而"合作"伙伴关系
则强调相互协调与配合。"战略"伙伴关系意味着其合作超越经济领
域，并在重大国际事务中具有共同利益。"全面战略"伙伴关系是指在
安全、政治、环境等领域最高层次的合作。

　　2014 年 4 月，中国与阿尔及利亚建立了全面战略伙伴关系。阿尔
及利亚是 20 世纪 50 年代末最早承认中华人民共和国的国家之一，两国

关系的这次升级是中阿关系发展的重要标志。

2014 年 11 月，卡塔尔与中国建立战略伙伴关系。在金融领域，中国决定在多哈建立人民币结算中心，以支持不断扩大的两国贸易。卡塔尔目前是中国最大的天然气进口国，占中国能源需求的 20% 左右。

2014 年 12 月，埃及总统塞西首次访华，中埃关系由战略合作伙伴关系上升为全面战略合作伙伴关系。2016 年 1 月 20 日，习近平访问埃及期间两国签署了 21 项协议，中国增加了对埃投资。

60 年前，埃及成为与中国建立外交关系的第一个阿拉伯和非洲国家，现在是中国在北非最大的贸易伙伴。两国双边贸易（主要在非石油领域）从 2004 年的 16 亿美元增长到了 2014 年的 115 亿美元，年均增长率为 23.3%。然而，两国经济往来有利于中国的贸易顺差，这种贸易不对等局面还可能进一步加剧。

埃及与美国也有着密切的伙伴关系，两国关系可以追溯到 20 世纪 70 年代初。受埃及政治局势动荡的影响，美埃关系已经摇摇欲坠。埃及前总统莫西和现任总统塞西都将目光投向中国，希望通过埃中关系的友好发展削弱埃及对美国的依赖。埃中两国已确定就"一带一路"倡议开展合作，新苏伊士运河项目与中国建立与发展海上丝绸之路的愿景高度一致。2015 年 3 月，在埃及经济发展会议期间，埃及和中国签署了一系列协议，中埃关系发展的一个显著特点是由埃方推动的技术转让合作。

2016 年 1 月 19 日习近平在访问沙特期间，将两国关系升级为全面战略伙伴关系。习近平此次出访是 7 年来中国国家元首首次对沙特进行国事访问。两国签署了能源、加速中国－海合会自由贸易区建设、核电技术高温冷气堆项目等 14 项协议。中国之所以重视与沙特的伙伴关系，是因为沙特是中国最大的石油进口国。2014 年，从沙特进口的石油在中国石油进口总量中约占 16%。同时沙特也提出"东望"政策，视中国市场为其石油出口最重要的战略市场之一。

中国与阿联酋于 2012 年 1 月建立了战略合作伙伴关系。阿联酋是中国在海合会成员国中最重要的非石油贸易伙伴，是中国产品输出的枢纽。中国出口至阿联酋近 60% 的商品会被再次出口至其他海合会成员国、伊朗、非洲甚至欧洲。中国与阿联酋的金融合作在 2015 年 12 月阿联酋王储访华后得到进一步发展。继卡塔尔之后，阿联酋与中国签署了 54 亿美元的双边互换协议，该协议早在 2012 年就已达成暂定协议。

中国在中东和北非地区的非石油经济战略包含多个层面的内容，反映了其政策从上一届中国政府到这一届政府的连续性。

首先，"一带一路"倡议旨在促进更加广泛的区域间贸易往来和投资，保持中国经济的持续增长。建立中国与区域集团间的机构和商业合作平台是这一战略的重要组成部分。其次，该战略力求在 2000 年提出的"走出去"政策框架下，支持中国企业的国际化。最后，这一战略也努力吸引更多中东和北非国家在中国西北经济欠发达地区开展投资，这对中国政府提出的促进整个亚洲在基础设施和物流方面的互联互通也有所助力。

中国也试图利用与中东和北非地区的文化和宗教联系来吸引外国直接投资，例如允许伊斯兰银行入驻中国，建立清真产业园区等。伊斯兰银行业在海合会成员国、中东和北非地区以及亚洲都有广泛的业务，但尚未与中国建立业务往来。拥有 650 万人口，其中三分之一为穆斯林的宁夏，正在带动中国清真市场的发展，为推动中国与穆斯林世界的联系发挥了重要作用。

过去大部分时间里，中国一直在回避中东和北非危机，但自"阿拉伯之春"以来，中国在该地区政治领域越来越积极。即使如此，中国在中东地区广泛的政治参与以及在该地区不断增长的经济利益也不大可能转化为军事行动。中国有望继续深化与该地区的经济和政治联系，建立新的贸易线路，实现商业多元化，同时乐于将中东安全问题交予西方国家。

许多人认为，伊朗与西方国家尤其是美国关系的改善，可能会影响目前势头正劲的中伊经济联系，但这种可能性很小。习近平的伊朗之行，加强了伊朗在"一带一路"战略中的重要地位，期间双方还宣布两国关系升级为全面战略伙伴关系，并签署了能源、贸易和工业等方面的 17 项协议。与此同时，习近平承诺两国双边贸易额将在未来 10 年达到 6000 亿美元。鉴于国际社会对伊朗制裁的解除以及中国大力建设"一带一路"的契机，习近平此时出访恰逢其时。

《埃及独立报》（Egypt Independent）

"一带一路" 在东南亚受阻

原文标题：On Southwestern Fringe，China's Silk Road Ambitions Face Obstacles

原文来源：Egypt Independent，2016 年 6 月 5 日

观点摘要：中国倡议的"一带一路"在东南亚地区遇到了最复杂，也可能是最大的阻碍。

中国政府计划建设一条从昆明通向新加坡总长 3000 千米的高铁线路，该计划已经给中国西南部城市昆明带来了切实改变。昆明出现了崭新的高速公路和引人注目的火车站，"房地产"热似乎也将随之而来，年轻的购房者挤满了房地产展厅。

这条高铁横贯东南亚，国外第一站是老挝。然而，在那里相应的工作并没有付诸实施。老挝是本地区最贫穷的国家之一，项目建设需要约 70 亿美元的资金。但对老挝来说，筹集部分资金已经相当困难，而且老挝政府还未答应中国提出的融资条件。

高铁线路由老挝进入泰国，但中国政府在该国的谈判不容乐观，融资等一系列问题让中方感到愈加棘手。这也表明，中国政府在东南亚以及全亚洲实施"一带一路"可能面临种种挫折。

中国国家主席习近平在 2013 年提出了这项雄心勃勃的倡议，希望建立通往亚洲各国甚至更远地区的陆地、海上和空中线路，并在未来 10 年内将贸易额提高至 2.5 万亿美元。今天，随着中国国内经济增速放缓，中国政府鼓励中方企业积极开拓海外市场。

但中国倡议的"一带一路"在东南亚地区遇到了最复杂，也可能是最大的阻碍。一些东南亚国家抗议称，中国政府要求过高，而且融资

条件对他们不利。

这些国家拒绝给予中国开发铁路两边土地的权利。中方则表示，从土地开发中获利将使该项目的其余部分更具商业可行性；同时，中方也可以做出增加预付资金的承诺。缅甸政府担心项目实施会带来环境隐患，因此也于2014年叫停了途经本国的高铁建设项目。

悉尼洛伊国际政策研究所研究员彼得·蔡（Peter Cai）说："对中国来说，东南亚国家的焦虑与担忧将会成为'一带一路'建设遭遇的最初阻碍。"中国外交部和中国进出口银行未对这一说法公开发表评论。

陆路联系

2013年所有迹象表明，老挝境内的高铁段会很快完工。中国和老挝领导人一致同意加快铁路建设。为此，中国政府提出以贷款方式承担项目建设所需的大部分资金。同年11月，该线起点站昆明站开始动工。

这座投资了21亿元人民币的高铁车站几个月后即将投入使用，但老挝首都万象却没有任何大的施工迹象，尽管2015年12月在那里举行了盛大的奠基仪式。外交人员称，如果没有中国的大力帮助，老挝没有足够的资金保障该铁路项目的顺利实施。

中国与越南都在争取对老挝施加更大影响力，但中国为何不能提供万象所能够接受的条件就不得而知了。中老两国对该项目的投资都带有一定的政治目的，中国政府希望在东南亚增强其势力范围和影响力，而老挝则渴望通过该项目加强本国与世界的联系。

一位西方外交官说："双方都派出高级官员参加了项目签字仪式。"大多数人估计，项目建设成本将达70多亿美元，而老挝政府连20亿美元的款项都很难筹集到。

老挝政府没有就此发表评论。外交官们表示，老挝的冷淡反映了老挝共产党内部在如何处理与中国谈判的问题上存在分歧。他们还说，老挝政治局在1月份将副总理宋萨瓦·凌沙瓦（Somsavat Lengsavad）排除在最高决策机构外的消息令人震惊，这也在一定程度上反映出高层担心协议条款会过于偏向中国。宋萨瓦曾率代表团与中国就相关工程项目展开谈判，党内有人批评其过于亲中。

"协议条款对老挝有利，"宋萨瓦告诉路透社。由于老挝政府仍在"研究一些细节"，加之当地人对土地问题的反对，铁路建设工作被延误。

外交官称，12月2日举行的奠基仪式也让老挝领导层感到惊讶，因为这一日期恰好也是老挝人民民主共和国成立40周年的日子。一位外交官说："宋萨瓦·凌沙瓦离职后，老挝政府内部一直在努力重新协商该铁路协议的条款。"

不切实际

中国政府为这些工程项目提供了300多亿美元的贷款和信贷额度。北京交通大学的赵坚教授说，中国提供的优惠贷款利率为2%～7%，其他国家想要争取更低的贷款利率是"不切实际"的。

然而，泰国汇商银行（Siam Commercial Bank）旗下的商业银行业务主管表示，类似的基础设施建设项目需要补助。他说："除非政府或圣诞老人出资帮助建设这些项目，否则它们很难盈利。"

因为融资、投资和成本方面的缺口得不到弥补，泰国总理巴育·占奥差（Prayuth Chan - ocha）3月份在海南向中国国务院总理李克强表示，泰国将独自融资，目前只负责建设部分项目。但泰国建设的这段铁路无法到达老挝边境。

泰国交通部长今年早些时候对路透社说："他们将不得不增加投资，这是一条惠及中国的战略性铁路。"泰国拒绝了中国在铁路沿线开发土地的要求。泰方表示："从与中方接触的第一天起，我方就已经表示，不会提供铁路沿线土地开发使用的权利。"

泰国财政部消息人士称，泰国可以以更低的利率从日本获得资金。日本是泰国最大的投资者，但也是一个与更自信的中国争夺亚洲影响力的国家。因此，中国政府将对泰国这一决定保持警惕。一位多次参与中泰谈判的泰国财政部官员称，泰国政府不愿因高额贷款而受到民众谴责。

一些中国地方官员认为，东南亚国家的犹豫不决造成了高铁项目的延误。昆明市投资促进局副局长孙晓强说："昆明联通中国与东南亚国家，我们当然希望他们能加快建设进度。"

巨大差距

中国和东南亚国家的差距从万象和昆明的街头就能感受到。

成百上千家中国公司在老挝开展业务，上海万丰房地产公司就是其中之一。该公司正在建设一个投资额达 16 亿美元的项目，为来老挝的中国侨民提供公寓和购物中心。

但老挝政府对新铁路和公路投资甚少。

中国已在昆明投资数十亿美元用于高铁和火车站附近的建设，6 年前世界银行还曾将火车站附近地区描述为"鬼城"。

一位金姓老师说："'一带一路'对昆明有利。东南亚国家在政治和国家治理方面存在很多问题。现在，中国已经准备就绪，但东南亚却反应冷淡。"

《首都报》（**Capital Ethiopia**）

吉布提成为中国新丝绸之路
抵达非洲的关键门户

原文标题：DPFZA Signs Milestone Agreement to Make Djibouti Key Entry
Point to Africa on China's New Silk Road

原文来源：Capital Ethiopia，2016 年 2 月 8 日

观点摘要：吉布提与中国签署了一项协议，它将使位于非洲大陆东北角
的吉布提成为中国新丝绸之路抵达非洲的关键门户。

　　吉布提与中国签署了一项协议，努力使非洲大陆东北角的吉布提成
为中国新丝绸之路抵达非洲的关键门户。吉布提港和自由贸易区管理局
（DPFZA）主席哈迪（Aboubaker Omar Hadi）与丝绸之路电商信息技术
有限公司董事长胡金华（音译）于 2015 年 1 月 25 日签署了《建设吉布
提丝绸之路站战略合作框架协议》，该协议将使吉布提这一服务型经济
体成为新丝绸之路在非洲大陆的主要物流中心。

　　过去几年实施的一些具有里程碑意义的项目使吉布提与中国的经济
联系日益密切，吉布提港也是埃塞俄比亚的主要海港。

　　吉布提港和自由贸易区管理局通过本报发出一份声明，声明强调：
根据协议，吉布提将统一海关制度，从而提高物流效率，降低进口产品
成本；在吉布提设立付款结算和清算中心，确保中非贸易的货币清算使
用钱宝支付（Globebill），并在吉布提建立一个 O2O（线上线下相结合
的）展览和交易中心，使东非的潜在客户能够通过网络找到合适的供
应商，并能在吉布提参观货品展示中心，完成最终交易。

该协议称，将通过先进的云计算，在吉布提建立一个数据云计算大平台；另外，还要在吉布提设立一个转运贸易中心，它将由商品集中和分配中心、自由贸易区以及出口加工区构成。

吉布提港和自由贸易区管理局在声明中指出，吉布提将设立一个合资公司负责商业运营、解决政策问题和促进基础设施建设。

哈迪说："吉布提港和自由贸易区管理局正在推进其宏大计划，使吉布提成为整个东非的海上中心和贸易枢纽，将该地区经济与全球经济发展联系起来，带动整个非洲大陆的贸易与投资。该合作协议强化了吉布提作为新丝绸之路进入非洲的门户地位。但比开发和升级基础设施更为重要的是，本协议将确保我们拥有一流的 IT 基础设施。"他补充道："这不仅有助于配套新设施，还将确保我们的货物运输更快捷、更智能且成本更低；吉布提将成为非洲最顶尖的丝绸之路站。"

丝绸之路吉布提站是中国国家主席习近平在 2013 年发起的"一带一路"倡议的一部分。中国已宣布将至少注资 620 亿美元，打造这条涉及 60 多个国家、51 亿人口，横跨亚、欧、中东和非洲，GDP 总额约为 26 万亿美元的新丝绸之路。其目的在于开辟新的贸易路线、建立与外部世界更广阔的联系、为中国和世界其他国家创造更多商机。

"一带一路"寻求将中国的主要工业城市与亚洲、中东和欧洲其他地区的贸易中心连接在一起。海上丝绸之路覆盖东南亚和印度洋周边国家。

2015 年 3 月，吉布提港和自由贸易区管理局与中国商人控股国际（China Merchant Holding International）签署了一项重要框架协议，双方将共同开发吉布提自由贸易区，总面积达 48.2 平方千米，其中三分之一将建于水上。自贸区包括一个出口加工区、一个工业园区以及其他配套设施。

中国政府给予吉布提多种支持，特别是在港口和运输系统等基础设施建设方面。

独立在线网（**Independent Online**）

新丝绸之路完胜马歇尔计划

原文标题： China's ＄1.4tn Silk Road Beats the Marshall Plan

原文来源： http：//www. iol. co. za，2016 年 8 月 8 日

观点摘要： 这项耗时三四十年之久的计划规模颇为宏大，中国是唯一一个有如此长远规划的国家，相比多数西方国家的短期计划，中国更为高瞻远瞩。这是一个增强软实力的双赢之策，"一带一路"能够赢得沿线国家和公众的支持。

一份新的分析报告称，中国立志复兴横跨亚欧的古商路，其经济潜力远胜于马歇尔计划和欧盟东扩计划。英国对冲基金欧利盛（Eurizon SLJ Capital）的首席执行官任永利（Stephen L. Jen）表示，在美国和欧盟政治走向不甚明朗之时，中国通过"一带一路"加大铁路、公路和港口建设，促进沿线各地经济繁荣以提高中国软实力。他估计，整个计划的投资额将高达 1.4 万亿美元。

曾任国际货币基金组织经济学家任永利说："该计划还将增进沿线各国的贸易往来，并因中国沿途设立银行分支机构而推进人民币国际化进程。这是一次典型的地缘政治事件，从长远来看，它将深刻影响全球经济格局以及政治实力的平衡。"丝绸之路经济带横跨东西方，经由中亚一直延伸至欧洲，而海上丝绸之路联通东南亚、中东和非洲的海上航线。

重建

虽然中国政府不愿将"一带一路"称作新马歇尔计划，但人们还

是不禁将其与美国二战后的欧洲复兴计划相提并论。根据任永利估算，"一带一路"将涉及64个国家、44亿人口和大约40%的全球经济体量；按绝对美元价值计算，其规模是马歇尔计划的12倍；中国的总支出有可能占其国内经济总值的9%，约为美国战后欧洲复兴计划开支的两倍。

任永利表示，"一带一路"在规模上远胜马歇尔计划，也比马歇尔计划或欧盟东扩计划更具雄心。但这并不意味着它将一帆风顺，耗资如此巨大的计划将不可避免地面临工程延期和当地人的反对等问题。先前，尤其在非洲，中方工程问题频发，工程所在国也并未施以援手。

此外，复兴商路需要巨额资金，尤其在经济增长放缓和国家不良贷款增加的情况下，将大量资金外借而不用于国内也非长久之计。但中国自有办法。任永利说："这项耗时三四十年之久的计划规模颇为宏大，中国是唯一一个有如此长远规划的国家。相比多数西方国家的短期计划，中国更为高瞻远瞩。这是一个增强软实力的双赢之策，'一带一路'能够赢得沿线国家和公众的支持"。

投资四万亿美元的"一带一路"

原文标题: China's US $ 4 Trillion Belt and Road Initiative

原文来源: The Star,2016 年 9 月 16 日

观点摘要: 旨在促进中国与沿线国家互联互通的"一带一路"规模宏
大,其提出表明中国希望在全球事务和贸易发展中发挥更大
作用,肯尼亚应抓住这一重要发展机遇。

在"一带一路"倡议下,为扩大若干国家间的贸易,中国政府启
动了价值 4 万亿美元的项目。"一带一路"原指始于中国,途经亚洲、
北非和欧洲,最终到达荷兰和德国的古代贸易路线。数百年来,这条路
线不仅促进了跨国货物的流动,也推动了文化的交流与融合。

中国的丝绸运抵非洲和欧洲,伊朗的波斯地毯、希腊的马匹和意大
利的陶器也都流向沿线不同国家。蒙古帝国衰落以后,古丝绸之路也随
之没落。

现在,中国人想要复兴这条贸易路线,采用现代技术促进国家间的
贸易往来。中国国家主席习近平在 2013 年提出的发展战略与框架重点
关注中国、亚洲、非洲和欧洲国家间的互联与合作。

习近平希望重现古丝绸之路的繁荣兴旺,到目前为止,中国已与来
自 3 个大洲的国家签署了众多协议。"一带一路"旨在将中国国内的过
剩产能和资金用于区域基础设施建设,以改善跨国贸易与国家关系。它
由两个部分组成,即途经众多国家的陆上丝绸之路经济带,以及通过海
运将中国和亚洲与包括肯尼亚在内的其他国家连接起来的海上丝绸

之路。

目前，已有约 60 个国家积极响应"一带一路"，这些国家的总人口占世界人口的一半以上，经济总量约占世界 GDP 的 40%。肯尼亚的标准轨距铁路和蒙巴萨的新港口是该倡议的部分合作项目。这是自肯尼亚独立以来规模最大、费用最高的基础设施项目，它将连接蒙巴萨港与邻国乌干达、卢旺达和刚果民主共和国。蒙巴萨到内罗毕的第一趟火车预计将于 2017 年 6 月 1 日通车。

今天是中华人民共和国成立 67 周年的日子，中国驻肯尼亚大使刘显法将利用庆祝活动进一步拉近中肯关系。

肯尼亚需要确定它将如何充分利用这个大预算、大规模的计划提供的难得机遇，以及明确应该向中国学习哪些经验。毕竟，中国在短短 30 多年的时间里，从一个内向型农业经济体发展为全球制造业巨头。通过加大国内投资与生产，并将商品出口到发达国家的发展模式，中国成为仅次于美国的世界第二大经济体。

"一带一路"倡议表明，中国希望在全球事务和贸易中发挥更大作用。有国家认为，中国此举旨在主导世界，习近平主席以"三不"做出回应，即决不干涉别国内政、不谋求地区事务主导权和不经营势力范围。

中国虽财力雄厚，但 4 万亿美元却也不是一个小数目。目前，中国已经创办了三家金融机构，为"一带一路"发展提供支持；西方国家对此多有抵制，原因是它们对世界银行、国际货币基金组织和非洲开发银行的地位构成威胁。

这些能够筹集资金的机构分别是丝路基金——主要由中国的外汇储备出资，管理方式将仿照中国的主权财富基金；亚投行——注册资本 1000 亿美元，有望成为拥有 21 个亚洲成员国的全球性开发银行；金砖国家新开发银行——2014 年 7 月 15 日由巴西、俄罗斯、印度、中国和南非建立的多边开发银行。

《苏丹人报》（Alsudani）

丝绸之路助推中阿合作

原文标题： أهمية مُبادرة طريق الحرير للدول العربية

原文来源： Alsudani，2016 年 11 月 2 日

观点摘要： 中华文化与西方文化迥然不同，但与阿拉伯伊斯兰文化却有不少共同之处，这些共同点不仅有助于"一带一路"倡议在经济和商业合作领域取得成功，也能有效促进双方在文化以及安全领域的合作与交流。

习近平主席于 2013 年提出的"一带一路"倡议已经成为中国对内对外政策的主要推动力量，为此中国举办了各种专题会议和研讨会，媒体也对会议形成的各项决议进行了广泛报道。

该倡议旨在复兴三千年前联系中国与外部世界的丝绸之路，历史上这条通道为丝绸、香水、香料、调料、象牙、宝石等商品的交换、文化与科学知识的交流提供了便利。

中东地区在这一倡议中的作用至关重要，因为该地区素有"五海三洲之地"之称，是亚欧非三洲的接合部，是能源供应地和巨大的消费市场。

中国是世界上最大的能源进口国之一，其中大部分进口来自中东。中国作为重要的贸易大国，能源和航运路线的安全对其发展意义重大。中东地区资源丰富，地理位置特殊，因此中国在战略规划时给予该地区充分重视。

中华文化与西方文化迥然不同，但与阿拉伯伊斯兰文化却有很多共

同之处。这些共同点不仅有助于该倡议在经济和商业合作领域的成功，也能有效促进双方在文化以及安全领域的合作与交流。

自中国国家主席倡议复兴古丝绸之路以来，中国积极采取行动，切实有效地推进倡议顺利实施。例如，中国牵头成立了大型金融机构亚投行，目前其成员国已达 57 个，注册资本 1000 亿美元，其中中国贡献约 350 亿美元。中国还出资 400 亿美元成立了丝路基金，为"一带一路"沿线国家的基础设施、资源开发等互联互通项目提供投融资支持。

2010 年 8 月发布的一份报告显示，中国已超越美国，成为全球能源消费第一大国。中国的基础设施、重工业以及交通运输等发展强劲。在"一带一路"倡议下，各国争相成为丝路沿线支点国，为东西方过往船只提供服务。今天，沿线国家都在努力争取中国金融机构的投资，大力支持基础设施建设。它们不仅着眼于经济和商业利益，同时还关注政治稳定和国家安全。

该地区许多国家力图突出自己在该倡议中的作用。沙特阿拉伯 2016 年 1 月和中国签署了经贸合作协议和谅解备忘录。

中国国家主席在很多场合表示发展和稳定密不可分，中国寄希望于通过复兴"一带一路"化解沿线国家间的误解与冲突，确保共同利益不受某些国家紧张关系的影响。中国支持以政治方式解决冲突，作为俄罗斯和伊朗共同的盟友，中国计划在不久的将来调解两国的不合，为阿拉伯湾的安全与和平积极斡旋。为使中东成为中国产品的重要销售市场和丝绸之路穿越的必经之地，中国绝不允许该地区存在挑衅行为。但中国的进入将挤压美国在该地区的影响力，中国也绝不会放弃任何一个进入美国势力范围的机会。中国的出现可能会对美国武器独占该地区构成威胁，一些国家在安全受到威胁和冲突加剧的背景下开始寻求武器来源的多样化。如 2016 年埃及和中国签署武器进口协议，中国登上埃及武器进口国榜单。

中东面临众多恐怖威胁和教派冲突，这就要求中国和本地区国家加强协调和安全合作，确保陆路海路畅通。除此之外，在沿线一些国家，有组织的犯罪肆意猖獗，毒品和武器走私问题尤其严重，这就需要建立相关组织，应对此类安全威胁。中国将在确保安全与协调方面发挥实质性作用，通过与该地区其他国家开展合作，努力确保各国间的贸易活动正常进行。

2004 年，中阿合作论坛成立。该论坛涉及多个领域，共有 10 多个协调分会，现已是卓有成效的合作框架。2010 年，中阿双方在全面合作、共同发展的基础上建立了战略合作关系。这种合作使中国和阿拉伯国家的关系进入了全面发展、实质推进的新阶段。

"一带一路"倡议已成为该地区许多国家发展自身经济的重要推动力，但雄心勃勃的丝路倡议也面临巨大挑战。首先，中东地区局势动荡；其次，美国及其盟友也绝不允许中国公开威胁美国在该地区的霸权。但未来属于亚洲和非洲国家已成趋势，这一趋势让西方坐立不安，自然它们也会采取抗衡抵制的态度，这也是丝绸之路倡议顺利推进所面临的安全威胁和障碍之一。尽管多有挑战，但中国将采取一系列措施加强与沿线国家的合作，努力使"一带一路"倡议获得成功。对中国来说，减少该地区国家间的争端，将相关国家整合在一定规则框架内，是保证"一带一路"成功推进的关键。

《领导者》（Leaders）

突尼斯与"新丝绸之路"

原文标题： أين تونس ..... من طريق الحرير الجديد؟

原文来源： Leaders，2016 年 12 月 26 日

观点摘要： 突尼斯计划加入的一些"新丝绸之路"项目关乎本国经济
走向和未来发展前景。当前，许多阿拉伯国家面临困境，
"新丝绸之路"路线图中设计的一些项目实施难度大，但这
些项目的建成和最终投入使用定会彰显它们的实际意义。

"突尼斯 2020"国际投资研讨会的举办让每个突尼斯人兴奋不已，
突尼斯终于可以走出阴影，摆脱"阿拉伯之春"给突尼斯经济带来的
负面影响，为国家创造新的发展机遇。本次研讨会上，参会者并未提及
"新丝绸之路"，但这一宏大的中国计划已经对整个世界产生了重大
影响。

"新丝绸之路"

2013 年 9 月，中国国家主席习近平提出建设"丝绸之路经济带"
战略。同年 10 月，习近平主席呼吁建设"21 世纪海上丝绸之路"，促
进国际贸易与合作交流。

中国发起一系列"一带一路"项目合作邀请，中国计划修筑铁路、
公路，扩建天然气和石油管道，建立电力和互联网，开辟海洋航线，以
及在中西亚和南亚建设基础设施，加强中国与亚洲大陆之间以及欧洲与
非洲大陆的联系。这些项目将需要几十年的时间完成，建设资金预计在

4 万亿至 8 万亿美元之间。

习主席在 2015 年 3 月的讲话中指出，为复兴陆上丝绸之路，中国计划在第一阶段投入 470 亿美元，这将使丝路沿线 65 个国家间的投资和贸易规模在未来 10 年达到 2.5 万亿美元。

阿拉伯国家与“一带一路”战略

65 个丝路沿线国家已经表达了加入该倡议的意愿，并已启动实质性合作，尤其是中东与海湾地区的阿拉伯国家。许多国家为参与此倡议在众多领域做了积极准备。到 2020 年，借助“一带一路”战略，中国与阿拉伯国家间的贸易额将从现在的 2400 亿美元提升至 6000 亿美元。对这些国家的非金融投资将从 100 亿美元提升至 600 亿美元。非洲大陆与中国的贸易额预计将在 20 世纪 20 年代末达到 4000 亿美元。

随着中国、印度和东亚国家经济的快速发展，世界贸易量将呈几何数字增长，“一带一路”将为阿拉伯国家与中国的合作开辟广阔前景，使有关国家能够从中国的投资中获益；另外，它也为各国，尤其是亚洲、欧洲和非洲国家间的经贸和战略合作提供了平台，将对全世界各国家间的贸易起到推动作用。

突尼斯与“一带一路”

突尼斯与中国有着良好的双边关系，并参加了 2004 年 1 月 30 日成立的阿拉伯与中国合作论坛。2012 年 5 月 29 日至 31 日，第五届中阿合作论坛部长级会议在突尼斯哈马梅特市召开。突尼斯政府认识到“一带一路”倡议的重要性并积极参与，努力落实各项协议。

益处一

突尼斯计划加入的一些“一带一路”项目关乎本国经济走向和未来发展前景。当前许多阿拉伯国家面临困境，“一带一路”路线图中设计的一些项目实施难度大，但这些项目的建成和最终投入使用定会彰显其实际意义。引人瞩目的连接中非与地中海的走廊计划、未来 15 至 20 年为发展中东地区经济，中、欧、日在技术、加工、核电、海水淡化等领域的合作项目都和"一带一路"有着密切关系，没有这些项目，"一带一路"很难圆满完成。

为实现以上目标，需要改善北非、中东和欧洲之间的交通基础设施，突尼斯参与的项目有：

（1）建设跨直布罗陀海峡的运输线路。

（2）将从中欧出发的客货两用铁路网通过直布罗陀海峡延伸至北非海岸，并通过苏伊士运河到达巴勒斯坦、约旦、叙利亚和黎巴嫩，然后从土耳其折返欧洲。

（3）改善西西里岛和突尼斯之间的海上运输和管道，在未来建造海底隧道。

目前，最重要的是完成铁路和高速公路网的建设，包括亚历山大－黎波里－斯法克斯－突尼斯－阿尔及尔－奥兹达菲斯－丹吉尔－拉巴特线。同时，海运轮渡线的发展将加强南地中海国家间的联系，有利于在将来建立电力、天然气和石油输送联合网络。

益处二

促进国家经济繁荣，推动基础设施的建设与发展。无论经济推动力来自内部还是外部，经济的发展都需要调动巨大的财力和人力资源。突尼斯政府应该借机促进国家的全方位发展。

益处三

国际经贸关系在中国倡导的"一带一路"框架下将得以重塑，它将通过不同方式促进全人类的发展。2004 年，阿中双方就以下 4 个原则达成一致：在相互尊重的基础上加强政治关系；为实现共同发展加强经贸交流；在相互借鉴的基础上增进文化交流；以保护世界和平、促进人类共同发展为目标在国际层面加强双方合作。

大洋洲

澳大利亚广播公司网（Australian Broadcasting Corporation）

中国为何复兴丝绸之路？

原文标题： Why China is building a new Silk Road

原文来源： http：//www. abc. net. au，2016 年 9 月 22 日

观点摘要： 沿海城市是中国经济增长的主要贡献者。近几十年来，中国一直在探索如何实现西部省份大发展，包括复兴古丝绸之路在内的"一带一路"是中国政府为这一问题提供的解决方案。

中国为何建设新丝绸之路？

中国在中亚和东欧投入大笔资金，重建古丝绸之路。但"一带一路"仅能促进经济发展吗？它背后是否还有其他目的？

上周，来自中国的第一趟货运列车抵达阿富汗。这是中国恢复东西方古老贸易联系的重要里程碑，为此中国已注资数百亿美元。

中国和哈萨克斯坦边境的霍尔果斯小镇已有近 300 年的历史。过去，这里只有一座清真寺和不多的几处房屋，但近 10 年来，这座小镇的规模已经与澳大利亚北部地区首府达尔文市不相上下。

中国投入大量资金，建设联通中国西部、中亚地区以及欧洲的贸易线路，霍尔果斯恰好位于中国正在复兴的古丝绸之路上。

福布斯网站撰稿人、《中国的幽灵城市》（*The Ghost Cities of China*）一书作者韦德·谢伯德（Wade Shepard）说，霍尔果斯的崛起是当前最令人惊叹的亚洲事件。在哈萨克斯坦和中国看来，这个名不见经传的小

镇也可能成为世界的中心。

霍尔果斯的华丽蜕变让我们看到，新丝绸之路已经成为现实。霍尔果斯并不是新丝绸之路上诞生的唯一一座新城市，同样的奇迹也发生在遥远的波兰。"一带一路"项目建设资金主要来源于中国牵头成立的金融机构——亚投行，澳大利亚也是该机构成员之一。但我们要问的是，为什么中国能从中亚的巨额投资中获益呢？

拉动中国西部省份的经济增长

沿海城市是中国经济增长的主要贡献者。近几十年来，中国一直在探索如何推动西部省份大发展，包括复兴古丝绸之路计划在内的"一带一路"是中国政府为这一问题提供的解决方案。

新南威尔士大学的金江先生（Laurie Pearcey）表示，"一带一路"倡议旨在帮助中国内陆省份通过出口与多渠道的投资发展经济。中国希望其他国家购买其商品，但它们并没有足够的资金，因此中国希望能够刺激这些国家的经济增长。金江先生说："要与中国发展贸易，这些国家就需要相应提升人民生活水平，因此中国投入上百亿美元，改善这些国家的基础设施和教育水平。"

他还说："中国希望提高其经济和政治影响力。"

当然，经济外交已不再是什么新鲜事。几百年前，欧洲几大强国就开始推行经济外交，二战后的美国也是经济外交的积极实践者。

事实上，时任美国国务卿的希拉里·克林顿（Hillary Clinton）在2011年就做出了与丝绸之路相关的承诺。

"美国将努力使阿富汗成为新丝绸之路网络的中心。"谢伯德说。

亚行在阿富汗投资建设了一条长达75千米的铁路，但仅此而已。美国既没有像中国一样雄厚的资金，也没有强烈的建设新丝绸之路网络的政治意愿。

当地对中国投资的回应

澳大利亚对中国投资澳洲农业和基础设施还存有争议，但在中亚，中国的投资让当地人激动不已。

谢伯德说，中亚人民乐于接受"一带一路"，他们想要投资，想要赚钱。中国人与当地投资者全面合作，共同投资。值得注意的是，中国的投资尽管受到青睐，但通过陆路经中亚运输贵重货物的想法仍引来对安全问题的担忧。谢伯德补充道，这些国家多有动荡，但中国却认为自己与这些经济体的地缘政治联系越来越紧密。

南海争议的影响

中国将满载货物的火车从上海一直开往柏林，但这远不如海上运输经济实惠。

谢伯德表示，"一带一路"不仅仅关乎投资回报，同时也可确保中国的资源进口通道畅通无阻。他指出，全球约三分之二的贸易商船都要经过南海，因此贸易安全是南海问题让人忧虑的主要原因之一。

中国每年进口商品总额达 2.1 万亿澳元，中国需要石油、金属、食物。如果海上贸易联系中断，后备计划对中国来说至关重要。

《澳大利亚人报》（The Australian）

"一带一路"中国顾问团成立

原文标题：One Belt, One Road China Advisory Group Launches in Melbourne

原文来源：http：//overseas. ccpit. org，2016 年 5 月 31 日

观点摘要："一带一路"对中国意义重大，尽管澳大利亚并未直接出现在"一带一路"地图上，但中国国家主席的邀请表明，澳大利亚已经成为中国战略思考的一部分。

墨尔本将成立新机构，帮助澳大利亚企业加入投资数百亿美元的"一带一路"倡议。

澳大利亚阿夏诺集团董事会主席、澳瑞凯公司董事会主席、必和必拓公司董事马尔科姆·布鲁姆黑德（Malcolm Broomhead）将出任"一带一路"顾问团主席。他告诉本报记者，18 个月前习近平主席访澳期间，就曾邀请澳大利亚企业加入"一带一路"。他说，"一带一路"倡议对中国有重大意义。尽管澳大利亚并未直接出现在"一带一路"地图上，但习主席的邀请表明，澳大利亚已经成为中国战略思考的一部分。

复兴古丝绸之路的中国战略旨在建设大规模基础设施项目，通过陆路连接中国、中亚和欧洲，同时通过海路与东南亚联通。

通过基础设施项目将澳大利亚北部发展为重要农业出口区的计划已经得到中国官方的批准，并被列入"一带一路"项目，因此也将获得资金支持。

布鲁姆黑德先生说，目前已确定 900 多个项目需要资金投入和专业技术支持。基础设施建设是核心，其他则为贸易促进类项目。他说："一带一路"项目不同于澳大利亚向中国提议的在中国本土进行的商贸

项目，也不同于与中国企业在其他地方合作实施的项目，原因在于，"一带一路"项目有特殊的资金支持。

中国出资400亿美元成立了丝路基金。由中国牵头、澳大利亚已申请加入的亚投行将为"一带一路"投入大量资金。此外，中国国家开发银行也将为"一带一路"提供数百亿美元的资金支持。

布鲁姆黑德先生说："因为已经得到了中国政府的认可，所以项目审批程序会更简单。能够列入投标清单并获得仅供某些国家使用的资金是非常难得的机遇，澳大利亚是这些'幸运儿'中的一员，这也将扩大中澳自由贸易协定带来的既有优势。"

这些项目可以由中澳合资经营，也可以分包给承担中国西部或亚洲其他地方"一带一路"大项目建设的中国公司，或以中国公司寻求澳大利亚合作伙伴的方式进行。

布鲁姆黑德先生表示，中国对澳大利亚北部发展计划中的农业和基础设施项目兴趣浓厚。澳大利亚达尔文港口项目现在由中国的岚桥集团运营，该公司在澳大利亚其他地方也具有广阔的发展前景。

万盛国际律师事务所顾问、澳大利亚"一带一路"倡议高级顾问大卫·奥尔森（David Olsson）表示，"一带一路"公共基础设施建设不能吸引更多民间投资的主要原因在于，现在还没有一个完善的渠道可以为人们提供富有成效、可盈利、风险小的投资项目。他还说："在解决这些问题上，中国可以起主导作用。"

澳大利亚议会网（www. aph. gov. au）

中国的"一带一路"倡议

原文标题：China's "One Belt, One Road" Initiative

原文来源：http：//www. aph. gov. au，2016 年 8 月 13 日

观点摘要：无论世人如何解读"一带一路"，当前的进展表明，澳大利
　　　　亚与中国的经济联系越来越紧密，因此关注"一带一路"
　　　　的进展也愈显必要；"一带一路"新进展也提醒澳大利亚，
　　　　在澳中经济关系的未来发展上，要从经济和战略两个层面出
　　　　发，保持谨慎。

　　"一带一路"是中国经济和战略发展的重要议程，其目的在于通过陆
上和海上两条线路将欧亚大陆两端、非洲以及大洋洲更加紧密地联系在
一起。支持者认为，该倡议可以为经济落后的国家提供新的基础设施和
经济援助；然而批评者却认为，它加强了中国对沿线国家经济、战略的
影响。"一带一路"为促进中国与澳大利亚的经济往来提供了全球背景。
　　中国计划通过该倡议建设六大经济合作走廊和几个横跨欧亚大陆的
海上支点。
　　陆上，中国计划建立新亚欧大陆桥并充分发展中蒙俄、中国－中
亚－西亚、中国－中南半岛、中巴、孟中印缅经济走廊；海上，"一带
一路"致力于共同建设畅通、安全、高效的运输路线，有效连接"一
带一路"沿线主要港口。
　　"一带一路"强调政策、道路、贸易、金融和社会文化五个关键领
域的合作。其中，铁路、公路、港口、能源和电信网络等基础设施的建
设最受人瞩目。"一带一路"中的"带"指的是从中国西部延伸至中
亚，最后到欧洲的经济和贸易走廊。因此，要实现"带"的联通，首

要任务是进一步建立中亚国家和中国经济的紧密联系，较长距离的建设计划包括联通中国和欧洲的铁路。"一带一路"倡议呼吁实现欧亚大陆的经济一体化发展。

对"海上丝绸之路"来说，在印度－太平洋地区建设和联通港口、枢纽是该倡议的关键举措。中国在澳大利亚、马来西亚、印度尼西亚、孟加拉国、斯里兰卡、缅甸、巴基斯坦、肯尼亚、坦桑尼亚、阿曼和吉布提购买港口、建设经济区，为中国提供海上通道和经济收益。这些港口和经济区将连接希腊主要港口比雷埃夫斯港。中国远洋运输公司已经收购该港口，便于中国直接进入欧洲市场。

中巴经济走廊和孟中印缅经济走廊是"一带一路"重点项目中最引人瞩目的工程。中巴经济走廊连接起中国西部省份与印度洋，孟中印缅经济走廊则使云南与孟加拉湾相联通。

资金是"一带一路"建设的关键。中国的银行为中国企业在沿线国家的建设项目提供巨额资金，世界多国参与的亚投行也将进一步资助"一带一路"项目。事实上，亚投行也正是为服务"一带一路"而创建的。最早获得亚投行资金支持的国家有印度尼西亚、孟加拉国、巴基斯坦、塔吉克斯坦等努力融入"一带一路"倡议的沿线国家。

香港的作用也受到越来越多的重视。香港特别行政区行政长官梁振英 2016 年 1 月在一次讲话中强调，香港可以在"一带一路"建设中发挥金融优势，促进香港与"一带一路"国家的教育交流。中国全国人大常委会委员长张德江在 2016 年 5 月召开的"香港一带一路峰会"上概述了香港可以成为"一带一路"项目中心的四大独特优势。2016 年 7 月，香港金融管理局成立了促进"一带一路"项目融资的"基础设施融资便利办公室"。香港贸易发展局也为中国投资者安排了泰国之行，以促进"一带一路"项目投资。

新加坡对推动中国企业离岸经济活动至关重要。中国建设银行与新加坡国际企业发展局在 2016 年 4 月签署备忘录，为新中两国共同投资"一带一路"项目提供 300 亿美元的支持。双方还计划在新加坡成立一个新中心，为相关项目提供资金和服务。

尽管中国称"一带一路"将"覆盖 65 个国家、44 亿人口、约

40%的全球国内生产总值"，但现实却远不如设想的宏大。据报道，时至今日，中国在35个国家建立了75个境外经贸合作区，但"一带一路"才刚刚起步，中国政府仍在努力争取更多国家的接受和支持。

"一带一路"带给中国的其他实惠

很显然，中国希望通过"一带一路"获取的影响力对中国意义非凡。

中国银行已明确提到，"一带一路"有意使人民币成为中国与沿线国家贸易和投资的主要流通货币。中国也在努力使其银行深入"一带一路"市场，促进中国经济全球化。中国计划通过"一带一路"进一步促进网上零售业发展以及对沿线国家大数据的收集和使用。中国也一直在强调海外华人在推动"一带一路"项目建设中的重要作用。

促进中国在通信网络建设领域的大发展是"一带一路"计划的重要内容。中信国际电讯集团有限公司最近收购了为俄罗斯、哈萨克斯坦、"斯坦"地区、东欧和波罗的海等地区提供电信服务的领新电信公司（Linx Telecommunications），中国将因此能够为其确定的"丝绸之路经济带"地区提供电信服务。"一带一路"沿线国家记者来中国采访，以及国外报纸对"一带一路"的报道都将使中国的观点得到更好的传播。

矿业和能源项目也是"一带一路"的核心内容，中国广泛收购"一带一路"国家的矿井、发电和输电项目。今天，哈萨克斯坦近四分之一的石油由中国企业生产，最近中国又与乌兹别克斯坦签署了150多亿美元的石油、天然气和铀矿订单。

中国今年发布的《中国卫星导航与位置服务产业发展白皮书》说，未来5年内北斗卫星导航系统将再发射30颗卫星，并将于2018年前发射第一批18颗卫星，覆盖"一带一路"国家。

反响

全球对"一带一路"倡议的反响不尽相同。东南亚华人商界人士和他们的政治代表均热衷于"一带一路"带来的商机。马来西亚对"一带一路"表现积极，2015年7月马来西亚代表团一行162人赴北京参加"一带一路"对话。

和为数不少的中亚国家一样，巴基斯坦和斯里兰卡对中国的投资和基础设施项目举手称赞。然而，越南对"一带一路"疑心重重；印度除个别人外，普遍对"一带一路"表示强烈怀疑，并多次表达了对中国通过"一带一路"增强其经济和战略力量的担忧。俄罗斯需要资金援助，以更好地开发资源，因此将"一带一路"视为实现这一目标的有效途径。

西方国家对"一带一路"褒贬不一。总体来看，商人反应积极，战略家则多有不满。在欧洲，中国提出"一带一路"与欧盟 3150 亿欧元的投资计划（容克计划）有对接的可能。中国同时也在努力促成欧盟 – 中国自由贸易协定的签署，这将为中方企业在欧洲的投资提供便利。中欧和东欧是"一带一路"项目的主要实践者，捷克共和国、塞尔维亚和波兰已经获得大笔资金投入。

澳大利亚和"一带一路"

澳大利亚企业、银行和律师事务所都将"一带一路"倡议视为推动国家经济发展的大好机遇。在中国的支持下，旨在促进中国更多参与澳大利亚经济发展的澳大利亚 – 中国"一带一路"倡议已经确定。中国也正在利用"一带一路"促进中国企业更多参与澳大利亚北部地区的经济发展。中国对澳大利亚当地相关学术会议和研讨会的资助与支持也是鼓励澳大利亚进一步参与"一带一路"的措施之一。

批评意见

各国对"一带一路"的反应并不总是热情友好的。前世贸组织总干事素帕猜·巴尼巴迪（Supachai Panitchpakdi）表示，"一带一路"倡议，尤其是湄公河沿岸项目，以服务于中国自身利益为目的。

在经济方面，中国一直被指责利用其庞大的金融资产，通过长期控制基础设施、自然资源和相关土地资产，以及给基础设施贷款提供并不理想的信贷条件来控制较小经济体。此外，中国大加称赞的"一带一路"不可或缺的产能合作往往只是把中国的产能转移至生产力更低下、更有市场潜力的国家，如此一来，中国就能对当地市场、劳动力和出口政策施加更大影响。

尽管中国一直在强调"一带一路"倡议的经济目的，但批评人士却认为，该倡议也是中国的战略规划。中国明确表示，"一带一路"倡议以中国对南海诸岛的主权主张为前提，同时也是中国进一步巩固其南海诸岛主权主张的重要计划。同时，在印度洋地区，吉布提为中国提供了贸易港口以及首个海外军事基地。中国一再指出，"一带一路"也有助于地区安全机制的形成。中国人民解放军对中国"一带一路"海外设施建设的保护成为当下讨论的焦点。目前正在大力建设的两个"经济走廊"为中国提供了进入印度洋的直接通道。

"一带一路"的长远目标引起更多人的担忧，有人担心中国可能会通过"一带一路"建立一个由中国领导的贯通欧亚大陆的政治集团，以抗衡美国。2016 年 6 月，中国上合组织国际交流与司法合作研究院"一带一路"研究中心主任相蓝欣教授在新加坡的"香格里拉对话"活动上说，"一带一路"将使人类进入"后威斯特伐利亚世界"。还有一些人认为，该倡议是对当前全球政治和经济现状的深刻挑战。

结论

中国出于多重考虑，提出了"一带一路"倡议。政治方面，自2012 年底以来，习近平主席一直号召国人"实现中华民族伟大复兴的中国梦"，这一复兴计划需要恢复中国的全球地位和身份。早期"一带一路"反复强调"共同发展""合作共赢"，以凸显中国发展与邻国发展的关系。中国也在推进中国 – 东盟命运共同体的建设。但这些小计划很快变成了贯通欧亚大陆的"一带一路"大规划，为中国在过去 40 年的高速经济增长中积累的国家和民间巨额资本找到了用武之地，同时也为今天产能过剩的中国提供了输出产能的出口。

无论世人怎样解读"一带一路"倡议，目前它的进展表明，澳大利亚与中国的经济联系越来越紧密，因此关注"一带一路"的全球进展也愈显必要；另外，"一带一路"的进展也提醒澳大利亚，在澳中经济关系的未来发展问题上，要从经济和战略两个层面出发，保持谨慎。

图书在版编目（CIP）数据

国外媒体看"一带一路".2017／王辉，贾文娟主
编. -- 北京：社会科学文献出版社，2017.12
（媒体与"一带一路"丛书）
ISBN 978 - 7 - 5201 - 1717 - 3

Ⅰ.①国… Ⅱ.①王… ②贾… Ⅲ.①新闻报道 – 作
品集 – 世界 – 现代 Ⅳ.①I15

中国版本图书馆 CIP 数据核字（2017）第 267643 号

· 媒体与"一带一路"丛书 ·

国外媒体看"一带一路"（2017）

主　　编／王　辉　贾文娟

出 版 人／谢寿光
项目统筹／祝得彬
责任编辑／刘　娟　吕　剑

出　　版／社会科学文献出版社 · 当代世界出版分社（010）59367004
　　　　　　地址：北京市北三环中路甲 29 号院华龙大厦　邮编：100029
　　　　　　网址：www. ssap. com. cn
发　　行／市场营销中心（010）59367081　59367018
印　　装／三河市尚艺印装有限公司
规　　格／开　本：787mm×1092mm　1/16
　　　　　　印　张：22　字　数：328 千字
版　　次／2017 年 12 月第 1 版　2017 年 12 月第 1 次印刷
书　　号／ISBN 978 - 7 - 5201 - 1717 - 3
定　　价／98.00 元